KB274375

覇君

패군

설봉 新무협 판타지 소설

FANTASTIC ORIENTAL HEROES

패군 15
설봉 新무협 판타지 소설

초판 1쇄 찍은 날 § 2010년 10월 22일
초판 1쇄 펴낸 날 § 2010년 10월 29일

지은이 § 설봉
펴낸이 § 서경석

편집팀장 § 서지현
편집 § 주소영

펴낸곳 § 도서출판 청어람
등록번호 § 제1081-1-89호
등록일자 § 1999. 5. 31
어람번호 § 제2-1994호

주소 § 경기도 부천시 원미구 심곡2동 163-2 서경B/D 3F (우) 420-822
전화 § 032-656-4452 팩스 § 032-656-4453
http://www.chungeoram.com
E-mail § chungeoram@chungeoram.com

ⓒ 설봉, 2009

ISBN 978-89-251-2328-8 04810
ISBN 978-89-251-1840-6 (세트)

FANTASTIC ORIENTAL HEROES
설봉 新무협 판타지 소설
霸君
패군
15
노망도(怒望圖)
청어람
도서출판

第九十九章

도광곽곽(刀光霍霍)

그들을 만나기는 어렵다.

구름 속에 감춰진 용처럼 꼬리만 살짝 내비치고는 사라져
버린다.

그들은 살수다. 하지만 청부를 넣으려면 대면을 해야 하는
데 대면할 길이 없다.

살행은 계속 이어진다.

섬서성에 나타나는가 하면 호광성에서 누군가 죽어간다. 동
에 번쩍, 서에 번쩍…… 그야말로 신출귀몰하다.

어떤 식으로든 계속 청부가 들어가고 받아진다는 뜻이다.

만총림은 그들을 찾기 위해 고심했다.

어떻게 하면 꼬리만 살짝 비치는 용을 찾을 수 있을까?

죽은 사람들을 다시 살펴봤다.

그들은 유명한 사람들이다. 중원 전역에 알려진 사람도 있고, 지역 내 유력인사도 있지만 최소한 이름자만 대면 만 명 이상이 알 만한 사람들이다.

그런 사람들에게 누군가 청부를 넣었다.

죽였으면 좋겠다 싶을 만큼 원한이 크다는 뜻이다. 그래서 죽은 사람들에게 원한을 품을 만한 자들을 찾았다. 피해자를 근거로 청부자를 역으로 살핀다는 계획이었다.

하나 이 계획은 보기 좋게 실패하고 말았다.

'너무 많다!'

보통 많은 것이 아니라 상상을 초월할 정도로 많았다.

그 사람을 만 명이 안다면 구천 명 정도는 원수에 해당하고, 그중에 절반은 철천지원수 측에 속하니 청부자를 가려낸다는 것은 바다에서 모래알 찾기나 마찬가지였다.

만총림은 계야부의 명령을 이행하지 못했다.

북지단 단차에 대한 청부를 넣어야 하는데 살수를 찾지 못하니 청부 자체를 넣을 길이 없었다.

그런 와중에도 그들 소행이라고 생각되는 시신은 계속 늘어갔다.

만총림은 꾸준히 기다렸다.

절대 서둘지 않았다. 인내를 가지고 살수들이 흔적을 남길 때까지 끈기있게 기다렸다.

누구든 실수는 한다.

실수가 터지면 재빨리 발견해야만 한다. 그러려면 눈을 부릅뜨고 지켜봐야 한다.

실수를 발견했더라도 살수가 실수를 저지른 사실을 알아챘다면 뒤를 낚아채기가 힘들다. 그런 경우에는 어떻게 손써 볼 시간도 없이 실수가 묻혀 버린다.

실수를 저지르고도 저질렀다는 사실을 몰라야 한다.

운이 따라줘야 하는 것이다.

살수들의 뒤를 낚아챈다는 것은 이토록 어렵다.

만총림도 이런 경우에는 시간을 길게 잡는다.

사 년, 오 년…… 끈덕지게 물고 늘어질 각오로 상당히 긴 시간을 할애한다.

한데 이번 청부는 다르다.

단차를 죽이라는 청부는 상당히 빨리 진행시켜야 한다.

"함정을 팝시다."

만총림은 살수들을 끌어들이기로 결정했다.

만총림은 그동안 수집한 자료를 통해서 살수들이 아주 좋아할 만한 먹잇감을 구했다.

진(陳) 대인(大人)은 만석꾼이다.

그는 소작농을 혹독하게 대한다.

소작료가 터무니없이 비싸다. 가뭄이나 태풍이 불어서 말 못할 흉작이 들어도 손해는 절대 보지 않는다. 소작료를 내지 않는 소작농에게는 매타작도 서슴지 않는다.

그에게 맞아 죽은 자만 열 명이 넘는다고 한다.

또 그는 호색가(好色家)다.

반반한 처자만 눈에 띄면 반드시 요절을 내야 직성이 풀린다.

그는 천하인의 적이다.

이만하면 눈에 확 띄지 않으면서 살수들이 가장 싫어하는 인물이 만들어진다.

다음에는 그를 아주 싫어하는 자를 만들어야 한다.

그를 죽이고 싶어서 안달난 사람, 그가 죽었을 때 대번에 살인자로 지목될 만큼 미워하는 사람, 누구에게 물어보아도 '진 대인의 적(敵)' 하면 그 사람을 떠올릴 만큼 나쁜 관계가 드러난 사람…….

진 대인에게 딸이 겁탈당했다. 겁탈당한 것으로도 모자라서 목 졸려 죽었다. 그것만 해도 한이 맺히는데 소작료를 내지 않았다고 곤장을 얻어맞았다.

매를 잘못 맞아서인가? 요즘은 도통 허리를 쓰지 못한다.

어디서나 흔히 있을 법한 일이다.

만총림은 어떤 의심도 들지 않게끔 거미줄을 철저하게 쳤다.

자! 이제 어떤 살수가 걸려들 것인가.

철퍼덕!

살수 한 마리가 거미줄에 걸려들었다.

"진 대인을 죽이고 싶은가?"

사내는 잘생긴 청년이었다.

이목구비가 또렷한 미장부다. 하지만 머리가 작아서 미남이라기보다는 예쁘다는 표현이 더 어울렸다.

그는 작은 소궁을 들고 있었다.

"죽이고 싶은지 아닌지만 말해. 죽이고 싶다면 죽여주고. 대가는 뭐로 할까? 흠! 고구마 한 자루 어때? 그것도 부담된다면 청부를 그만둬야 하고."

다른 자가 말했다.

그는 키가 작지만 몸집이 단단했다.

툭! 치면 대번에 탁! 하고 튀어 오를 것 같다.

"지, 진 대인…… 그 새끼를 죽여주신다굽쇼?"

"죽여준다니까."

"고구마 한 자루만 드리면……."

"지금 줘도 되고 나중에 줘도 되고."

"그 새끼만 죽여주신다면야 그까짓 고구마 한 자루가 무에 대수겠습니까. 여기 있습니다."

소작농은 흔쾌히 청부했다.

이것이다. 이들은 이런 식으로 살수 청부를 받는다.

아주 독특한 청부 방식이다.

먼저 죽어도 마땅하다 싶은 자를 찾는다. 그리고 적이 될 법한 자를 찾는다. 적을 찾아가서 의사를 타진하고, 만약 정말로 죽이겠다고 하면 바로 그 자리에서 청부가 체결된다.

청부하는 사람이나 살수나 두 번 다시 볼 일은 없다.

청부 금액도 소소하기 때문에 바로 그 자리에서 해결된다. 또 설혹 해결되지 않는다고 해도 살수들이 다시 찾아오는 일은 없다. 청부금은 줘도 그만, 주지 않아도 그만이다.

하면 그들은 왜 이런 절차를 밟는 것일까?

일종의 과정 형성을 공식화하는 것이다.

그들은 언젠가는 방향 전환을 할 것이고, 그때를 대비해서 하나의 과정을 만들어가고 있다.

세상에서 가장 은밀한 살수 집단, 그들은 칠살문(七煞門)이다.

"진 대인만 되어주시면 말씀하신 대로 청부가 끝납니다."

만총림 부림주가 씩 웃으며 말했다.

"북지단 단차를 청부하랬더니 진 대인을 청부했군."

"그게 그거니까요."

"어디로 가야 하나?"

"모시겠습니다."

부림주는 재미있다는 표정이었다.

그는 단차를 마차에 태웠다.

예천을 벗어났다. 그리고도 반나절이나 더 달렸다. 그러자 산이 많은 섬서성답지 않게 드넓은 농토가 펼쳐졌다.

"이런 곳이 있었군."

“이곳 분이 아니시군요.”

“……?”

“이곳 분이시라면 이곳을 모르는 사람은 없을 겁니다.”

만총림 부림주는 아무 뜻 없이 그냥 대화만 주고받는 식으로 무덤덤하게 말했다.

아니다. 지금 이 순간에도 그의 머릿속은 분주하게 돌아가고 있다.

단차의 진정한 출신을 알아내는 것은 만총림의 지난한 숙제다. 전대 만총림주가 만총림을 떠나는 순간까지도 목매어 매달리던 숙제 중의 숙제다.

방금 단차는 작은 조각 하나를 던졌다.

그는 상전(桑田) 평야(平野)를 모른다.

산맥으로 둘러싸인 작은 평야지만 섬서성 사람이라면 모르는 사람이 없는데…… 그는 모른다.

이곳 출신이 아니라는 뜻이다.

그가 시각랑일지는 몰라도 섬서성에 대해서는 잘 모른다. 스쳐 가듯 섬서성을 지나쳤고, 시각랑이 된 후에는 군대 안에서만 생활했을 가능성이 높다.

부림주의 머릿속으로 이런 생각들이 차곡차곡 정리되고 있으리라.

하나 겉으로는 무심한 척한다. 그의 출신 내력이 어떻든 상관없다는 태도를 취한다.

단차는 이제 그의 상전이다.

"그런가. 잘 알려진 곳인가 보군. 경치가 좋아."

단차는 두 발을 쭉 뻗고 눕다시피 앉아서 마차 밖으로 흘러
가는 풍경을 감상했다.

오랜만에 맛보는 휴식이었다.

그들에게 촌구석에 자리한 저택쯤은 침입의 대상도 되지 못
했다. 옆 동네 마실 가듯 쉽게 다녀가면 그만인 곳이다.

"내일이면 좋아할 놈들 많이 생기겠군."

"언제까지 이런 놈들만 죽여야 되는 겁니까?"

"후후후!"

"무림에 나올 때는 포부도 컸건만……."

"지금은 아니라는 뜻이냐?"

"지금이야 뭐, 기대하는 거라도 있습니까? 이렇게 가다가
어느 구석에선가 푹 꼬꾸라질 텐데…… 그곳이 어디일지 궁금
할 뿐입니다."

"재수없는 소리는……."

두 사람은 담장을 넘었다.

저택에는 하인들이 이십여 명쯤 있다.

그들 눈을 피하는 것도 장난에 가깝다.

사실, 무공을 모르는 진 대인을 죽이는 것은 둘 중 한 사람
만 나서도 될 일이다.

그래도 둘이 같이 움직인다. 진 대인을 죽일 때도 둘이 함께
손을 쓴다. 그래야 진 대인의 몸에 상흔 두 개가 새겨질 것이

고, 이인합격술의 독특한 상흔이 남겨진다.

진 대인을 죽이는 것이 목적이 아니다. 칠살문의 위명을 높이는 것이 목적이다.

"넌 이번에도 이마냐?"

"이마가 가장 보기 좋잖아요. 평평한 곳에 점 하나 딱 박아 놓은 것 같고."

"소리가 듣기 싫어서 그래."

"그래요? 전 오히려 듣기 좋던데?"

"미친놈."

"미쳤지 그럼 정상입니까? 제정신 박힌 놈이라면 이런 짓 절대 못하죠."

두 사람은 주거니 받거니 농을 나누며 지붕을 건너뛰었다.

시골 천석꾼, 만석꾼의 저택은 규모나 형태가 거의 비슷하다.

대인이라는 자의 침소가 어딘지 파악하는 건 한 번 쓱 훑어 보는 것으로도 충분하다.

그들은 몸을 뒤집어 지붕에서 회랑으로 내려섰다.

이제 문 하나 사이.

대나무 살에 종이로 발라진 문 하나를 사이에 두고 살수와 표적이 마주 섰다.

살수는 어떻게 죽여야 한다는 것을 머릿속에 그리고 있지만 죽을 자는 무슨 일이 닥칠지 전혀 모른 채 곤히 단잠에 빠져 있다.

아주 진한 평화가 깨지는 건 순간이다.

이 문이 열리는 순간 깊은 단잠은 공포로 변한다.

여강강이 무심히 문을 열었다.

'함정!'

'제길!'

두 사람은 본능적으로 위기를 감지했다.

문을 여는 순간, 싸한 냉기가 전신을 휘감는다.

적들이 매복해 있는 곳에 발을 들여놓았을 때와 같은 기분이다. 등줄기에 소름이 돋고, 머리끝이 쭈빗 선다.

"들어와라."

안에서 냉엄한 소리가 들려왔다.

이 소리 또한 일개 대인의 입에서 나올 소리는 아니다.

진기가 실린 음성 같기도 하고 아닌 것 같기도 하고…… 어쨌든 음성을 듣는 순간 감당하지 못할 고수와 마주 섰다는 것을 전신으로 느꼈다.

"어쩐지 재수없는 소리를 하더라니."

"그런 소리 마쇼."

"소원대로 됐으니 좋냐? 어느 구석에서 꼬꾸라질지 궁금하다고? 여기다. 됐냐?"

그들은 말을 나누며 재빨리 주위를 쓸어보았다.

다행히도 다른 적들은 보이지 않는다. 두 귀를 쫑긋 곧추세웠지만 기척도 감지되지 않는다.

다른 자는 없다.

포위를 당했다거나, 담장 위에서 활을 겨누고 있다거나 하는 최악의 상황은 면했다.

상대는 눈앞에 있는 진 대인뿐이다.

이자만 꺾으면…… 아니, 이자 손에서 벗어나기만 하면 일단 이번 곤경은 모면한다.

여러 명과 싸우는 것보다 한 명을 상대하는 게 더 좋지 않은가. 어차피 감당하지 못할 상대라도 말이다.

그들은 서로를 쳐다봤다.

'도주!'

'도주!'

눈빛이 같았다. 서로 상대의 마음을 읽었다.

아직 진 대인의 얼굴조차도 보지 못했다. 그는 어둠 속에 묻혀 있어서 뚱뚱한 놈인지 홀쭉한 놈인지조차 구분하지 못한다.

그럼에도 도주부터 생각하는 것은 시각랑으로 전장을 전전하던 경험이 말을 해주기 때문이다.

너희 둘이 힘을 합쳐도 상대를 이기지 못한다.

물론 단순한 느낌이다. 길고 짧은 것은 대봐야 안다. 그리고 싸움이 벌어지면 두말할 것도 없이 사력을 다할 게다.

하나 그전에 판단할 것이 있다.

살 수 있나? 이 위기를 벗어날 수 있나?

그 판단은 지금이 아니면 늦다. 방문 문턱을 넘어서면 상대를 죽이기 전에는 빠져나올 수 없다.

두 사람은 도주를 떠올렸다.

그만큼 지금 분위기는 기분 좋지 않다.

'가라!'

담위민이 눈짓으로 말했다.

'형님이 가쇼!'

여강강도 눈짓으로 말했다.

두 사람은 도주를 선택하더라도 둘이 동시에 몸을 빼낼 수 없다는 정도는 안다.

한 사람은 가고 한 사람은 남는다.

이 부분, 또 생각해야 할 게 있다.

한 명이 남아서 싸우는 것보다 둘이 남아서 전력을 다하는 게 낫지 않을까? 한 명이 남는다면 패하는 게 불문가지이지만 둘이 남으면 혹여 살길이 생기지 않을까?

둘이 남아서 둘 다 죽는다면 한 명이라도 도주하는 게 낫다. 반면에 둘이 남으면 이길 수 있는 것을 괜히 한 명만 남았다 패한다면 천추의 한이 된다.

이 모든 판단을 눈 깜짝할 사이에 내려야 한다.

두 사람은 벌써 결정했다. 한 사람만 남는다.

그야말로 모든 결정이 일사천리로 진행되었다.

문턱을 넘어서면 안 된다. 상대할 수 없는 고수를 만났다. 하니 한 사람이라도 도주하자.

한데 누가 도주할 것인가에서 난관에 봉착하고 말았다.

두 사람은 서로 상대방이 떠나기를 바란다. 자신이 남기를 원한다. 가식이 아니라 진심이다.

"제길!"

담위민이 투덜거리며 만도를 꺼내 들었다.

한 사람이 떠나는 것은 틀렸다. 서로 상대방이 떠나기를 바라고, 그 뜻을 굽히지 않는다면 결국 한 사람도 떠나지 못한다.

시간상으로도 이제는 틀렸다.

어떤 행동을 하든 상대방이 예측하지 못할 사이에 빨리 결정을 내렸어야 한다.

"까짓것…… 해봅시다."

여강강도 소궁에 활을 재웠다.

그들에게도 비장의 한 수는 있다.

아직 실전에서 사용할 만큼 능숙하지는 못하지만 한때 검산을 검의 최고봉으로 올려놓아 주었던 일촌사가 있다.

하나…… 일촌사는 함부로 쓸 수 없다.

일촌사는 순간의 틈을 잡아야 한다. 그 틈을 잡지 못하면 사용해 보지도 못하고 개죽음만 당한다. 기다렸다가 순간의 변화를 끌어내야 하는데, 자칫 마냥 기다리기만 하다가 칼 맞아 죽는 꼴이 될 수도 있기 때문이다.

그들은 아직 그 정도의 수준에 이르지 못했다.

부사영은 말했다. 일촌사를 써도 좋다는 허락을 받을 때까지는 절대로 사용하지 말라고.

일촌사라는 절기의 유출을 꺼리는 것이 아니라 개죽음당할 것을 염려해서 한 말이다.

두 사람은 아직 허락을 받지 못했다.

그래도 자신들의 절기로 상대할 수 없다면 일촌사라도 써야지 어쩌겠는가.

"예의가 없군. 들어설 용기도 없으면서 방문한 겐가? 너희가 누군지 안다. 너희의 무공도 소상히 파악해 놨다. 장담하건대 너흰 일초지적도 안 된다. 얌전히 들어와라."

방 안에서 얼음장처럼 차디찬 음성이 울렸다.

'제길!'

두 사람은 마지막을 결심했다.

진 대인의 말은 맞을 것이다. 그것이 그들의 느낌이기도 했으니까 틀림없으리라.

자신들에 대해서 소상히 파악했고, 함정을 팠고, 걸려들었다.

모든 건 명확하다. 구구하게 입을 열어 설명할 것까지도 없다. 방 안에서 풍기는 냄새만 맡아도 죽음을 느낀다.

"갑니다."

여강강이 속삭이듯 말했다. 그리고,

"개새끼!"

그가 버럭 고함을 질렀다.

그가 들고 있던 소궁은 고함 소리가 끝나기도 전에 틀어박히는 소리를 냈다.

탁! 탁탁탁!

정확히 네 발이 꽂혔다.

한 발을 쏘았고, 두 번째는 화살 세 대를 한꺼번에 날렸다. 상대가 한 발을 막거나 피해도 뒤따르는 세 발이 요절낼 것이다. 아니다. 틀렸다. 화살 박히는 소리가 다르다. 육신에 박히지 않고 침상이나 나무 기둥에 틀어박혔다.

쒜엑!

여강강은 한 치의 망설임도 없이 달려들었다.

그의 손에는 소궁에 걸기에는 약간 길고 대궁에 걸기에는 조금 짧아 보이는 특이한 화살이 들려 있었다.

"뒈져!"

쒜엑! 쒜엑! 쒜엑!

화살이 창처럼 운용되었다.

그의 손에 들린 화살을 화혈독시(化血毒矢)라고 한다.

독림에 있을 때부터 입버릇처럼 천하제일의 화살을 만들겠다고 중얼거렸는데 기어이 만들어낸 모양이다.

화살대와 화살촉은 한철로 만들어졌다.

촉에는 살짝 스치기만 해도 살점이 녹아버리는 화혈독(化血毒)이 묻어 있다. 또한 화살대에는 눈에 보이지 않을 정도로 미세한 솜털가시가 박혀 있다.

상대가 병기로 화살대를 후려칠 경우, 솜털가시는 꽃가루처럼 피어나 흡입될 것이다.

화혈독시의 설계는 여강강이 했지만 보완은 독심독의가 해줬다.

독심독의가 고르고 고른 독이 화혈독시에 묻어 있다. 그렇기에 천강독시라는 명칭이 화혈독시가 되었다.

화혈독시는 막을 수 없다. 오직 피하기만 해야 한다.

"죽엇!"

여강강은 마음껏 화혈독시를 휘둘렀다.

그러나 화혈독시보다 더 무서운 칼이 있다.

여강강의 등 뒤에 숨어서 그림자처럼 따라온 담위민이 소리 없이 살검을 뻗어냈다.

스으읏!

그야말로 아무도 예상하지 못한 곳에서 지극히 은밀하게 전개된 살도다. 그러나,

타악! 따앙!

진 대인은 왼손을 들어서 화혈독시를 가볍게 막아냈다. 담위민의 만도는 오른손에 든 술잔으로 가로막았다.

"크큭! 뒈졌어!"

여강강이 득의의 웃음을 흘렸다.

그가 손을 들어 화혈독시의 화살대를 만졌을 때, 솜털가시가 이미 그의 손에 들어박혔다. 꽃가루처럼 풀풀 날린 가시들은 그의 콧속으로, 입속으로 빨려 들어갔다.

이제는 피고름을 줄줄 흘리며 죽는 일만 남았다.

담위민의 은밀한 검이 술잔에 가로막혔지만 이미 살초가 성공했으니 상관없다.

"장난 그만하고 앉아라."

진 대인이 흔들림없는 음성으로 말했다.

"호호호! 어떻게 돼질지도 모르는 놈이 주둥이는 살아서……."

"화혈독시를 말하는 건가?"

"……!"

순간 여강강과 담위민은 까무러칠 정도로 놀랐다.

화혈독시를 알고 있나? 하면…… 화혈독에 중독되지 않았나? 솜털가시가 분분히 날렸는데, 아무렇지도 않단 말인가.

화혈독시에 중독되지 않았다면?

이제 그들이 위험해졌다. 중독만 믿고 너무 가까이 다가왔다. 이차, 삼차 공격할 생각도 하지 않았다.

"헛!"

담위민이 급하게 만도를 들어 올렸다. 하지만 이미 늦었다.

타악!

담위민은 중부혈(中府穴)에 묵직한 타격을 느꼈다. 만도는 손에서 굴러 떨어졌다.

굉장한 아픔이 중부혈에서 일어났다. 그리고 곧 마비가 시작되었다.

운문혈(雲門穴), 천부혈(天府穴)…… 마비는 전신으로 번져 갔다.

철컹!

여강강도 화혈독시를 떨궜다.

그의 안색도 백지장처럼 하얗게 변했다. 그도 담위민과 같은 처지에 놓인 것이다.

손이 언제 날아오는지도 보지 못했는데, 아니, 몸을 움직인 것조차 느끼지 못했는데…….

예감이 맞았다. 이자는 상대하지 못할 초고수다.

'빌어먹을!'

담위민은 속으로 툴툴거렸다.

2

"잡으셨습니까?"

"겨우 둘. 모두 여섯이라고 했나?"

단차가 부림주에게 물었다.

그가 담위민과 여강강을 모를 리 없다. 부사영과 시각랑을 잊을 리 없다. 하나 그는 지금 단차다. 이들 살수들을 처음으로 접해야 하는 일휘단 단주다.

그는 담위민과 여강강을 보는 순간에 아주 잠깐 갈등했다.

이들을 모른 척할 필요가 있을까? 예전처럼 대형으로 돌아가서 같이 움직이면 되지 않을까?

생각 같아서는 밤 새워 술이라도 마시고 싶다.

그동안 어떻게 지냈냐고 묻고 싶고, 다른 사람들의 안위도 살피고 싶다. 그 정도 당했으면 이제 그만 은거할 일이지 무엇하러 살수행을 벌이냐고 꾸짖고도 싶다.

이 모든 것을 뒤로한다.

마음속에서 일어난 번민은 아주 짧은 순간에 사라졌다.

자신의 복안대로 계속 움직인다.

그는 꽁꽁 묶이고 있는 두 사람을 보면서도 일말의 감정조차 떠올리지 않았다.

"일곱입니다."

부림주가 대답했다.

"일곱? 이인합격술이라고 하지 않았나? 두 사람이 같이 움직이는……. 하면 여섯이라야 짝이 맞는데. 독자적으로 움직이는 자라도 있나?"

"아닙니다. 그런 자는 없습니다. 이인합격술도 맞고요. 하지만 일곱 명인 것은 확실합니다."

"근거는?"

"똑같은 사인(死因)을 새기더라도 사람에 따라서 깊이가 달라집니다. 저희가 판단한 바로는 사인(死印)이 일곱 개. 일곱 명이라고 단언할 수 있습니다."

만총림의 정보력은 혀를 내두를 정도였다.

"모두 잡아들여라. 방책은 구상됐나?"

"역시…… 생포입니까?"

"그렇다."

"이들은 살수입니다. 굳이 생포해야 할 이유가 없는 것 같은데요. 상황이 힘들어지면 죽여도 되겠습니까?"

"후후후! 만총림 입에서 '힘들다' 는 말이 나오면 안 되지. 만총림은 신의 두뇌를 가졌다고 자부하는 곳이지 않나."

"과찬의 말씀. 저희도 인간입니다."

"그럼 그동안은 인간이 신 노릇을 한 건가?"

"……."

"무조건 해라, 목을 걸고."

휘이이잉!

바람도 불지 않았는데 찬바람이 옷깃을 스쳐 갔다.

만총림 부림주는 전신으로 죽음의 공포를 맛봤다. 아주 짧은 순간에 불과했지만 단차에게서 뻗어 나온 칼날이 그의 목을 베고 심장을 찌르고 두 다리를 잘라냈다.

'이건!'

그는 당황했다. 아주 많이 당황했다.

그의 무공 세계에서 이런 무공은 심도(心刀)라고 한다. '마음의 칼'이라는 뜻으로 상대의 기(氣)를 잘라낸다.

일반인들이 싸움하기 직전에 기선 제압용으로 많이 쓰는 사나운 눈빛 같은 것도 심도의 일종이다. 하나 무인의 심도는 그보다 훨씬 깊이 들어간다. 단순하게 기운만 위축시키는 것이 아니라 싸울 의지를 말살시킨다.

자신이 그렇다.

심도에 베이는 순간, 죽음의 공포를 느꼈다.

이자와 맞서면 반드시 죽을 것이라는 느낌이 확 든다.

단차가 싸늘한 음성으로 말했다.

"이자들을 미끼로 써라. 사살은 입에도 담지 마라. 반드시 생포하고, 이 일에 네 목을 걸어라."

계야부는 담위민과 여강강을 부림주에게 내주었다.

부림주가 물었다.

"단차라는 이름을 본격적으로 써도 되겠습니까?"

그의 음성은 가늘게 떨렸다. 아직도 놀란 가슴이 진정되지 않은 듯했다.

"후후후! 처음부터 쓰라고 하지 않았나."

"알겠습니다. 한데…… 이들을 뒤쫓다 보니 묘한 게 발견되었습니다. 이들의 잠입 특성과 기술…… 이건 무림의 것이 아니라 군대의 것으로 생각되는바……."

부림주가 고개를 들어 단차를 쳐다봤다.

"혹 알아보셨는지요?"

같은 시각랑이 아니냐는 뜻이다.

"다른 뜻은 없습니다. 단주님께서는 군에서 오셨으니 군인의 움직임을 알아보실 수 있을 것 같아서…… 전 이들이 시각랑 출신이라고 확신합니다만……."

부인할 수 없다. 너무도 명확한 증거다.

단차는 시각랑 출신이라고 말해왔다. 이들 살수들도 시각랑으로 추측된다. 아니, 틀림없다. 하면 서로 알아야 한다. 같은 시각랑이었으면서 서로 모른다는 것은 말이 안 된다.

단차가 두각을 나타내지 못할 정도로 우둔했다고는 보기 어렵다. 반대로 담위민과 여강강이 약했다고 볼 수도 없다. 무인으로서는 약하지만 시각랑으로서는 강하다.

예천에는 많은 시각랑이 거주한다. 하나 그들 중 무림에 뜻을 둔 사람은 아무도 없다.

일반인보다는 훨씬 강하고, 하지만 무림에 들어설 정도는 아니고.

이것이 시각랑이다.

한데 이들은 지극히 강하다.

단차가 시각랑이었다는 말은 처음부터 믿지 않았다. 그는 시각랑이라고 하기에는 너무 강했다.

사로잡은 살수들도 마찬가지다.

시각랑치고는 꽤 강하다. 시각랑이었을 때도 이 정도로 강했다면 아마도 모르는 사람이 없을 것이다.

그렇다면…… 그렇게 강했다면 이들은 서로의 소식을 소문으로라도 들었어야 한다.

같은 시기에 활동하지 않아서 모른다?

아니다. 사실이 그렇더라도 둘 중 어느 한쪽은 상대에 대해서 알고 있어야 한다.

그 세계에서는 선배의 업적이 전설처럼 회자된다.

계야부와 부사영 같은 자가 대표적인 사례다. 그들의 일화는 시각랑들 사이에 지금도 전설이 되어 떠돈다. 어떤 때는 신선 같은 위용을 발휘했다가, 어떤 때는 항우장사가 되기도 한다.

소문이 많이 부풀려졌지만, 그들은 아직도 군신(軍神)으로 살아 있다.

그들처럼 단차에 대한 소문이 나돌았어야 한다. 혹은 이들에 대한 소문을 단차가 들었어야 한다.

둘 중 어느 한쪽의 입에서 '안다' 는 말이 나와야 한다.

계야부가 대답할 말은 딱 하나다. 다른 답은 있을 수 없다. 아니, 다른 말도 있을 수 있다.

심도! 목숨으로 협박!

잠자코 시키는 대로 일이나 해!

부림주는 또 한 번 심도가 닥쳐올 것을 예감했다. 이번에는 전보다 한층 강한 심도일 것이니, 소름이 끼치다 못해서 털썩 주저앉고 싶은 마음이 들 게다. 단차와는 눈도 마주칠 수 없다 는 공포감이 스며들 게다.

심도는 마음을 조종한다.

그는 단단히 각오했다.

한데 단차는 뜻밖의 행동을 했다. 심도를 쏘지 않았다. 뿐만 아니라 크게 웃기부터 했다.

"하하하!"

뭐랄까? 할아버지가 손자의 재롱을 보면서 껄껄대는 웃음이 라고 할까?

그의 웃음은 호탕했다. 심도도 묻어 있지 않았다. 하지만 묘 하게도 윗사람이 아랫사람의 실수를 보고 웃어대는…… 기분 나쁜 느낌이 묻어 나왔다.

"아직도 내가 누구인지 궁금한 건가? 후후후! 후후! 그런 건 능력껏 알아봐야지 직접 물으면 어떡해? 부림주, 만총림의 능 력을 제대로 보여줘야지?"

부림주는 두 사람을 폐가(廢家)에 가뒀다.

그곳도 옛날에는 세도있는 대저택이었다. 천석꾼이나 만석꾼쯤 되었던 것 같다.

지금은 폐가일 뿐이다.

지붕은 숭숭 뚫려 있고, 사방에 거미줄 투성이다. 마당에는 잡초가 길게 자라 마당인지 풀밭인지 구분이 가지 않는다.

대문도 떨어져 나가고 담도 허물어져 있는 곳.

두 사람은 폐허 한가운데 던져졌다.

'만총림의 능력을 제대로 보여달라고!'

부림주의 두 눈에서 열화가 활활 타올랐다.

"해혈(解穴)은?"

"방법이 없습니다. 단주님이 직접 풀지 않는 한은 어림없을 것 같습니다."

"천하의 추물이 단주는 무슨……. 하기는 해혈시킬 방도가 없으니 흔쾌히 내줬겠지."

부림주는 두 사람을 잡아먹을 듯이 노려봤다.

아니다. 눈빛이 변했다. 무심(無心)? 공허(空虛)?

그의 눈은 허무하다. 아무것도 비치지 않는다. 자세히 들여다보면 텅 빈 공허함 때문에 자살하고픈 충동까지 느껴진다.

이것은 단순한 눈빛이 아니다. 유가(儒家)에서 전해지는 몽안몽(夢眼夢)이라는 안공(眼功)이다.

그는 그런 눈빛으로 두 사람을 쏘아보았다.

“음!”

먼저 시선을 접한 담위민이 신음을 토해냈다.

“너희를 제압한 사람…… 시각랑이었다.”

담위민의 눈가에 경악이 어렸다.

‘모르잖아?’

부림주는 눈빛 하나로 담위민의 마음을 읽었다.

담위민은 단차가 시각랑이었다는 말을 듣고 곤혹스럽다는 표정을 지었다.

시각랑이라니? 무슨 소리야? 처음 보는 놈이었는데, 시각랑?

그의 짧은 눈빛 속에 수만 가지 언어가 담겼다.

부림주는 툭 던지듯 말했다.

“너희도 시각랑 같은데 정말 몰라?”

담위민이 여강강을 쳐다봤다. 여강강도 그를 쳐다보는 중이었다.

두 사람의 시선이 허공에서 얽혔다.

그들은 서로 묻고 있다.

‘난 모르겠는데…… 누구인지 알아?’

그들의 얼굴은 놀라움으로 가득했다.

시각랑 출신 중에 무림에서 활동하는 사람은 자신들밖에 없다.

시각랑은 싸움꾼이다. 무림은 싸움판이다. 싸움꾼이 싸움판을 엿보는 건 당연하다. 하지만 정작 싸움판에 뛰어든 시각랑은 없다. 자신들 이외에는 아무도 없다.

자신들도 부사영이 아니었으면 뛰어들 생각을 하지 못했다.

하지 못해서 안 하는 게 아니라 할 수 없어서 못하는 것이다.

그들의 싸움 실력으로는 무림에서 버텨내지 못한다. 며칠 가지 못해서 시신이 되어 있을 것이다.

그들은 그런 점을 잘 알기에 뛰어들지 못했다.

그런 점에서 계야부와 부사영의 경우는 아주 특별한 사례라고 말할 수 있다.

한데 그런 자가 또 있다?

계야부와 부사영보다도 훨씬 안정적인 입장에서, 무림을 내려다보는 위치에서 활동하는 시각랑이 있다?

이보다 더 놀라운 말이 있을 수 있을까?

그들은 기억을 쥐어짰지만 단차는 고사하고 그와 비슷한 인물도 생각나지 않았다.

부림주가 말했다.

“얼굴을 보았으면 좋을 뻔했군. 얼굴만 봤으면 대번에 기억났을 수도 있는데……. 천하의 추물이지. 아주 이상하게 생겼어. 해서 항상 얼굴을 가리고 다니는 거야. 이래도 기억나는 사람이 없나?”

“이름이 뭔가?”

담위민이 처음으로 말문을 열었다.

“단차.”

"단…… 차?"

부림주는 담위민의 어투를 듣자마자 즉시 말을 꺼냈다.

"시각랑에서 무인으로 옷을 바꿔 입으면 이름 정도는 바꿀 수도 있는 법이야. 하지만 느낌이란 게 있지. 싸워봤으니 무공도 눈에 익을 것이고. 그가 누구인지 알아내는 건 어렵지 않을 텐데? 잘 생각해 봐. 쥐꼬리만 한 인연이라도 찾아낸다면 혹시 알아? 너희들 목숨을 구해줄 수 있을지."

'틀렸어.'

부림주는 포기했다.

몇 마디 물어보는 것으로 그들이 서로 모른다는 건 명확하게 파악했다.

이들은 시각랑이다.

시각랑이라는 말을 꺼냈을 때 부인하지 않았다. 단차가 시각랑이라는 말을 해줬을 때는 누구인지 궁금해하기까지 했다.

이들 살수들은 틀림없이 시각랑이다.

"잘 생각해 보라고, 시간은 많으니까. 후후!"

그는 두 사람을 버려두고 일어섰다.

시각랑 일곱 명.

말똥구리…… 똥이나 굴려대는 냄새나는 벌레…….

똥 덩어리나 다름없는 것들이 골머리를 썩인다.

"시각랑으로 무림에 들어온 자들이 있습니다. 그들도 칠살문처럼 딱 일곱 명입니다."

"계야부와 함께 무림공적이 되어 이리 쫓기고 저리 쫓기던 자들이죠. 어쩌다가 사 소저가 얽혀들면서 무총 입장이 난처했었는데, 지들도 그걸 아는지 동정호로 쑥 기어들어 가더군요. 한데 천성은 어쩔 수 없는지 가만히 있지 못하고 또 기어 나옵니다. 그리고 이번에는 투살진기와 연류되죠."

유생들은 하고 싶은 이야기를 모두 다 쏟아냈다.

한쪽에서는 유생 한 명이 속기(速記)에 여념 없다.

혹여 회의 중에 놓친 것이라도 있는지 다시 한 번 살펴보라는 의미에서 회의 내용을 적는다.

나중에 부림주에게 건네질 기록이다. 아니, 더 정확히 말하면 만총림주에게 건네질 것이다. 하나 전임 만총림주가 본단으로 승전된 후에는 모든 기록이 부림주에게 전해진다.

속기록은 정자(正字)가 아니라 획순을 획기적으로 줄인 은어(隱語)로 기술된다.

만총림 유생이 아니면 알아볼 수 없는 글자들이다.

은어를 아는 사람이라면 글자를 읽듯이 편안하게 읽을 수 있지만, 모르는 사람이 보면 꼭 지렁이가 기어가는 것 같아서 도저히 읽을 수 없다.

부림주는 속기록뿐만이 아니라 만총림이 작성하는 모든 기록을 은어로 바꾸었다.

물론 이런 사실을 단차는 모른다.

무총주가 그를 일휘단주로 임명했고, 어쩔 수 없는 압력에 짓눌려 항의다운 항의 한 번 못해봤지만 그렇다고 순순히 그의 밑으로 기어들어 간 건 아니다.

좋다. 정히 그렇다면 수하가 되어주마. 하지만 넌 곧 깨닫게 될 것이다. 넌 결코 만총림주가 될 수 없다는 것을. 만총림주는 만총림 유생의 것이라는 걸.

그런 일을 하는 건 무척 쉬웠다.

글자만 바꾸면 된다. 단차가 알아보지 못하도록 그동안 써왔던 은어를 쓰면 된다.

대내, 대외적으로 만총림주는 분명히 단차다. 하나 실질적인 주인은 부림주다. 부림주 자신뿐만이 아니라 만총림 유생 모두가 그 뜻에 암묵적으로 합의했고, 합의한 대로 움직이고 있다.

"한데 그들은 안선과는 공존할 수 없다는 태도를 취하지 않았나?"

"그랬지. 동정호에서 나온 후에는 안선만 골라서 죽였으니까. 그런 점이 아니었다면 진작 제거되었을 걸?"

"어쨌든…… 계야부는 죽었고, 나머지 떨거지들은 흐지부지 사라져 버렸어. 그들 숫자가 일곱이야."

"그럼 그놈들이네. 그놈들이 살수라는 이름으로 다시 나선 거야. 칠살문? 하하하!"

"정리하자면 시각랑 잔당이 칠살문이다, 이거지?"

유생들 앞에 서책들이 수북이 쌓였다.

그 책들 모두가 계야부와 그의 수하들에 대한 보고 사항을 정리해 놓은 것이다.

만총림은 계야부와 시각랑을 놓치지 않고 주시해 왔다.

그들이 하는 일에 간여는 하지 않았지만 눈길은 놓치지 않았다. 계속 주시는 했다.

그들의 과거를 낱낱이 훑어보다 보니 칠살문이라는 살수 조직이 시각랑들의 변신이라는 점이 확실해진다.

"이번에는 단주님을 분석해 볼까?"

"단주님은 무슨…… 단차라고 하지."

"하기는…… 그놈한테 '예예' 하는 것도 비위 틀려. 무식한 놈이 무공만 강해 가지고는. 꼭 미련곰탱이한테 휘둘리는 느낌이 들어서 기분이 엉망이야."

"여기 재미있는 게 있네. 이건 예전에 단차의 신분을 확인하기 위해 시각랑을 뒤졌을 때의 기록인데…… 아주 흥미로워. 이 일곱 놈들 말이야, 시각랑 중에서는 뭐랄까? 일종의 소두목 같은 놈들이었어. 거기서는 뛰어난 놈들이었던 게지."

"첨산(尖山)인가."

유생이 중얼거렸다.

그의 중얼거림은 모든 사람들의 귀에 똑똑히 전달되었다.

그렇다. 시각랑들은 첨산, 뾰족한 산이었다. 수십, 수백 명의 시각랑들 속에 섞어놓아도 단번에 눈에 띄는 자들이었다.

뛰어난 자들인 것이다.

한데 그 뛰어남이 시각랑이라는 울타리를 벗어나면 아주 미약해진다. 싸움판이 전장이 아니라 무림으로 바뀌면 뛰어난 게 아니라 티끌처럼 작아진다.

계야부나 부사영 같은 자들은 특이한 경우이니 예외로 한다.

다른 자들은 그들과는 비교도 안 될 정도로 작은 올망졸망한 놈들이다.

하면 이 시점에서 시각랑의 성격을 다시 살펴볼 필요가 있다.

시각랑이 어떤 집단인가?

세상이 알고 있듯이 인간 말종들의 집합소다. 살인귀, 폐륜아, 난봉꾼…… 등등 지금 당장 죽어도 전혀 아까울 것이 없는 인간쓰레기들을 모아놓은 곳이다.

그들을 상대하려는 사람은 없다.

그들도 그런 점을 안다. 그래서 군복을 벗고 사회로 돌아오면 신분을 감추고 성실하게 만두나 판다. 그의 신분이 드러날 경우, 그는 사람들로부터 따돌림받을 것을 각오해야 한다. 아무리 그가 개과천선했다고 울부짖어도 들어줄 사람이 아무도 없으니까.

이것이 세상의 인심이다.

무림은 어떤가?

시각랑이라고 하면 비웃음부터 흘린다. 너희가 그렇게 싸움을 잘하느냐며 조롱한다.

거기에 휘말려 욱! 하고 성질을 터뜨리면 개망신당하는 게다.

시각랑이 아무리 실전 경험이 많아도 정통무공을 수련한 무인들을 상대할 수는 없다.

당장 눈앞에서 눈꼴시게 깝죽대는 풋내기 정도는 요절낼 수 있을 게다. 하지만 그들의 복수를 하겠답시고 찾아온 진짜 고수에게는 손짓 한 번 제대로 못한다.

군대에 있을 때라면 모를까, 옷을 벗고 나온 후에 시각랑 출신임을 자신있게 말하는 사람은 없다.

계야부와 부사영, 그리고 그를 따르는 시각랑들은 아주 특이한 경우다.

일단, 이들이 특이하고 뛰어나다는 가정하에서 이야기를 지속해야 한다.

"계야부가 죽은 후, 이놈들은 부사영이라는 자가 이끌고 있어요. 상식이 있는 놈들이라면 이쯤 은거해서 조용히 살아가야 하는데…… 이놈들은 되레 살수가 되어 치고 나왔단 말이에요. 이들이 나와야 하는 이유가 뭘까요?"

"무총으로부터 숨고 싶은 거겠지. 안선으로부터도 숨고. 살수란 직업은 사람들의 눈길을 단번에 끌어당기면서도 자신을 철저하게 숨길 수 있는 아주 좋은 직업이니까."

"자신을 숨기기 위해 뛰어난 살수임을 나타낸다?"

"이놈들은 지금 명성이 필요한 거야. 한마디로 시각랑에서 살수로 탈바꿈하는 거지."

"그래서 뭘 하려고? 계야부의 복수?"

"계야부의 복수!"

"계야부의 복수는 어떨까?"

몇 사람이 동시에 '계야부의 복수'를 들먹였다.

잠시 침묵이 흘렀다.

북지단에서도 계야부의 복수를 천명한 사람이 있다. 단차!

"후후후! 드디어 단차와 이놈들 사이에 공통점이 나타났군."

"공통점은 또 있어. 단차가 북지단에 찾아온 시기와 이놈들이 살수로서 무림에 나선 시기가 비슷해. 단차가 조금 빠르지만 크게 차이가 나는 건 아니야."

"계야부를 중심으로 얽히고설킨 놈들이라. 후후후!"

"공통점이 또 있는데, 말할까? 단차는 이놈들을 잡으라고 하면서 '반드시 생포'라는 말을 썼어."

"일휘단 단주쯤 되는 자가 이제 막 명성을 얻으려는 살수 몇 명에게 신경을 돌린다? 이유가 뭘까?"

"무림 정의 때문은 아니고."

"하하하!"

"하하! 하하하!"

그들은 웃었다.

단차와 시각랑은 서로가 서로를 모른다고 했지만 거짓말이다. 적어도 단차는 시각랑을 안다. 그래서 그들을 생포하려는 것이다.

생포해서 뭘 할까?

목숨을 걸고 내기해도 좋다. 단차는 절대로 그들을 죽이지 않는다. 어떤 방법을 써서든 이용하려 들 게다. 수하로 만드는 방법도 있고…… 이들이 살수이니 청부를 넣는 방법도 있다.

틀림없이 그런 방법을 쓸 게다. 하면…… 그가 시각랑을 안다는 사실이 더 확실해진다.

단차의 정체를 확인하는 길에 한걸음 더 다가섰다.

"알아볼 테면 알아봐! 능력껏!"

부림주의 귓가에 단차의 비웃음이 쟁쟁하게 들렸다.

단차는 지금 자신의 꼬리가 밟히고 있다는 사실을 모를 게다. 칠살문이 그의 정체를 드러내게 하는 단초가 될 것이라는 생각은 꿈에도 하지 못하고 있을 게다.

사실 단차에 대한 신분 증명은 끝났다.

지금은 아무도 그런 일에 매달리지 않는다.

북지단 단주를 비롯해서 그 누구도 단차의 진정한 신분에 대해서 아는 사람이 없다. 하지만 무총주로부터 일위단주의 명이 내려진 순간, 단차에 대한 신분은 보증된 것이나 진배없게 되었다.

무총주는 그를 안다. 그렇기에 그에게 북지단을 두 쪽으로 쫙 갈라서 일휘단이라는 집단을 만들어준 것이 아니겠는가. 하지만 허수아비처럼 주어진 명령만 따르라는 것은 만총림 유생들을 너무 얕보는 처사다.

시간이 걸리더라도 그가 어떤 자인지 꼭 알아내고야 만다. 또 그것이 무총 본단 비목대주로 영전한 전임 만총림주에 대한 최대의 충성일 게다.

단차가 어떤 자라는 것을 알면 비목대주의 운신이 한결 자유로워질 것이다.

"됐어."

부림주가 손을 들어 대화를 중단시켰다. 그리고 다른 방향으로 유도했다.

"이제는 함정에 주목해 보자. 나머지도 모두 잡아들여야 하니까."

3

소문이 날개 돋친 듯 쫙 퍼져 나갔다.

"칠살문 살수들이 잡혔다며?"

"북지단에서 잡았다지, 아마?"

"에이! 나쁜 놈들만 혼내주던 살수들인데 그런 자들은 좀 내버려 두지."

"북지단 입장에서야 그럴 수 있나. 아무리 나쁜 놈들만 혼내준다고 해도 엄연한 청부 살인인데."

"청부는 무슨…… 옥수수 한 자루도 청부금인가?"

"하기는…… 옛날에는 의도(義盜) 같은 것도 있고 그랬는데 말이야. 왜 있잖아, 있는 놈에게서 도둑질해 가지고 없는 놈들 도와주는 도둑 말이야."

"의도가 뭔지는 알아. 잘난 척하기는."

"잘난 척한 게 아니라 칠살문 이야기를 듣다 보면 의적 이야기가 떠올라서 하는 말이네."

"북지단이 죽일까?"

"죽이겠지. 살수니까."

사람들은 그들의 구속을 안타까워했다.

"바보 같은 자식들."

부사영이 우물거리듯 말했다.

"그놈들에게 뭐라고 할 수는 없죠. 아, 상대는 만총림 아닙
니까. 대가리가 팍팍 돌아간다는 놈들이니…… 그런 놈들이
작심하고 함정을 팠다면 누구라도 걸렸을 겁니다."

고봉이 인상을 잔뜩 찌푸리며 말했다.

그들은 본능적으로 함정을 예감했다.

만총림 같은 곳에서 일을 꾸몄다면 뒤처리도 깨끗할 터였
다. 그들이 마음먹고 벌인 일이니 지금처럼 지저분하게 소문
이 나도는 경우는 결코 없을 것이다.

한데 소문이 떠돌고 있다. 마치 귀가 있는 사람이라면 모두
들으라는 듯이 공공연하게 번진다.

두 사람은 미끼가 되었다.

확인하고 자시고 할 필요도 없다. 소문을 듣는 순간 '아! 미
끼구나!' 하는 직감이 퍼뜩 든다.

이럴 경우에 시각랑은 미끼를 버린다.

적의 일부를 생포하면 이용하고 싶다는 생각이 드는 건 당
연하다. 이것이 사람의 심리이다.

지금까지 수많은 동료가 잡혔다. 그리고 어김없이 미끼가 되었다. 하지만 그들이 어떻게 이용당할지 알기 때문에, 그들을 이용하여 만든 추가 함정에 걸려든 경우는 없다.

어떻게 할까? 이번에도 버려야 하나?

"북지단이라면 우리가 감당할 수 없다."

부사영이 냉정하게 말했다.

"훗! 그놈들…… 되게 섭섭하겠네."

고봉이 쓴웃음을 흘렸다.

"우리가 모두 일촌사를 사용할 수 있다는 전제하라면……."

"쳇! 일촌사…… 그거 칼 맞아 죽기 딱 알맞은 무공이지. 도 아니면 개야. 죽이거나 죽거나. 한데 죽일 가능성보다는 죽을 가능성이 더 높아. 미친놈처럼 매 싸움마다 목숨을 걸지 않으면 전개할 수 없는 검법이니……."

갈조기가 부사영의 말을 중도에서 끊었다.

그는 오지구를 맞닥뜨려 딸깍딸깍 소리를 냈다. 심기가 무척 불편하다는 뜻이다.

부사영의 말뜻은 알아듣는다.

남은 사람들이 모두 일촌사라는 가공할 검법을 전개할 수 있다면 한 번쯤 구출을 시도해 볼 수도 있다는 뜻이다.

정말 그럴지도 모른다.

어찌 된 영문인지는 모르지만 검산의 검귀들이 동정호에서 몰살당했다.

그들을 몰살시킨 사람은 무공의 '무(武)' 자도 모르던 사약란이다. 오목이요, 사색신녀다. 일력광겸과 사사표풍이다.

그들 중 어느 누구도 검산의 검귀들을 상대하지 못한다.

이것이 부사영의 판단이나…… 결과는 전혀 다르게 나왔다. 상대가 되지 않을 것 같은 사람들이 검산을 몰살시켰다.

그 이유는 동정호의 독림, 그리고 천충과 연관 있을 게다.

자세히는 모른다. 막연하게 짐작만 할 뿐이다.

하지만…… 비록 사약란에게 몰살당했다고 하지만 검산의 절학은 이 시대 최고의 절학 중 하나다.

시각랑에게 그만한 절기가 주어졌다면 지금보다 무공이 배는 더 강해졌다는 뜻이고, 그렇다면 정녕 구출을 시도해 볼 수도 있다.

하지만 어쩌랴! 일촌사에 집중하지 못했다.

천하의 절기를 전수받았으면서도 수련을 게을리 했다는 건 있을 수 없는 일이다. 또 그런 말은 어디 가서 하지도 못한다. 보나마나 듣는 사람마다 욕을 할 게 뻔하다.

한데 실제로 시각랑들은 일촌사를 전수받고도 수련에 매진하지 못했다.

일촌사는 천하의 절기다.

검산의 검귀들이 평생을 수련하는 검법이다. 오직 한순간만을 낚아채려고 죽을힘을 다해서 수련을 거듭한다.

그런 검법을 겨우 한두 달 수련한 것 가지고 찰나의 순간을 잡아채라는 건 누가 봐도 무리다. 혹, 모른다. 두 눈 딱 감고 깊은 산속에 들어가서 한 십 년쯤 수련하면 써먹을 수 있을지.

지금 당장은 일촌사가 하늘을 무너뜨리는 절기라고 해도 사용할 수 없다.

일촌사는 한시도 쉼없이 갈고닦아야 한다. 완벽하게 충만된 자신감으로, 본능에 따라 한 치의 망설임도 없이 전개해야 한다. 티끌만 한 멈칫거림이라도 존재하면 그 순간으로 끝장난다.

그런 점을 부사영처럼 잘 아는 사람도 없다. 그래서 지금까지 일촌사 사용을 불허해 오기도 했다.

지금은 그런 기적이라도 바라고 싶다.

밤중에 남몰래 일어나 수련하지는 않았을까? 길을 걸으면서, 사람을 죽이는 순간까지도 일촌사에 대해서 생각하지 않았을까? 왜냐하면 일촌사는 누구나 탐내는 절기 중의 절기니까.

그래서 말을 꺼낸 건데, 역시 무리였다.

"후우! 그럼…… 버린다."

부사영은 힘든 결정을 내려야만 했다.

*　　*　　*

담위민과 여강강은 말똥구리다.

그녀는 시각랑이라는 말보다 말똥구리라는 말을 좋아했다. 왠지 딱딱하지 않고 정겹지 않은가.

그 사내…… 계야부는 딱딱했다.

그녀 앞에서는 늘 포근한 웃음을 보여주었지만 조금도 포근하다는 느낌을 받지 못했다.

그를 볼 때마다 늘 가슴이 조마조마했다.

황소처럼 타협을 모르고 앞으로만 돌진하는 통에 기가 질릴 지경이었다. 결국은 자신의 생명까지도 아낌없이 던져 버린 천하에 다시없는 바보 노릇을 했다.

그는 많은 것을 남겨놓고 떠났다.

그 사내는 그녀의 낭군이었고, 아직도 진한 사랑을 느낀다.

그래서 그가 남겨놓은 사람들도 무시할 수 없다. 이리 채이고 저리 채이게 할 수 없다.

"북지단 만총림이? 그들을?"

그녀는 고개를 갸웃거렸다.

북지단이 일개 살수를 잡아들일 이유가 무엇일까?

모든 행동에는 이유가 있다. 하다못해 꽃이 잎을 펴고 오므리는 데도 이유가 있다.

"북지단에 단차라는 인물이 있습니다."

그는 단차에 대해서 소상하게 보고했다.

단차라는 자가 북지단에 나타날 때부터 칠살문의 살수 두 명을 잡아들일 때까지의 모든 경과를 빠짐없이 말했다.

"대…… 단한 사람이군요."

그녀는 감탄했다.

지통의 보고대로라면 그는 단신으로 나타나서 북지단을 완전히 초토화시켜 버렸다.

내단주, 외단주의 손발을 묶었다. 북지단의 무력이 중심을 잡지 못하고 흩어지는 순간이다.

무총주의 명령으로 일휘단이라는 새로운 조직이 생겼다.

북지단의 힘이 반으로 갈렸다. 북지단주의 세력이 힘을 잃었다.

현재의 북지단은 북지단주의 북지단과 단차의 일휘단으로 갈렸다고 해도 과언이 아니다.

이런 결과는 중요하지 않다. 그보다 먼저 생각할 것이 있다.

북지단주!

막강한 힘을 가지고 있는, 어떻게 보면 무총주와 버금가는 힘을 가진 북지단주가 이런 일들을 순순히 받아들였다.

무총주의 명령에 한 번쯤 이의를 제기할 수도 있는데, 전혀 그런 행동을 보이지 않았다. 명령이 떨어지기 무섭게 마치 기다렸다는 듯이 받아들였다.

북지단주가 무력해서일까? 세월이 그를 늙게 만들었나?

천만에! 그는 무력한 노인이 아니다. 그의 지혜는 샘솟듯 흘러나오고, 일수를 들면 천하가 요동친다.

그는 북무림을 휘어잡은 최강자다.

사람들은 이 시대의 최강자로 무총주를 거론한다. 그다음은 두말할 것도 없다는 듯이 안선을 이끄는 대공과 동정호의 오대고수를 손꼽는다.

대공이 아무리 발버둥을 쳐도 동정호의 오대고수가 무총주의 수하로 있는 한 중원 땅 어느 곳에도 발을 붙이지 못할 것이라는 게 중론이다.

여기서 빠진 사람들이 있다.

바로 사 개 단의 단주들이다.

그들은 무총주의 직속 수하쯤으로 여겨진다. 사실상 무총주의 명령을 받는 위치이기 때문에 그리 보인 것이지만…… 그들의 인격이나 무공은 능히 중원의 패자를 넘보기에 충분하다.

그런 사람이 기꺼이 단차에게 북지단을 나눠주었다.

어떻게 보면 너무도 무력하게 북지단이 반으로 갈렸다. 북지단을 이끄는 실질적인 힘인 외단주와 내단주가 무공에서 단차에게 밀리고 있다.

이것이 북지단의 실상인가?

천만에! 전혀 그렇지 않다.

다른 사람은 몰라도 서지단 군사를 맡았던 적이 있는 그녀만은 사 개 단의 진면목을 안다.

사 개 단은 단주가 존재함으로써 존립한다.

단주 그 자체가 단(團)의 힘이다.

외단주와 내단주를 볼 필요가 없다. 북지단의 세력을 살필 필요도 없다. 그들이 무슨 일을 하고 있으며, 어떻게 움직이는지 지켜볼 것도 없다.

북지단주…… 그에게만 초점을 맞추면 된다.

북지단주가 건재하면 북지단은 건재한 것이다. 그가 무너졌으면 세력이 아무리 강성해도 모두 무너진 것이다.

서지단이 그렇다. 남지단도, 동지단도…… 모든 힘이 단주한 사람에게 집약된다.

현재 북지단에서 벌어지는 일은 북지단주가 손자 재롱 보듯이 단차의 재롱을 즐기고 있다고 보면 딱 맞다.

즉, 단차에게 재미있는 구석이 있는 것이다.

단차가 재미있다는 것은 그녀도 인정한다.

그는 일휘단주가 된 이후, 첫 번째로 한 일이 바로 칠살문 살수들을 잡아들인 것이다.

칠살문의 흉명이 점점 높아져 가고 있는 시점이기는 했다. 하지만 북지단이 직접 나서서 제거를 할 정도로 두각을 나타낸 정도는 아니었다.

결국 칠살문이 지향하는 바는 그것이었다.

중원의 시선을 한 몸에 받겠다. 그러면서 자신들은 아무도 찾지 못하는 곳에 숨어 있겠다.

그런 상태에서 안선을 하나씩 제거하면 세상의 시선이 일제히 안선에게 쏠린다. 안선을 주목하게 된다. 알고 있으면서도 애써서 생각하지 않으려고 하는 안선을 수면 위로 부상시킬 수밖에 없다.

칠살문은 그런 일을 하려고 했다.

계야부는 직접 안선을 겨냥했다. 직접 안선을 골라냈고, 쳤다. 그러나 칠살문은 그럴 만한 힘이 없다. 힘이 없다고 생각한 게다. 그래서 방향을 틀었다. 직접 겨냥하지 않고 그들의 존재를 드러내는 데 주안점을 두었다.

이것이 칠살문의 최종 목표다.

지금은 최종 목표를 이루기 위해서 기반을 다지는 단계다.

사람들의 이목을 집중시키기 위해 일단 칠살문이라는 이름을 알릴 필요가 있고, 가장 효과적인 방법으로 이제 막 일을 시작한 단계에 불과하다.

현재는 아무도 칠살문을 주목하지 않는다.

민초들 사이에서 조금씩 이름이 들먹여지고 있는 정도다.

아무리 생각해도 일휘단주쯤 되는 자가 직접 손대기에는 너무 작은 일이지 않나?

"어떻게…… 그자들이 갇힌 곳이라도 알아올까요?"

지통이 물어왔다.

"만총림의 이목은 올빼미 같아요. 못 보는 게 없죠."

"하하! 이 몸은 올빼미도 찾지 못하는 어둠 그 자체. 만총림의 이목쯤이야."

"어디 갇혀 있는지, 함정은 어느 정도인지 알 수 있는 데까지 상세히 파악해 주시겠어요?"

"그럼."

스스스슷!

지통이 어둠 속으로 스며들었다.

머리부터 발끝까지 조금씩 녹아들더니 끝내는 어둠이 되어버렸다.

그녀는 곱디고운 아미를 살짝 찌푸렸다.

'무슨 일이 있어도 구해야 돼!'

계야부가 남긴 사람들, 그녀에게 그들은 무림의 평화보다도 훨씬 중요했다.

마차 한 대가 출발했다.

어자석에는 일남일녀가 앉아 있다.

너무 어울리지 않는 남녀들이라 모두의 시선을 한눈에 받기에 충분했다.

기가 막힐 정도로 상큼하고 야들야들한 미녀와 키 작고 볼품없는 사내가 어깨를 나란히 하고 한자리에 앉아 있다는 자체가 불가사의(不可思議)였다.

여자가 무엇이 아쉬워서 저런 자와 같이 다닐까?

사내 꼴을 보아하니 돈도 많지 않은 것 같은데…… 밤일을 기가 막히게 잘 하나?

아니다. 그런 말로도 두 사람을 한자리에 묶을 수는 없다. 그러기에는 여인이 너무 빼어나다.

그녀가 살짝 눈웃음이라도 치면 오금이 저려온다.

살결은 백옥 같고, 옷 사이로 살짝 드러난 손은 빙어처럼 매끄럽다. 빨갛고 도톰한 입술은 세상을 빨아들일 듯하고, 오똑하면서 단정한 코는 올곧은 절개를 말해주는 듯하다.

그녀는 아무나 집적거릴 수 있는 여인이 아니다.

천하 영웅이거나 고관대작이거나 대부호쯤 되거나…… 최상류층에서 움직이는 거대한 용이 아니면 말도 걸어보지 못할 정도다.

한마디로 미모와 자태가 모두 빼어난 여인이다.

반면에 사내는 너무 촌스럽다.

생긴 것만 촌스러운 것이 아니라 행동도 경망스러워 보인다.

아무리 봐도 하인쯤으로밖에 보이지 않는데, 나란히 어깨를 마주하고 어자석에 앉아 있다.

"저 여자가 사색신녀래."

"기녀란 말이야?"

"기녀도 보통 기녀인가. 중원사대기녀 중의 한 명이라지?"

"저런 여자한테 술 한잔 받아봤으면 여한이 없겠다."

"꿈 깨라. 네 전 재산을 다 갖다 줘도 술 한 잔 값도 안 될 거야."

"그런데 저놈은 뭐야? 뭔데 같이 다니는 거야?"

"그러게…… 기둥서방이라도 되나?"

"재수 좋은 놈이네. 어떻게 저런 여자를 꿰찰 수 있었지? 그 물건이 큰가?"

"휴우! 부럽다, 부러워."

사람들의 수군거림은 두 사람의 귀에도 들렸다.

오목은 싫지 않은 소리라서 싱글벙글거렸고, 사색신녀는 분노의 냉기를 펄펄 날렸다.

"내참, 창피해서……."

"내 물건이 좋긴 하잖아."

"죽고 싶어?"

"참아. 동지단까지만. 이럇!"

오목은 힘차게 고삐를 잡아당겼다.

그들이 향하는 목적지는 동지단이었다.

잠시 후, 마차 한 대가 또 출발했다.

이번에도 어자석에는 일남일녀가 앉아 있었다.

"햐! 예쁘긴 한데 얼음이 풀풀 날리는구나."

"얼어 죽어도 좋으니 한 번 안아봤으면 좋겠다."

"쉿! 듣겠어!"

사람들은 사사표풍에게서 눈을 떼지 못했다.

사사표풍이 아름답다는 점은 부인할 수 없다. 하나 그녀의 아름다움은 강한 무기(武氣)에 눌려 잘 드러나지 않았다. 송곳처럼 날카로운 안광을 뚫어낸 후에나 그녀의 아름다움을 볼 수 있었다.

한데 사람들이 그녀에게서 시선을 떼지 못했다.

기현상인가? 사람들이 미쳤나?

아니다. 그녀는 매미날개처럼 가볍고 몸에 착 달라붙는 가죽옷을 입었다.

물개 가죽으로 만든 옷이라 매혹적일 만큼 매끄럽다.

소매도 없고 바짓단도 없다. 목 밑에서부터 발끝까지 꽉 조이듯 달라붙었다. 활동성은 좋아 보이지만 몸의 굴곡이 너무 노골적이다 싶을 만큼 드러난다.

도저히 눈을 뗄 수 없는 게 당연하다.

일력광겹이 부리부리한 눈으로 노려보지 않았다면 언제까지고 쳐다봤을 것이다.

"야! 네 옷 좀 어떻게 할 수 없냐!"

일력광겹이 게슴츠레 쳐다보는 사내들을 노려보면서 말했다.

사사표풍은 말이 없다.

그녀의 차디차게 굳은 눈은 오직 하나만 바라본다.

흑선류!

그녀는 사람들의 이목 따위를 아랑곳하지 않는다.

흑선류를 단 한 치라도 나아가게 할 수 있다면 팔이라도 잘라낼 수 있다.

공기 저항을 최소화시키는 가죽옷도 그래서 입었다.

무공을 펼치는 데 가장 이상적인 옷이라고 여겼기 때문이다.

그런 노력은 그녀의 흑선류를 비약적으로 발전시켰다.

비궁에 있던 사람들이 모두 절정고수로 성장했지만 그중에서도 특히 그녀의 편공은 우뚝 솟은 고봉이 되어갔다.

사약란은 그녀의 흑선류를 이렇게 평가했다.

―편에 관한 한 천하제일도 바라볼 수 있겠어요.

사약란의 안목은 객관적이다.

다양한 무공을 알고 있고, 많은 고수를 접해봤다. 천하제일이다 싶은 자도 많이 안다.

그녀가 내린 평가가 맞을 것이다.

사실 그녀 자신도 자신의 무공에 상당한 자신감을 가졌다.

당대 편공(鞭功)제일인이 있다면 직접 찾아가서 한 수 지도를 청할 정도다.

사람들의 이목? 상관없다. 흑선류만 강해진다면 발가벗고 다닐 수도 있다.

"어휴! 독한 계집!"

일력광겸이 투덜거렸다.

사사표풍은 그의 말을 못 들은 척, 힘껏 고삐를 잡아당겼다.

"끼랏!"

'드디어 움직인닷!'

소리없는 움직임이 부산하게 일어났다.

그녀는 고우진과 더불어서 폭풍의 핵이다. 고우진이 붕지를 무너뜨렸다면 그녀는 검산을 멸절시켰다.

붕지와 검산…… 똑같은 봉인 삼문이다. 하나 사람들은 붕지보다는 검산을 한 수 더 높이 평가했다. 붕지를 미친개에 비유한다면 검산은 차디찬 검으로 비유되었다.

그녀는 냉정한 검을 부러뜨렸다.

그런 그녀가 주목받는 건 당연한 일이었다.

당장 무총과 안선이 그녀를 주목했다. 무림세가에서도 눈길을 떼지 않았다. 그녀의 향후 행로에 따라서 무림 정세가 변할 공산은 매우 높았으니까.

그녀가 한 발 움직일 때, 그녀를 따라서 수십 명이 움직였다.

그러다 보니 숨은 자들끼리 서로를 확인하는 경우도 생겼다.

'개방?'

'모용세가?'

거대 문파치고 그녀에게 한두 명쯤 그림자를 붙여놓지 않은 문파는 없었다.

그들이 일제히 움직였다.

"제길! 동과 서!"

양 방향이다. 어느 쪽을 쫓아야 하나!

비교적 인원이 충분하면 양쪽으로 양분할 수 있었다. 하나 한 명만 뒤쫓고 있는 경우에는 상당히 난감했다.

어쨌든 그들은 자신의 판단대로 마차를 뒤쫓았다.

제삼의 길을 선택한 자도 있다.

'전형적인 성동격서(聲東擊西)! 양쪽 마차로 이목을 따돌린 후 유유히 빠져나간다. 어느 쪽 마차에도 사약란은 타지 않았다.'

그들은 마차를 쫓지 않았다. 대신 눈에 불을 켜고 또 다른 움직임을 살폈다.

사약란은 움직일 것이다.

동과 서로 마차가 달렸으니 남이나 북으로 뛸 것이다.

움직임은 없었다.

第百章
투란(投卵)

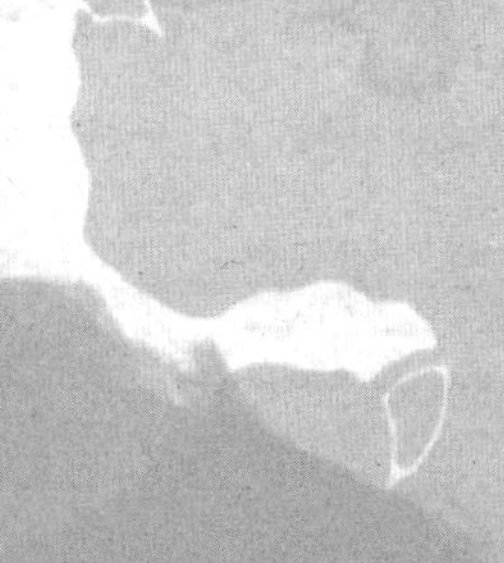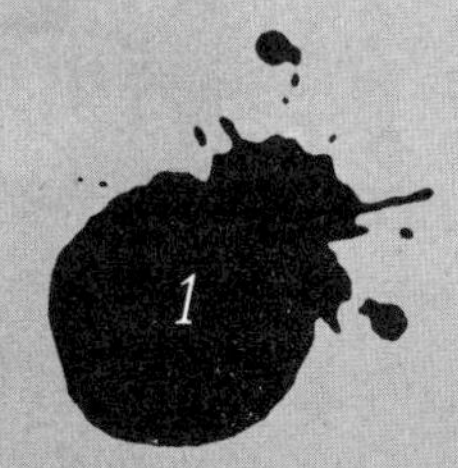

"소저께서 드디어 움직이신 모양입니다."

"그런가."

사일도는 담담하게 말했다.

동나는 히죽 웃으면서 가까이 다가와 앉았다.

"정식으로 무림에 출도한 첫 번째 행보는 아마도 북지단이 된 듯합니다. 그곳에 단차라는 인물이 있는데, 참 재미있는 위인이죠. 급한 일만 아니라면…… 하하! 저도 관심있습니다."

"단차…… 재미있는 인물이지."

사일도는 모든 이야기를 담담하게 받아들였다.

그는 검을 손질했다.

평소에도 검을 잘 닦아놓는 편이지만 오늘은 그 손길이 무척 섬세했다.

"주공께서도 관심있으십니까?"

"관심없을 수 없지. 살림을 무너뜨린 인물 아닌가."

"소저와 고우진, 그리고 단차의 동시 등장. 소저와 고우진은 생각했는데 단차는 정말 뜻밖입니다. 전혀 예상하지 못한 자예요. 만약 이게 무총주님께서 준비하신 수라면……."

"그럴 리 없다."

사일도는 딱 잘라 말했다.

"할아버님께서는 가장 정확하고, 신속하며, 잔인한 분이시지. 후후! 그분이 단차를 준비했다면 그렇게 사용하지는 않으셨을 게야. 그보다는 훨씬 더 중요한 용도로 썼겠지."

"그렇군요. 제가 생각이 짧아서."

동나가 머리를 긁적거렸다.

"그나저나 단차로서는 참 억울하겠어요. 살림을 무너뜨렸으니 중요도로 따지면 소저나 고우진처럼 중원에 위명을 널리 알리고도 남는데 살림의 특성상…… 그가 살림을 무너뜨린 건 소수의 몇몇만 아는 사항이 되고 말았으니 어쩌면 이번 봉인 삼문의 멸절에 혁혁한 공을 세우고도 손해는 가장 많이 봤다고 할 수 있지 않습니까."

"덕분에 일휘단주가 되었지 않나."

"소신 같으면 그 정도로는……."

"욕심이 많군."

"제가 좀 그런 편이죠."

쓱! 쓱! 쓱……!

검 벼르는 소리가 잔잔하게 울려왔다.

사약란이 천형에서 벗어나 초극고수로 변모한 것은 크게 기뻐할 일이다.

사일도는 기뻤다.

여동생이 할아버지의 양강공을 수련하여 여자 아닌 여자로 사는 것을 원치 않는다. 그것이 비록 천하의 주인이 되는 길일지라도 결사코 반대한다.

그녀는 천형에서 벗어났다. 할아버지의 저주에서도 벗어났다. 초극고수가 되었으면서도 여인의 몸으로 살 수 있다. 반드시 할아버지의 무공을 수련해야만 초극고수가 될 수 있다는 말도 안 되는 생각도 무너뜨렸다.

모두 다 잘됐다.

반면에 잘못된 것도 있다.

사약란의 성장은 그의 입지를 줄어들게 만든다. 그녀가 커가면 커갈수록 사일도는 작아지게 된다.

두 사람은 나란히 성장하는 게 아니다.

한 사람이 커지면 다른 사람은 작아진다. 양이 한정된 모래시계가 어느 쪽으로 기울어지느냐 하는 것과 같다.

그들이 무총의 후계자이기 때문이다.

자리는 하나인데 사람이 둘이니, 어느 한쪽은 무너질 수밖에 없는 것이다.

그 길에 먼저 닿은 사람은 그였다.

무총의 모든 사람이, 중원의 모든 사람이, 심지어 할아버지까지도 그리 생각하셨을 게다.

한데 이제는 동생 차지가 되어가고 있다.

할아버지는 검산을 보냈다. 경고 중에서 가장 강력한 경고를 보내왔다.

그 경고를 동생이 훌륭하게 무너뜨렸다.

이제 그녀는 무림의 신성(新星)이다.

할아버지에 버금가는 초극고수이면서 정통무공만 사용하고, 서지단의 군사를 맡을 만큼 지혜가 뛰어나며, 병든 사람을 보고 눈물을 뚝뚝 흘리는 심성 착한 여걸(女傑)이다.

그녀는 만인이 바라는 사람이다.

유일하게 그녀의 발목을 잡는 것은 계야부와의 과거사다.

그녀는 독심환마라는 거창한 별호를 지닌 자와 행동을 같이했다.

숙식을 같이했고, 무인을 같이 죽였으며, 동정호 비궁으로 같이 들어갔다.

이러한 과거는 계야부가 죽고 없는 현재도 그녀의 발목을 잡는 족쇄가 되고 있다.

하나 그녀는 조만간 이러한 족쇄마저도 끊을 것이다.

그녀라면…… 현명한 그녀라면…….

그녀는 생각 밖으로 훌쩍 컸다.

할아버지가 검산을 보내올 때만 해도 작은 항아리 정도에 불과했는데, 검산을 치고 난 다음에는 하늘 높은 줄 모르고 우뚝 선 태산이 되고 말았다.

작은 반딧불인 줄 알았는데 뚜껑을 열고 보니 태양이다.

모래시계의 추가 너무 기울어져 버렸다.

사일도가 검을 들어 날을 살피며 물었다.

"아직도 소식을 기다리고 있는 겐가?"

"하하! 유일한 끈이니까요."

"소식 올 시간이 한참 지났지?"

"아직 이틀밖에는……."

이틀이면 큰 시간이다.

동나 같은 사람에게 이틀이란 공백은 실패, 좌절을 의미한다.

이틀 동안 소식이 오지 않았다.

'틀림없이 변고가 생겼어.'

당연한 생각이다. 하면 변고에 대비한 대응책을 강구해야 한다.

우선 자리를 뜬다.

지금 위치는 적이 알고 있다. 불리하다. 적이 모르는 곳으로 일단 움직인다.

이것도 당연한 생각이다.

하지만 동나는 움직이지 않았다. 이틀이 지나도록 차분히 앉아서 전갈을 기다렸다. 전갈 대신에 적의 칼날이 들이닥칠 수도 있는데, 그럴 공산이 십 중 팔구 할은 넘어서는데, 그래도 껄껄껄 웃으면서 편안하게 지냈다.

사일도는 채근하지 않았다.

십일영자 중 살아남은 다른 칠영자도 다과(茶菓)와 한담(閑談)을 즐기며 시간을 소일했다.

그들도 자신들에게 최대 위기가 닥쳤다는 것을 안다.

펄펄 끓는 기름 솥에 막 던져진 메뚜기처럼 전신이 새카맣게 타버리기 직전이라는 사실을 누구보다도 뼈저리게 절감한다.

그렇기에 더욱더 움직이지 않는다.

동나가 움직이라고 말하기 전에 움직이는 것은 제 발로 불구덩이 속으로 뛰어드는 것과 진배없다.

"그 검…… 이제 곧 쓰셔야겠군요."

"그토록 상황이 어렵나?"

"하하! 누가 봐도 절망적이지 않습니까?"

"널 잘못 뽑았군. 차라리 비목대주가 나을 뻔했어."

"비공! 비공을 마음에 두셨습니까?"

"널 만나기 전에."

"그랬군요. 비공이라…… 비공……. 에이, 거짓말…… 아무리 생각해도 그림이 안 나오는데요? 절 안 만나셨으면 이빨 대신 잇몸으로 사셨을망정 비공을 쓰지는 않으셨을 겁니다."

"자화자찬도 이 정도면 병이 아닌가."

"제정신이 아니니 주공 곁에 있는 것 아니겠습니까."

"뭐야!"

"하하! 제가 무심코 목을 걸 말을 하고 말았군요. 용서를."

동나는 사일도와 농을 나눴다.

일이 잘 풀리지 않아서 가슴이 심란할수록 여유를 가져야 한다. 급할 때일수록 한 걸음 뒤로 물러나서 모든 정황을 총체적으로 봐야 한다.

동나는 자신에게 말을 걸었다.

'차분하게…… 차분하게…….'

꾸루루룩!

그토록 기다리던 전서가 예정보다 사흘 늦게 도착했다.

"먼 길 왔구나. 수고했다."

동나는 전서구를 잡아 다정스럽게 머리를 쓰다듬었다.

구구구! 구구구구!

비둘기는 순박한 눈망울로 사방을 두리번거린다.

동나는 비둘기의 머리를 꾹 잡더니 홱 잡아 비틀었다.

뚝!

목뼈 꺾이는 소리가 싱겁게 울렸다.

"이제 네놈 할 일도 다한 것 같으니…… 그만 쉬어라. 다음 생에서는 인간으로…… 아니, 목숨 있는 것은 말고 바람이나 구름이나 이런 게 좋겠다. 그래, 바람이나 되어라."

동나는 전통을 열어 둘둘 말린 종이 한 장을 꺼냈다.

무슨 내용인지 읽어보기도 전에 손이 파르르 떨린다.

피 묻은 종이, 죽음의 전갈.

전서에 피가 묻어 있다는 것은 변고가 발생했다는 것이다.

하기는 전서가 사흘이나 늦어지면서 변고 발생은 이미 짐작하고 있는 터이다.

그런데 피 묻은 전서라…….

이런 전서는 있을 수 없다.

전서에 피가 묻었다는 것은 전서구를 날리는 사람이 변고를 당했다는 뜻인데, 그런 경우에는 전서구조차도 날지 못한다.

'전서구는 날지 못해. 날 틈을 줄 리가 없지. 어떤 내용인지 봤고……. 그래…… 마지막으로 읽어라. 이게 마지막이니…… 후후후! 즐기고 계시는군.'

배부른 고양이는 쥐를 잡아먹지 않는다. 놓아주지도 않는다. 이리저리 가지고 놀다가 싫증나면 발톱으로 꾹 눌러 죽인다.

동나는 전서를 펼쳤다.

일(一), 비목대주 비공, 행방불명. 사망으로 사료.

이(二), 비목대주로 북지단 만총림주 취임.

삼(三), 단차의 무공은 의살로 확인.

비목대에 심어놓은 간자가 마지막으로 보낸 전갈이다.

'비공이 사망? 만총림주…… 그자가 비목대주로? 이건 또 뭔가? 단차의 무공이 의살? 확실히 의살이란 말인가?

어느 것 하나 놀랍지 않은 게 없다.

비공을 행방불명으로 처리할 수 있는 사람은 무총주뿐이다.

그 외에 어떤 인물도 그럴 수 없다. 그를 죽일 수는 있어도 행방불명으로 처리하지는 못한다.

그에게는 따르는 사람이 많다. 뒤를 지키는 고수도 많다.

그들 중에는 비목대주의 죽음에 대비한 암자(暗者)도 있다.

암자는 어떠한 경우에도 세상에 나서지 않는다. 비목대주가 검에 맞아 죽어도, 깊은 상처를 입고 생사지경을 헤매도 어둠 속에 숨어서 지켜보기만 한다.

그들의 첫 번째 임무는 세상으로부터 꽁꽁 숨는 것이다.

누구도 구할 필요가 없다. 아군이라고 생각할 필요도 없다. 아예 같은 집단에 적을 두고 있다는 생각 자체를 지워 버린다.

그들은 완전한 남이 되어 비목대주를 지켜본다.

여기서 암자를 '그들' 이라고 말한 것은 암자가 한 명인지 아니면 여러 명인지 인원수조차 모르기 때문이다.

그들은 비목대주의 생과 사를 지켜본 후, 은밀히 무총에 연락을 취한다.

그것으로 그들의 임무는 십 할 달성한 게다.

하니 비공을 죽일 수 있는 자는 많아도 행방불명으로 처리할 수 있는 자는 없다는 결론이 내려지는 게다.

비목대주 비공은 확실히 무총주에게 제거되었다.

'무총의 머리를……'

동나는 잠시 고민했다.

비공은 잠시 사용하고 버리는 소모품이 아니다. 그의 지혜는 세상을 꿰뚫어 본다. 사일도의 행동을 낱낱이 살폈을 뿐만 아니라 십일영자의 움직임까지 환히 내다봤다.

그가 있기에 사일도는 마음대로 움직이지 못했다.

한데 무총주가 머리를 제거했다.

이는 사일도에게 마음대로 움직이라는 소리와 진배없다. 그를 감시하고 꿰뚫어 보는 자를 제거했으니 무언가 하고 싶은 게 있으면 마음껏 해보라는 소리다.

그렇게밖에 받아들일 수 없다.

만총림주가 후임으로 비목대주가 되었다는 글귀를 읽는 순간, 동나는 자신의 직감이 옳았다는 걸 다시 확인했다.

만총림주는 뛰어난 자다. 하나 그의 뛰어남은 만총림에서 나온다. 만총림을 벗어난 그는 아무것도 아니다. 만총림 유생들이 머리를 모아서 여러 계책을 늘어놓으면 그중의 하나를 고를 뿐이었는데…… 비목대는 그렇게 일하지 않는다.

한동안 만총림주는 비목대를 요리하지 못하고 쩔쩔맬 것이다.

무총의 눈과 귀가 가려지는 순간이다.

여기서 한 가지, 무총주는 동나의 간자를 제거했다.

간자가 전하는 소식은 고스란히 보내주면서 전서에 피를 묻혀서 간자가 제거되었다는 사실까지 알려줬다.

이는 무총과 인연을 끊으라는 소리가 아닐까?

무총을 벗어나서 네 마음대로 해봐라.

'졌어!'

동나는 무총주의 뜻을 확고하게 알았다.

무총주의 마음은 사약란에게 기울었다. 그녀를 차기 무총주로 양성할 생각이다.

무총주의 이런 결단에서 두 가지 사실을 읽을 수 있다.

하나는 아직도 사약란에게 무적의 양강기공을 전수할 방법이 있다는 뜻이다.

사약란은 현재도 초극고수다. 그녀는 물론이고, 사일도나 동나 자신도 그녀가 또 다른 무공을 수련해야 한다고는 생각지 않는다. 그녀는 지금 가진 것만으로도 능히 천하를 오시할 수 있다.

하나 무총주의 생각은 다르다.

사약란이 가진 정도로는 천하를 지배할 수 없다. 무총주의 직분을 유지하려면 어떤 일이 있어도 그의 양강기공을 수련해야 한다.

이것은 모두 동정호의 오대고수 때문이다.

무총주가 그들을 단숨에 눌러 버릴 수 있었던 무공…… 어깨를 나란히 하던 초극고수들을 단숨에 짓밟을 수 있었던 무공…… 이 세상 최강의 무공!

무총주의 과거 경험은 편협한 생각을 불러왔다. 천하의 주인이 될 자는 반드시 자신의 무공을 수련해야 된다는 아집에 사로잡히고 만 것이다.

무총주의 생각이 타당할 수도 있다.

무총주는 지상에서 가장 높은 곳에 올라본 사람이니 다른 사람은 보지 못하는 것을 볼 수도 있다.

하나 다른 사람이 보기에는 쓸데없는 고집으로밖에 비치지 않는다.

무총주는 사약란을 선택했다.

이 결정에서 읽을 수 있는 또 하나의 명확한 사실은 사일도가 버려졌다는 것이다.

무총과 인연을 끊어라.

무총주는 그렇게까지 말하고 있다.

만약 사일도가 계속 혈연을 주장한다면 소리 소문 없이 제거될 가능성도 없지 않다.

무총주는 그런 결심을 확고하게 굳혔다.

동나는 주먹을 불끈 쥐었다.

사약란이 초극고수로 둔갑하여 동정호를 벗어날 때부터 이런 날이 올 것이라고 예감했다.

이 정도 일을 예측하지 못한대서야 어디 천하의 동나라고 할 수 있겠나.

누가 봐도 사일도보다는 사약란이 탐난다.

사일도라는 이름에 사내라는 장점을 보태도 사약란을 능가하지 못한다.

그녀가 등장하는 순간에 모든 건 이미 결정지어졌다.

그래서 그는 최후의 수단을 준비했다. 그리고 오지 않았으면 하고 바랐던 시간이 왔다. 드디어 최후의 수단을 실행에 옮길 시간이 온 것이다.

'이제부터는 정말 바빠지겠군.'

동나는 마지막으로 단차의 무공에 주목했다.

의살?

그의 무공이 의살이라는 소문은 진작 들었다. 비목대의 간자도 그런 소리를 몇 번 언급한 적이 있다.

그렇다. '언급' 이다. 확신이 아니고 언급 수준이었다.

거의 모든 정신무공은 진정한 정신무공이 아님에도 의살로 오인받곤 한다.

사색신녀의 유마심안은 진기를 사용한다. 하나 이지(理智)를 조종한다는 면에서 정신무공으로 오인받는다.

그런 무공이 상당히 많다.

얼핏 보면 틀림없이 의살인데 자세히 들여다보면 아닌 경우가 비일비재하다.

한데 의살로 확인되었다?

이건 대단히 중요하다.

의살은 천하제일인의 등장을 예고한다. 천하의 정세가 그를 중심으로 파란을 일으키리라. 무총과 안선으로 대변되던 무림 정세가 하루아침에 뒤죽박죽 흔들릴 것이다.

물론 무총주가 두 눈을 부릅뜨고 지켜보는 한 그리 되기는 쉽지 않겠지만 위험을 내포한 작은 불씨인 것만은 틀림없다.

동정호의 오대고수는 어떤 입장을 취할 것인가? 무총주와 거리를 둘 것인가, 아니면 무총주와 함께 의살을 억누를 것인가. 안선은 또 그를 어떻게 이용할 것인가? 결정적으로 누가, 언제, 어떤 방법으로 그를 제거할 것인가.

　한순간도 방심할 수 없는 죽음의 시간이 밀려온다.

　이런 혼란은 사일도에게 도움을 준다.

　그가 준비한 최후의 수단은 말 그대로 최후라고 생각되지 않으면 결코 펼치지 않을 절박한 수단이다. 하니 세상이 혼란스러울수록 살길은 많아진다.

　그는 피식 웃었다.

　'힘들다고 여겼는데…… 단차라는 자가 살길을 열어주는군.'

　"뭣들 하는 겐가. 떠날 준비들 해야지."

　"가는 겁니까?"

　붕비가 몸을 일으키며 말했다.

　"몸 하나 훌쩍 떠나면 되는 것, 준비할 것도 없겠지. 자는 놈이나 깨우게. 이제 그만 가야지."

　그는 붕비에게 말하며 사일도의 거처로 향했다.

　"땀 좀 흘리셔야겠습니다."

　"전갈이 온 게군."

　"좋지 않은 전갈입니다.",

　"예상하지 않았나?"

　"섭섭하지 않으십니까? 모든 걸 짐작하신 듯 말씀하시기에 여쭙는 겁니다."

　"섭섭하다……. 누구에게? 할아버지께? 그건 섭섭하지 않고…… 무총을 등지는 것은…… 시원섭섭하군."

“다행입니다.”

동나는 흰 이를 드러내며 활짝 웃었다.

‘역시 주공!’ 이라는 생각밖에 안 든다.

사일도는 모든 것을 예상하고 있었다. 동생이 초극고수가 됨으로써 자신이 버려질 것이라는 사실까지 읽었다. 그럼에도 검산을 동생에게 맡겼다.

아는가! 동생이 초극고수가 되는 길을 그가 열어준 것이다.

무총주도 이런 점은 알겠지만 중요하게 생각하지 않는다. 조금 더 비정하게 말하면 생각할 가치도 없다.

남에게 좋은 길을 양보하는 것은 왕도(王道)가 아니다.

송양지인(宋襄之仁)이라는 고사성어처럼 군자의 예를 베푼다고 다 좋은 게 아니다.

왕이 될 자라면 빼앗아야 할 때는 빼앗을 줄 알아야 한다.

결과적으로 사약란의 위명이 사일도를 능가하게 되었다.

그것이다. 결론만 본다.

사일도는 그럴 경우에 자신이 어떤 위치에 서게 되는지도 알고 있었다.

무총을 등져야 한다?

무총주를 누구보다도 잘 알고 있으니 그런 결론을 도출하는 것은 어렵지 않았을 게다.

문제는 그 이후다.

무총을 등진 다음에는 어떤 행보를 취할 것인가.

할아버지의 경고대로 아무도 보지 않는 곳에 가서 얌전히 풀이나 뜯어 먹고 살까? 아니면 위험을 무릅쓰고라도 마음껏 활개를 치며 살아볼까.

동나는 '시원섭섭하다' 는 말에서 사일도의 뜻을 읽었다.

"소저께서는 북지단으로 갔습니다. 틀림없이 단차를 만나러 갔을 겁니다. 영민한 분이시니……."

"후후! 단차가 의살을 사용한다면 그만한 폭풍도 없지. 단차…… 완전히 폭풍의 핵이야. 그 아이가 달려가는 건 당연하겠지. 아니야…… 그 점도 있지만 그 아이가 달려간 건 그 때문이 아냐. 그 아이는 아직 자신이 어떤 위치에 있는지 몰라."

"무총의 후계자……. 북지단을 방문한 후에는 아시게 될 겁니다."

"그렇겠지. 한데 그 아이는 북지단과 적이 되려고 갔단 말이야. 만약 단차가 생포한 시각랑을 내놓지 않으면 일장 격돌이 일어날걸? 그 아이가 양처럼 순하지만 어떤 때는…… 하하! 나도 두 손 두 발 다 들 정도로 표독스러울 때가 있어."

"저흰 그쪽으로 눈 돌리지 못합니다."

동나가 단호하게 말했다.

사일도는 말을 빙빙 돌려가며 시각랑을 들먹였다.

사약란이 그들을 구하느라 단차와 부딪치는 걸 원치 않는다는 간접 표현이다.

뜻은 알지만 거기까지 힘이 미치지 않는다.

"그래, 그렇지."

사일도는 순순히 응했다.

"너무 걱정 마십시오. 소저 뒤에는 총주님이 계십니다. 단차가 아무리 의살을 잘 사용해도 소저를 손끝 하나 건드리지 못할 겁니다. 그랬다가는 불벼락 떨어지죠. 하하!"

"후후! 그런데 땀 좀 흘리라는 말은 뭐야?"

"남녀가 한 이부자리 속에서 뭘 하겠습니까?"

"흠! 그대는 종종 곤혹스럽게 할 때가 있단 말이야."

"거두절미하고 말씀드리겠습니다. 혼인을 준비해 놨습니다."

"……."

사일도의 눈빛이 반짝 빛났다. 검광처럼 예리한 한기가 동나의 전신을 훑고 지나갔다.

동나는 찬 기운을 느끼며 몸을 움츠렸다.

사일도가 마음에 들어 하지 않는다. 하나 어쩌랴, 이 길이 가장 빠르고 안전한 길인 것을.

"황보세가(皇甫世家)에 천금 여식이 있습니다. 황보매아(皇甫梅娥)라고 하는데, 천상의 선녀가 하강한 듯하다는……."

"동나, 이안(二案)으로 가자."

"죄송하지만 이안은 없습니다."

"……."

"오대세가를 가지셔야 합니다. 그래야 어떻게든 힘을 써볼 수 있습니다."

"동나!"

"제가 이 계책을 드린 것만으로도 저를 택하신 도리는 다한 겁니다. 준비하시지요. 황보세가까지는 무려 천 리입니다.”

동나가 깊이 부복했다.

2

그들은 침묵했다.

자주 만나는 일도 없지만 만날 때마다 매번 몇 사람이 바뀌어져 있는 게 기분 좋지 않다.

이번에는 또 누가 바뀌었나?

이교사와 육교사의 자리가 공석이다.

원래는 십교사의 자리도 비워져 있어야 한다. 하나 십교사의 직무가 안선주를 총괄하고 있기 때문에 한시도 비워둘 수 없다. 그래서 전체 회합 대신 대공의 허락만 득하고 사람을 메웠다.

이 자리는 십교사가 정식으로 인사를 하는 자리이기도 하다.

그런데도 묵직한 침묵만 흐른다.

교사들은 모두 복면을 썼다.

사실 그들 사이에 복면은 아무런 의미도 없다.

누가 누구인지 다 알고 있다. 서로의 신분은 물론이고 거처까지도 파악하고 있다. 그런 마당에 굳이 얼굴에 천 조각 하나 덧댈 필요가 무엇인가.

그래도 복면을 한다.

개인적으로 만날 때는 맨 얼굴로 만나는 경우가 많다. 어떤 사람은 회합이 끝나자마자 신분 노출을 아랑곳하지 않고 훌러 덩 복면을 벗어젖히기도 한다.

하나 회합을 할 때는 누구 할 것 없이 복면을 쓴다.

대공의 명령이다.

안선에 적을 두고 있는 사람이라면 절대적으로 받들어 모셔 야 할 가장 윗어른의 하명이다.

그 명령이 오늘 깨졌다.

새파랗게 젊은 애송이가 복면을 쓰지 않은 채 회합에 참석 했다.

그는 안선을 이끄는 실세, 교사들에게 인사도 하지 않았다. 누가 권하지도 않았는데 이교사 자리에 털썩 앉은 후 구운 오 리고기를 게걸스럽게 먹어댔다.

"아침을 안 먹고 와서…… 배가 등가죽에 달라붙는 줄 알았 네."

모두 그가 고우진임을 안다.

현재 안선에서 가장 큰 파란을 일으키고 있는 인물인데 모 를 리 있는가.

신분 내력, 무공, 그의 성격과 무림 행보, 하다못해 그가 아 침에 무엇을 먹었는지까지 소상히 파악하고 있다.

이 자리에 있는 십교사는 그럴 만한 능력을 구비했다.

고우진은 아랑곳하지 않았다. 십교사를 본척만척 하고 주린 배를 채우기에 여념없었다.

"아! 나 때문에? 난 할 말 없으니까 하고 싶은 이야기들 나눠. 난 아예 없다고 생각하면 되잖아. 배고파서 죽겠는데 주둥이 놀릴 시간이 있어야지. 아! 이번에는 이걸 먹어볼까? 회합이라기에 차나 한잔 마실 줄 알았는데, 이게 웬 횡재야!"

그는 통째로 구운 새끼 돼지를 양손으로 덥석 집어 물어뜯었다.

"아! 정말 입에서 살살 녹는다, 녹아! 이게 그 유명한 광동(廣東) 고유저(烤乳猪)인가? 새끼 돼지 요리라서 그런지 입에 넣자마자 바사삭 녹아버리네."

그의 안하무인격인 태도는 모두의 입을 함구시켜 버렸다.

이런 상황에서 무슨 회합을 한단 말인가. 어떤 진지한 말을 나눌 수 있단 말인가.

"허허!"

팔교사가 웃었다.

그러자 오리고기를 뜯던 고우진이 눈을 희번덕거리며 팔교사를 쳐다봤다.

"왜?"

"허!"

"웃겨?"

"흠……!"

팔교사는 침음했다.

고우진은 마음에 들지 않는 말을 할 때는 다짜고짜 주먹을 날리겠다는 뜻을 내비쳤다.

왈패가 따로 없다. 파락호도 이런 정도까지 타락하지는 않았다. 그놈들은 적어도 누가 적이고 아군인지는 구분한다. 이토록 무지막지하지는 않다.

그때 보다 못해 삼교사가 혀를 찼다.

"끌끌! 말세군, 말세야. 어린놈의 자식이 어른에게 반말지거리를 하지 않나…… 쯧! 일교사, 이놈 하는 꼴을 보니 일교사가 얼마나 애썼는지 알겠소."

사교사도 웃으며 말했다.

"흐흐! 원래 하룻강아지 범 무서운 줄 모르는 법이지요. 빙마지체라…… 흐흐흐! 그까짓 얼음덩어리, 망치로 두들겨 패면 깨진다는 진리를 알 턱이 있겠습니까?"

오교사도 말했다.

"그게 말이야…… 먼저 생각해 볼 게 있단 말이지. 이놈은 지금 이교사를 대신하겠다고 나선 것 같은데…… 일교사, 대공께서 허락하신 일이오?"

일교사가 고개를 끄덕였다.

대공의 허락하에 이교사의 자리를 내주기로 했다.

대공이 내주기로 했다면 이의를 제기할 수 없다. 하지만 세상 물정이라고는 손톱만큼도 모를 것 같은 놈과 무슨 토론을 할 수 있을까. 무공밖에 내세울 게 없는 놈과 무엇을 논하랴.

"하! 하늘 밖에 하늘이 있다는 건가? 그럼 어디…… 후후! 천외천(天外天)의 솜씨 좀 볼까? 주둥이만 산 놈들인지 그만한 실력이 있는지. 후후! 너!"

고우진이 바로 옆에 앉은 삼교사를 손가락으로 가리켰다.

"어린놈한테 반말 듣기 싫다고 했나?"

쒜엑!

그는 말이 끝나기 무섭게 들고 있던 돼지 뼈다귀로 삼교사의 안면을 힘껏 후려쳤다.

삼교사는 앞에 놓인 그릇을 들어 돼지 뼈를 받아냈다. 한데,

탁! 주르륵!

삼교사는 돼지 뼈에 실린 막강한 내력을 이기지 못하고 의자에 앉은 채로 주르륵 밀려났다.

내력에서 밀렸다!

모두가 경악을 가라앉히기도 전, 벌떡 일어난 고우진은 빙글 몸을 돌리더니 오른발을 들어 냅다 가격했다.

단혈철각(丹血鐵脚)!

삼교사는 급히 두 손을 들어 올려 단혈철각을 받아냈다.

빠악!

몽둥이 부러지는 소리가 울렸다.

이 한 판으로 승부는 명확하게 갈렸다.

삼교사의 팔뼈가 부러졌다. 검이 있어도 쓰기 힘든 지경이고, 설혹 검을 뽑았다고 해도 고우진의 상대가 될지 의심스럽다.

그때, 일교사가 나직이 말했다.

"그만."

"그만? 하!"

삼교사를 향하던 이유없는 반항이 일교사에게 쏟아졌다.

"일교사, 분명히 하지. 나도 이제 이교사니까 당신과 동등한 것 아닌가? 그만이라니? 그 아랫사람 부리듯 하는 말투 말이야, 누가 듣기 싫다고 안 해?"

"……."

"대공을 만나지. 이 회합은 그 후에 다시 하는 게 어때?"

고우진이 십교사를 일일이 쓸어보며 말했다.

이유가 있으면 지금 말하라. 누구든 상관없다.

그는 독패지존(獨覇至尊)이었다.

회의는 임시 휴회되었다.

"네 욕심은 어디까지인가?"

일교사가 물었다.

"왜? 말해도 들어줄 수 없을 것 같은데…… 입 아프게 그런 말까지 해야 하나?"

고우진은 의자에 눕다시피 앉아서 코를 후볐다.

일교사는 피식 웃었다.

고우진의 욕심이 보인다.

그가 보기에 안선은 단숨에 움켜쥘 수 있는 좋은 먹잇감 같을 게다. 보아하니 무공도 변변찮은 것 같고, 욱하고 내지르면 말도 잘 듣는 것 같고…… '요런 놈들, 한번 휘어잡아 볼까?' 하는 생각이 안 들면 거짓말이다.

그래도 그렇지, 이리 무모하게 행동할 줄은…….

"아까 천외천의 무공을 보고 싶다고 했나?"

"왜? 숨겨놓은……."

쒜엑!

고우진은 말을 하다 말고 급히 어깨를 움츠렸다.

무엇인가가 퍼뜩 어깨를 스쳐 지나갔다.

급히 반응한다고 했지만 정확하게 반응했는지는 모르겠다. 자신이 피한 것인지, 아니면 일부러 어깨 부위를 스치고 지나가게 뿌려낸 것인지 파악이 안 된다.

좌우지간 등줄기에 소름이 쫙 끼친다.

촤악!

일교사가 손을 들어 허공에서 내리꽂히는 물체를 받아 들었다.

"이건 죽은 육교사의 유품이지. 정확하게 그가 쓰던 것은 아니고, 도형(圖形)을 남겨놨기에 만들어봤는데…… 소사월반이라고. 어때? 너의 무공으로 충분히 감당할 수 있겠지?"

'강하다!'

고우진의 눈동자에 긴장이 흘렀다.

단순히 병기의 이점 때문에 당한 게 아니다. 소사월반이란 게 무엇인지 짐작은 간다마는…… 소사월반보다 두 배, 세 배 날카로워도 자신을 핍박하지는 못한다.

소사월반을 날린 일교사의 무공이 상상 이상으로 높다.

그는 빙극검형을 수련했다. 자신도 수련했다. 그는 빙화참을 수련하지 못했다. 자신은 수련했다. 그는 달마십팔수나 대력금장장 같은 소림 절공을 수련했다. 자신은 모른다.

사실 소림 무공 같은 건 알 바도 아니다.

무림에 나와서 구파일방의 동정을 살펴봤다.

소위 대문파라는 작자들이 사문(師門)에 틀어박혀서 나올 생각을 하지 않고 있다.

그런 놈들의 무공은 보나마나 아닌가.

한데 아니다. 북해빙궁의 무공으로 따지면 자신이 한 수 위인데, 그래서 일교사를 얕볼 수 있었는데…… 그의 진신무공을 조금이나마 접해보니 무시할 수 없는 자다.

정작 싸움이 붙으면 자신이 이길 것이라는 생각에는 변함이 없다. 하지만 지금까지 생각해 왔던 대로 몸 몇 번 움직이면 이길 수 있는 상대는 아닌 것 같다.

"오늘은 늦었고…… 내일 다시 회합을 할 게야. 내일은 자중해 줘야겠어. 오늘 네게 밀렸던 삼교사…… 후후! 그는 말이야, 나와 싸워도 밀리지 않는 자이지. 내력을 장난처럼 뿌린 일격에 팔이 부러질 위인은 결코 아니란 것이야."

'이것들이!'

고우진은 속으로 분개했다.

누군가에게 속았다는 것은 불쾌하기 짝이 없다. 하나 겉으로는 아무것도 감지하지 못한 척 능청을 떨었다.

"그럼?"

"삼교사는 내일 회합에 나오지 않을 게야. 팔이 부러졌다는 핑계로 이번 회합에서 빠질 생각인 게지. 안선은 십교사의 회합에서 만장일치로 결정되는 사항만 시행하니…… 알겠느냐?
어쭙잖은 네 욕심이 널 이교사로 올려놓을 이번 회합마저 망
치고 말았다.”

고우진은 손을 툭툭 털었다.

얼굴에는 재미있다는 표정을 지었다.

표정만 그런 게 아니다. 정말 재미있다.

십교사의 만장일치는 강력한 제재 수단이다.

다시 말해서 어느 한 명의 미움도 사서는 안 된다. 그들의
욕심이 모두 충족되는 사안만 시행하게 된다.

희한한 것은…… 이럴 경우 할 일이 별로 없게 된다. 열 명
의 욕심을 모두 만족시킬 만한 일은 흔치 않기 때문이다. 안선
에게 지극히 필요하고, 무림에 아주 중대한 사안이라도 누군
가의 마음에 들지 않으면 간여할 수 없게 된다.

그런데도 안선은 꾸준히 움직인다. 마치 살아 있는 동물처
럼 본능적으로 움직인다.

십교사의 만장일치를 넘어서는 강력한 수단이 상위에 존재
한다는 뜻이다.

이 정도는 되어야 건드려 볼 마음이 생긴다.

'내 생각대로 한 손에 확 쥘 수 있는 곳이었으면 내가 먼저
버렸을 게야. 후후! 그래, 이제 재미있어졌어.'

고우진이 말했다.

“내일 회합은 정상적으로 열릴 겁니다. 후후! 삼교사라……
오늘 삼교사를 찾아가서 사과를 하지요. 무릎 꿇고 사과하면

받아줄까요? 하하! 안 받아주면 다리 한 짝 더 부러뜨리고……
하하하!”

일교사는 그럴 줄 알았다는 듯 씩 웃었다.

그들은 뒷짐을 지고 후원을 거닐었다.

바람이 제법 선선해졌다. 하늘은 푸르고 구름은 근심걱정
없이 유유하게 흘러간다.

완연한 가을이다.

“말로는 많이 들었는데 직접 보니까 후후! 참 재미있는 자입
니다. 길들여지지 않은 야생마라고 할까요?”

팔교사가 말했다.

“아니지. 제 위에는 아무도 없다는 투니…… 주인을 태우지
않는 못된 말이지.”

칠교사가 수염을 쓰다듬었다.

“제가 보기에는 한참 멀었습디다. 어떻게들 생각하는지 몰
라도 난 이번 일에서 손을 떼겠소.”

구교사가 단호하게 말했다.

“그렇게는 안 되네. 떼려면 같이 떼고, 하려면 같이 해야지.
우리 중 하나라도 떨어져 나가면 우리 모두 망한다는 걸 모르
나?”

“그러니 모두 손 떼잔 소리요.”

“쯧! 저놈의 성질머리 하고는…… 저러니 툭하면 사람이
죽어 나가지. 이번에도 매몰 사고가 나서 백여 명이나 죽었

다며?”

“그게 내 성질하고 무슨 상관있소!”

“쯧!”

칠교사를 혀를 찼다.

구교사는 금광(金鑛)을 아홉 개나 가지고 있다. 철광(鐵鑛)과 옥광(玉鑛)은 이십여 개에 이른다.

그는 지하제일부(地下第一富)다.

현금 소유량으로 따지면 중원에서 다섯 손가락 안에 꼽힌다.

팔교사가 두 사람 사이에 끼어들며 말했다.

“삼교사와 오교사가 눈짓을 주고받는 것, 봤습니까?”

“그랬나?”

“오교사는 금번에 표기장군(驃騎將軍)으로 승차한다는 소문이 있습니다.”

“하면 삼교사는…… 또 승차요?”

구교사가 눈을 동그랗게 뜨고 물었다.

팔교사는 그렇다는 표시로 고개를 끄덕이며 답했다.

“대장군(大將軍)이 된다는 말이 있소이다.”

“허! 하늘 높은 줄 모르고 쭉쭉 뻗어 올라가는군. 그나저나 대장군 될 사람이 풋내기에게 개망신을 당했으니 어쩌나? 하하!”

“삼교사가 밀릴 사람이던가?”

칠교사가 나직이 말했다.

"제길! 기분 좀 내려면 꼭 초를 치신단 말이야."

구교사도 순순히 동의했다.

그렇다. 삼교사는 결코 밀리지 않을 사람이다. 고우진이 빙마지신이 되었다고 해도 내공으로는 삼교사를 밀어낼 수 없다. 하물며 그의 팔을 부러뜨린다는 것은 더더욱 있을 수 없는 일이다.

삼교사는 당한 척만 했다.

그래도 그 순간만큼은 모두들 깜짝 속았으니…… 연기력 하나는 일품이라고 해야 하나?

처음에는 속았지만 금방 알아챘다.

십교사…… 그들은 산전수전 다 겪은 능구렁이들이다.

즉흥적인 연기로는 그들을 속이지 못한다. 체계적으로 계략을 짜고 다듬고, 그런 연후에 시행해도 속을까 말까 한데 임기응변식으로 터뜨려서야 어디 속겠나.

"삼교사는 정면으로 충돌하고, 오교사는 대공의 뜻이냐고 묻고…… 여차하면 발을 뺄 생각이 아닐까 합니다만."

"그건 아닐 게야. 그들은 안선과 운명을 같이할 팔자야. 안선이 무너지면 그들도 무너지는 게지. 그들이 누구 때문에 승승장구하는지 몰라서 하는 말인가? 안선을 등진다기보다는 변화를 원하지 않는 게지. 딱 이대로가 좋은 게야."

"변화는 일어나야지요."

구교사가 심드렁하게 말했다.

이것이 상계(商界)에 있는 사람과 관직(官職)에 있는 사람의 차이점이다.

관직에 오를 만큼 높이 오른 사람은 자신의 권력을 유지하고 싶어 한다. 더 이상의 변화는 원치 않는다. 나쁜 방향으로 변하는 것은 원할 리가 없고, 좋은 방향으로 변하는 것조차 꺼려한다. 변화가 혹시 현재의 위치를 허물지 않을까 저어되기 때문이다.

반면에 상계에 있는 사람은 입장이 다르다.

돈은 곧 물이다. 고여 있는 물은 썩듯이 돈도 정체되어 있으면 가치가 하락한다. 흐르는 물결처럼 이리 굴리고 저리 굴려야 더욱더 많은 재산이 형성된다.

돈에 안정이란 없다.

끝없이 앞으로 나아가던가, 아니면 도태되던가 양단간의 선택이 있을 뿐이다.

모르는 사람은 그 정도의 부를 형성했으면 이제 그만 쉬라고 한다.

정말 몰라서 하는 말이다.

부를 많이 축적한 사람일수록 쉴 틈이 없다. 쉬는 순간 지금까지 이룩한 모든 것이 와르르 무너지기 때문이다. 그래서 호랑이 등에 올라탄 것처럼 끝없이 달릴 수밖에 없다.

변화를 추구하지 않고 현상 유지를 원하면…… 도태된다.

도태를 보지 못하는 자…… 도태된다.

변화는 반드시 일어나야 한다. 그리고…… 그 변화를 주도할 자가 바로 고우진이다.

"주인을 태우지 않는 못된 말……."

"듣기로는…… 칠교사님, 벌써 한방 맞았다고……."

"허허! 고우진이 돈을 달라고 하긴 했지. 상당한 돈이었지만 까탈 부리지 않고 내줬네."

"그럼 고우진으로 굳어진 겁니까?"

"일교사였으면 딱 좋았을 텐데."

칠교사가 아쉬운 듯 입맛을 다셨다.

일교사는 변화를 일으키기에 적합한 인물이다. 무공도 강하고 야심도 크다. 어느 모로 보나 현 무림을 발칵 뒤집어엎는데는 그만한 사람도 없다.

한데 너무 음흉하다.

그는 절대로 변화의 선봉에 서지 않는다. 뒤에서 조종은 할지언정 앞에 나서서 화살받이가 되지는 않는다.

그는 육교사를 앞세워 '천번'을 끌어내려다 실패했다.

덕분에 애꿎은 십교사까지 죽었지만…… 아깝지는 않다.

예전의 십교사는 너무 강직했다. 물불 안 가리고 육교사의 손발이 되어 움직였다.

이번에 임명된 십교사는 사교사가 추천했다.

사교사는 일교사 사람이니 사교사가 추천한 십교사도 일교사 사람이어야 한다.

하나 그는 누구의 사람도 아니다.

굳이 말하자면 고우진처럼 자신의 뜻대로 살아가는 외로운 늑대쯤 될 것 같다.

그런 자는 움직이기 힘들지만, 일단 움직이기만 하면 아주 충실한 원조자가 될 것이다.

"고우진으로 하지."

칠교사가 결심했다.

"난 안 한다니까요!"

구교사가 언성을 높였다. 소리를 빽 지르고 싶은데 주위의 눈이 있어서 억지로 꾹 눌러 참는 게 여실히 보였다.

"두 가지 때문이 아닌가? 자네는 고우진이 한참 멀었다고 했는데, 사실 빙마지신은 한 시대에 한 번 나올까 말까 하네. 한참 멀지는 않은 게지."

"그래도……."

"들으시게. 고우진은 사약란과 필적하는 자, 무총과 좋은 싸움을 벌일 수 있을 거네. 안선과 무총이 용호상박(龍虎相搏)을 지속하면서 끊임없이 변화를 일궈가는 게지. 뭐가 멀었다는 겐가?"

그들이 원하는 것은 무림의 혼란이다.

장사꾼들은 평화로운 세상이 별로 달갑지 않다. 그런 세상에서는 이문이 많이 남는 장사를 할 수가 없다.

큰 장사는 역시 전쟁 속에서 일어난다.

무림의 혼란도 그와 같은 맥락으로 많은 이문을 창출해 준다.

세상이 혼란스러울수록 사람들은 소비에 치중한다. 돈 아까운 줄 모르고 펑펑 쓴다. 교역은 활발해지고 그럴수록 장사꾼의 말은 법이 되어간다.

　사람들은 그런 점을 모른다.

　장사꾼들은 결코 표면에 나서지 않기 때문에 누가 시국을 조종하는지 알 턱이 없다.

　고우진은 무총과 맞설 수 있는 좋은 재목이다.

　칠교사가 말을 이어갔다.

　"자네가 싫다는 것은…… 돈이 많이 들기 때문이겠지. 사람이란 게 어느 정도 염치가 있어야 하는데 그런 게 없잖아. 남의 돈을 제 돈마냥 써댈 게 빤히 보이니 싫다는 거겠지."

　"크흠!"

　구교사가 큰 기침을 하며 뒤돌아섰다.

　"자네도 이제 땅 좀 그만 파고 세상을 파보게나. 사람이 조잔하게 그까짓 푼돈 가지고 쩔쩔매나."

　"그놈이 달라는 건 결코 푼돈이 아닐 게요."

　"그럼 큰돈인가? 광산 몇 개 날려먹을 정도로 막대한 돈이야? 제 놈이 성(城)을 살 거야, 나라를 살 거야? 겨우 들어간다는 게 흥청망청 써대는 술값이요, 노름 값 아닌가?"

　"흐음!"

　"고우진과의 만남을 주선해 보게."

　"그러지요."

　팔교사가 대답했다.

3

예측대로 삼교사는 오교사와 담소를 나누고 있었다.

'장군이란 말이지.'

고우진은 입가에 살소(殺笑)를 배어 물었다.

중원의 장군들은 사람 목숨을 파리 목숨처럼 가벼이 여긴다.

몽골 민족은 아직도 사냥감이다. 눈에 띄는 족족 죽이는데 치가 떨린다.

깨끗하게 죽이는 법도 없다.

이들은 재미있게 사람 죽이는 방법을 안다.

가장 고통스럽게 죽인다. 가장 잔인하게 죽인다. 또 가장 재미있게 죽인다.

고우진은 단숨에 얼려 죽이고 싶은 마음을 꾹 눌러 참았다. 그리고 마음과는 다르게 두 손 모아 공손히 읍했다.

"고우진입니다."

두 사람의 표정이 냉랭하게 변했다.

"정말 하늘 높은 줄 모르는 자군."

삼교사가 눈을 가늘게 좁히며 말했다.

역시 일교사 말이 맞다. 주둥이를 나불거리다가 팔까지 부러진 자가 아직도 입이 살아 있다. 믿는 구석이 단단히 있지 않고서야 이럴 수 없다.

'치잇! 늙은이들에게 당했군.'

고우진은 가장 정중한 음성으로 말했다.

"아까 일은 젊은 놈의 치기로 여겨주셨으면…… 진심으로
사과드립니다."

"호오! 사과라……. 방법을 달리한 게요?"

오교사가 눈빛을 반짝이며 말했다.

고우진은 다른 관점에서 두 사람을 쳐다봤다.

이들은 회합장에서와는 다르게 복면을 하고 있지 않다. 이
목구비를 자세히 들여다볼 수 있는 맨 얼굴에 기도(氣道) 역시
여과없이 내뿜고 있다.

두 명 다 맹장(猛將)은 아니다.

몸이 호리호리하고 뼈마디가 가늘다. 둘 다 눈이 가늘고 입
술이 얇다. 전반적으로 용장(勇將)이라기보다는 지장(智將) 쪽
에 가까운 자들이다.

그렇다고 무위(武威)가 약한 것도 아니다.

삼교사는 대장군을 바라보고 있고, 오교사는 표기장군에 임
명된다는 소문이다.

그런 자리는 아무나 차지할 수 없다.

무공만 있어서도 안 되고, 지략만 뛰어나서도 안 된다. 전장
에서 싸울 줄 알아야 하고, 이기는 법을 터득해야 한다.

이들이 안선 십교사라는 것…… 그것만으로도 결코 무시할
수 없는 거목들이다.

"진심으로 사과드립니다. 받아주십시오."

'틀렸어!'

고우진은 읍을 하면서 미간을 찌푸렸다.

두 사람의 마음은 얼음장처럼 차다. 어떤 일이 있어도 내일 회합에서 벗어나겠다는 의지가 결연하다. 일부러 팔까지 부러뜨려 가며 획책한 일인데 말 몇 마디에 돌아서겠나.

"사과는 받아주지. 이제 그만 돌아가게. 나이가 들어서인지 피곤하군. 좀 쉬어야겠어."

삼교사가 의자에 등을 기대며 말했다.

'틀렸어!'

고우진은 다시 한 번 느꼈다.

이들은 오늘 저녁, 늦으면 내일 새벽에 먼 길을 떠날 것이다. 어디로 갈지는 모르지만 회의장으로 들어서지 않을 건 분명하다. 이미 회합에 불출석할 명분은 쌓아놨으니까.

고우진도 순진하게 사과 몇 마디로 돌아설 것이라고는 기대하지 않았다. 삼교사에게 사과를 한 것은 본격적으로 대화를 이끌기 위한 수단일 뿐이다.

그는 읍을 풀고 의자를 가져다 놓았다. 그리고 다소 건방지게 몸을 비스듬히 뉘며 앉았다.

"내가 지닌 무공이 결코 가볍지 않은데 이만한 꿈도 없어서야 되겠소. 그랬다면 꿈도 없는 놈이라고 비웃었을 것 아니오."

말투도 예전 말투로 돌아갔다.

삼교사와 오교사는 개의치 않았다. 지극히 평온한 얼굴로 말을 건네왔다.

"그래서…… 한번 휘저어봤다?"

“솔직히 교사들이란 사람들에게 많이 실망해서…… 이교사도 그렇고 일교사도 그렇고. 당신들은 어떤지 시험해 보고 싶었다면 뭐라고 할까? 건방지다고 할까?”

“그런가?”

삼교사가 픽 웃었다.

“공언한 대로 대공은 만날 생각이오.”

“만나서 뭘 하려고?”

어떤 사람인지 궁금하다. 그가 얼마나 뛰어난 사람인지 알아야겠다. 만약 시원치 않은 사람이면 갈아엎어 버리고, 너무 뛰어나서 발뒤꿈치도 따라가지 못할 것 같으면 죽은 듯이 엎드린다.

이교사와 북해빙궁주 앞에서 바짝 엎드렸던 적이 있다.

일교사 앞에서도 병신처럼 엎드려 살았다.

힘을 얻을 때까지 엎드려 있는 것은 수치가 아니다.

고우진의 마음속에서는 유아독존(唯我獨尊) 격인 생각이 무럭무럭 피어났다.

그러나 입으로는 다른 말을 했다.

“무총을 엎으려면 지금 십교사로는 안 된다는 건의를 할까 합니다만…….”

“호호! 호호호! 호호하하하하!”

“하하, 하하하!”

두 사람은 고우진의 말을 끝까지 듣지도 않고 웃어 제쳤다.

'조롱!'

고우진은 웃음의 의미를 감지했다.

일교사의 말이 맞는 것일까? 이들은 자신을 전혀 두려워하지 않는다. 매 맞은 놈과 때린 놈이 함께 있으면 은연중에 서열이 정해지게 마련인데, 이들은 전혀 그런 기색이 없다.

삼교사가 팔을 부러뜨린 것은 역시 회합에서 빠져나가기 위한 수단이었나.

"이보시게. 꿈도 좋고 야망도 좋고 자네가 무슨 생각을 하고 무슨 행동을 하건 다 좋네. 다 좋은데…… 이제 그만 돌아가 주시게. 그리고 이런 만남도 불편하니 그만 만났으면 하네. 앞으로 찾아오지 말란 말일세. 공적으로든 사적으로든 자네와는 일정한 거리를 두고 싶네. 무슨 말인지 알겠는가?"

오교사가 단도직입적으로 말했다.

완전한 축출이다.

"내게 두 가지 방편이 있어."

고우진은 상체를 일으켜 허리를 숙이며 말했다.

그는 이제 완전히 하대로 돌아섰다. 지금부터는 사정이 아니라 협박을 할 차례다.

"하나는 당신들의 신분을 고하는 것이야. 안선 삼교사와 오교사. 물론 당신들이야 철저히 신분을 은폐하고 있겠지. 개중에는 나 같은 마음을 지닌 자도 없지는 않았을 터. 가벼운 고변(告變)쯤에 당한다면 당신들이 아니지. 하지만…… 내가 직접 나선다면 좀 곤란하지 않을까? 안선 이교사의 신분으로 나서는데 믿지 않을 도리가 있나. 아! 그것마저 부인한다고 해도 상관없어. 난 악착같이 밀어붙일 테고…… 두고두고 골칫거리가 될걸?"

이건 협박이 안 된다.

이 정도의 협박에 당할 사람 같았으면 대장군을 바라보지도 못한다. 이들은 틀림없이 안선과는 완전히 담을 쌓을 수 있는 대비책을 준비해 놨으리라.

누군가 그들이 안선이라고 주장하면, 오히려 상대를 안선으로 몰아붙일 수 있는 대역전계가 있을 게다.

"다른 방편은 뭔가?"

오교사가 물었다.

평온한 음색이다. 당황하거나 불쾌한 기색이 전혀 없다.

'역시!'

"입을 꾹 다무는 거지 뭐. 내일 회합에만 참석해 주면 돼. 내일 안건이래 봐야 별것도 없는데 그냥 참석해 주고 가. 다른 거라면 몰라도 내 직위가 걸린 문제라서 말이야."

"알았네. 참석하지."

삼교사가 순순히 대답했다.

'거짓말! 이 능구렁이!'

드디어 승부수!

고우진은 마지막으로 미끼를 던졌다.

"알다시피 난 한 번 던진 말은 꼭 지켜. 당신들도 그러길 바라고. 혹시나 해서 한마디 안 할 수 없군. 아까 대공을 만난다고 했지? 대공을 만났을 때 대공의 무공이 어느 정도인지 시험해 볼 생각이야. 후후후! 결과가 어떻게 나올까?"

번쩍!

소리없이 번개가 쳤다.

고우진은 두 교사의 눈에서 번갯불이 튀는 것을 봤다.

'역시!'

짐작이 맞았다.

십교사는 그 누구도 대공의 무공을 보지 못했다.

시험하려는 자는 있었을 게다. 하나 근처에도 가지 못하고 좌절당했다.

상식적으로 십교사 회합은 대공이 이끌어야 한다. 한데 그는 나오지 않는다. 자신의 거처에 틀어박혀서 꼼짝달싹하지 않는다. 볼일이 있으면 오라고 한다.

그는 폐병이 있는지 늘 쿨럭거린다고 한다.

병을 핑계로 거처에서 나오지 않지만…… 아니다. 거처를 벗어나면 안 되는 이유가 있기 때문이다. 그곳에서만이 자신을 완벽하게 지킬 수 있기 때문은 아닐까?

밖에 나와서는 대공이 아니라 다른 신분으로 변신한다.

안선에 관한 일은 항상 거처에서만 처리하는 게 그런 까닭이다.

그는 말도 하지 않는다고 한다. 그가 잔기침을 하면 일교사가 다시 반문하고, 또다시 잔기침을 하고…… 그렇게 몇 차례를 반복한 끝에야 결론에 이른다고 들었다.

말을 하면 안 되기 때문은 아닐까?

인간은 음성에 많은 것을 포함시킨다.

무인의 경우에는 내력의 강약까지도 포함된다. 음성만 들어도 강한 자인지 약한 자인지 구분할 수 있다. 그가 수련한 내공의 성질도 짐작할 수 있다. 마공인지, 정공인지 알아내는 것은 그리 높은 수준을 필요로 하지도 않는다.

모두들 대공의 무공을 궁금해하지 않을까 싶었다. 그래서 대공을 만나겠다고 호언장담한 게다.

"결과를 보고 싶다면 내일 회합에 참석해. 내가 이기면 난 이교사가 아니라 대공으로 참석할 것이고 진다면…… 대공이 패자(敗者)를 어떻게 처리하느냐에 따라서 달라지겠지."

고우진이 일어섰다.

번쩍!

다시 한 번 번갯불이 튀었다.

두 사람은 숨겨놓았던 신공을 드러냈다. 안광에 담아서 고우진의 전신에 쏘아냈다.

고우진이 진심으로 하는 말인지 알아보고 싶은 것이다.

'진심이다, 병신들아!'

고우진은 피식 웃으며 걸어갔다.

저벅! 저벅!

청석을 밟는 소리가 둔중하게 울렸다.

일교사는 고우진의 의도를 안다. 삼교사가 직접 말을 해줬기 때문이다.

그럼에도 그는 고우진을 대공에게 안내했다.

"그 누구도 대공을 보지 못했다. 하지만 너는…… 대공을 만나기 전에는 만족하지 않을 것 같으니 만나게 해주마. 오늘 대공을 만난 후에는 만났었다는 사실까지도 잊어라."

"후후! 엄포요?"

"엄포라고 하면 들어먹을까?"

일교사는 동굴처럼 어두컴컴한 밀실로 들어서면서 옷매무시까지 바로잡았다.

대공을 존경하기 때문일까?

아니다. 다른 사람은 몰라도 고우진만은 가식적인 행동이라고 말할 수 있다.

왜? 일교사는 자신과 같은 부류다.

강자 밑에 납작 엎드려서 때를 기다릴 줄 안다. 자신에게 원하는 힘이 주어질 때까지 기다리고 또 기다린다. 기다리다가 죽는 한이 있어도 기다린다.

이것이 효웅(梟雄)의 무서운 점이다.

보통 야심을 가졌다 하는 놈들은 한껏 충성하는 척하다가도 목숨이 위급하다 싶으면 급변한다. 효웅은 아니다. 효웅은 딱 한 번만 등을 돌린다. 단, 정확하게 돌린다. 그리고 그때는 원하는 모든 것을 움켜쥔다.

일교사가 아직도 부복하고 있다는 것은 원하는 것을 아직 얻지 못했다는 뜻이다.

그는 무엇을 원하는 것일까?

저벅! 저벅!

어두컴컴한 통로는 길게 이어졌다.

"아직 멀었소?"

"쉿!"

일교사는 아예 말문까지 닫아걸었다.

'거의 왔군.'

일교사의 행동거지에서 곧 대공과 대면할 것임을 직감했다.

그는 낯선 풍경을 볼 때처럼 무심히 주위를 두리번거렸다.

아니다. 실은 탈출구를 찾았다. 벽의 두께며, 검은 휘장 밖에 무엇이 있을지 짐작하느라 머릿속이 부산했다.

결론은 '포기' 다.

벽의 두께는 능히 일 장에 이른다. 두꺼운 석벽이며, 창문은 격자무늬 철창이다.

'뇌옥이 따로 없군.'

그는 웃을 수도 없었다.

공격에 실패하면 빠져나갈 길이 없다. 대공이 아량을 베풀어주기만 기대해야 한다.

이래서들 손을 쓰지 못한 것이다.

절반 이상의 승률만 있어도 제거를 생각해 보겠는데, 아무런 승산도 없으니 머리만 조아린 게다.

탈출구는 없다.

공격을 시작하면 죽거나 죽이거나 둘 중의 하나다.

한편으로는 자신감도 생겼다.

오죽 자신이 없으면 이런 곳에서 살까? 뇌옥이나 다름없는 곳에 자신을 스스로 가두고 햇볕 한 점 보지 못하면서 사는 게 인간이 할 짓인가.

이런 삶이라면 대공보다 차라리 안선주가 낫지 않을까?

그가 머릿속을 정리하고 있을 때, 앞서 걷던 일교사가 문득 걸음을 멈췄다.

"부복하라!"

낮은 속삭임이 귓가에 들렸다.

고우진은 눈을 들어 앞을 쳐다봤다.

횃불이 좌우에 두 개 놓여 있다. 좌우는 밝지만 정중앙은 어둠 속에 묻혀 있다.

일교사가 서 있는 곳에서부터 휘장까지는 오 장 거리. 나지막하고 평평한 계단이 다섯 층이다. 일 장 거리마다 높이를 달리하는 계단이 만들어졌다.

'꿀꺽!'

마른침이 절로 삼켜졌다.

시험할까, 말까?

한순간 갈등이 치밀었다. 그러나 그런 갈등은 이내 사라져 버리고 시험하자는 쪽으로 강하게 기울었다.

십교사 중에는 상대를 찾아볼 수 없다.

강한 자들이 있지만 싸움이 붙으면 이길 자신이 충분하다.

안선은 이미 자신의 것이다.

중원의 절반이 수중에 들어온다.

대공…… 대공만 젖히면 완벽하게 안선을 틀어쥘 수 있다.

사내로 태어났으니 일생을 걸고 한 번쯤 도박을 해볼 만하지 않은가. 하물며 이런 어두컴컴한 곳에서 자신을 숨기고 사는 병약한 위인이 대공인 바에야!

"뭐 하나! 부복하라!"

이번에는 조금 전보다 약간 큰 음성이 들렸다.

일교사의 채근이다.

공격하려면 빨리 하고, 아니면 허리를 굽혀라. 어느 쪽이든 행동을 빨리 결정하라!

설마 그가 그렇게 말했겠냐만 고우진의 귀에는 그렇게 들렸다.

'여우 같은 늙은이! 그렇게 궁금하면 자기가 직접 해보지!'

차앙!

청량한 검음과 함께 검이 뽑혔다.

쒜엑!

바람도 불었다. 북풍한설처럼 매서운 바람이다.

검에 빙극검형이 실렸다.

그가 사용한 검은 한 자루뿐인데 또 한 자루가 곁에 바짝 따라붙는다.

얼음으로 만들어진 빙극검형이다.

빙극검형은 여러 형태를 띤다. 안개처럼 흐트러뜨릴 수도 있고, 지금처럼 검형을 만들어낼 수도 있다. 외형적인 변화를 주지 않고 내력으로만 사용하기도 한다.

파앗!

빙화(氷花)가 피어났다.

빙극검형에 빙화참까지 터졌다.

동굴 안에 차디찬 바람이 회오리쳤다. 얼음 꽃이 까만 얼음을 밀어냈고, 횃불의 뜨거움까지 앗아갔다.

펄럭!

불꽃들이 가늘게 떨리더니 이내 꺼져 버렸다.

이제 대공의 거처에는 짙은 어둠만이 가득했다. 어둠 속에서 빙화참으로 펼쳐 낸 눈꽃들이 분분히 피어났다.

붕지와의 싸움에서도 선보인 적이 없는 그의 최절초다.

"쿨럭!"

휘장 저쪽에서 잔기침 소리가 울렸다.

기침 소리는 평온했다. 당황한다거나 급격하게 반응할 때 나타나는 급격한 호흡 소리가 섞여 있지 않았다.

'끝났어!'

일교사도 고우진도 승부가 끝났다는 것을 짐작했다.

대공은 아무런 조치도 취하지 않았다. 검이 흘러오면 흘러오는 대로 내버려 두었다.

　한데 고우진은 계단 한 개를 올라서지 못했다.

　그가 강맹한 진기를 쏟아냈음에도 불구하고 그와 휘장 간의 거리는 여전히 오 장이었다.

　단 한 걸음. 한 걸음도 올라서지 못했다.

　거대한 철벽이 가로막은 기분이다. 검이 베어낼 수 없는 절벽을 쑤시고 있다는 느낌이 든다. 대공은 아무런 반응도 보이지 않는데 그는 검기만 뿌려낼 뿐 다가서지 못한다.

　‘이런!’

　고우진은 진기를 있는 대로 끌어냈다.

　파아아아앙!

　단전에서 일어난 진기가 사지 백해를 휘돈다. 그의 검을 두 배, 세 배는 강하게 만들어준다.

　한데도 무형의 강벽은 요지부동이었다.

　‘이게 뭐야!’

　뭐에 가로막힌 것일까? 뭐가 막아선 것인가!

　그는 알고 싶었다. 보고 싶었다. 자신이 왜 한 발짝도 움직이지 못하는지 진정 알고 싶었다.

　한데 횃불이 꺼져 있다. 다른 사람도 아니고 자신이 스스로 꺼뜨려 버렸다.

　칠흑 같은 어둠이 두 어깨를 짓누른다.

　“쿨럭!”

　잔기침 소리가 다시 들려왔다.

　‘아!’

고우진은 절망감을 느끼고 검기를 풀었다.

잔기침 속에 웅후한 진기가 느껴진다. 불문의 사자후(獅子吼)처럼 진기를 뒤흔드는 막강한 힘이 쏠려 있다.

진기가 흔들린다. 빙화참이 산산조각 나고, 빙극검형이 형태를 잃어버린다.

잔기침은 말한다. 그만 검을 거둬라!

빙마지체가 펼쳐 낸 빙공을…… 대공은 잔기침 한 번으로 해소시켜 버렸다.

대공은 진정한 고수다.

"쿨럭!"

세 번째 기침이 터졌을 때, 고우진은 오체투지(五體投地)를 하고 있었다.

침묵이 흘렀다.

대공은 끝내 말하지 않았다.

휘장 너머에서 종이 두 장이 펄럭펄럭 날아와 한 장은 일교사 앞에, 또 한 장은 고우진 앞에 떨어졌다.

놀라운 적엽비화(摘葉飛花)의 절기다.

나뭇잎 대신 종이를 썼지만 일수(一手)에 두 갈래로 종이를 던져 냈다. 이런 솜씨는…… 중량이 있는 단검이나 표창 같으면 별것 아니겠지만 무게가 거의 없는 종이일 경우에는 진기 조절이 신화경에 이르렀다는 뜻이다.

대공은 고수다. 상당한 고수다. 의심의 여지가 없다.

“쿨럭!”
기침 소리가 다시 들려왔다.
“이만 물러가겠습니다.”
일교사가 종이를 집어들며 말했다.
고우진이 대공을 향해 검을 빼들었지만 그에 대한 말은 일
언반구도 없었다.

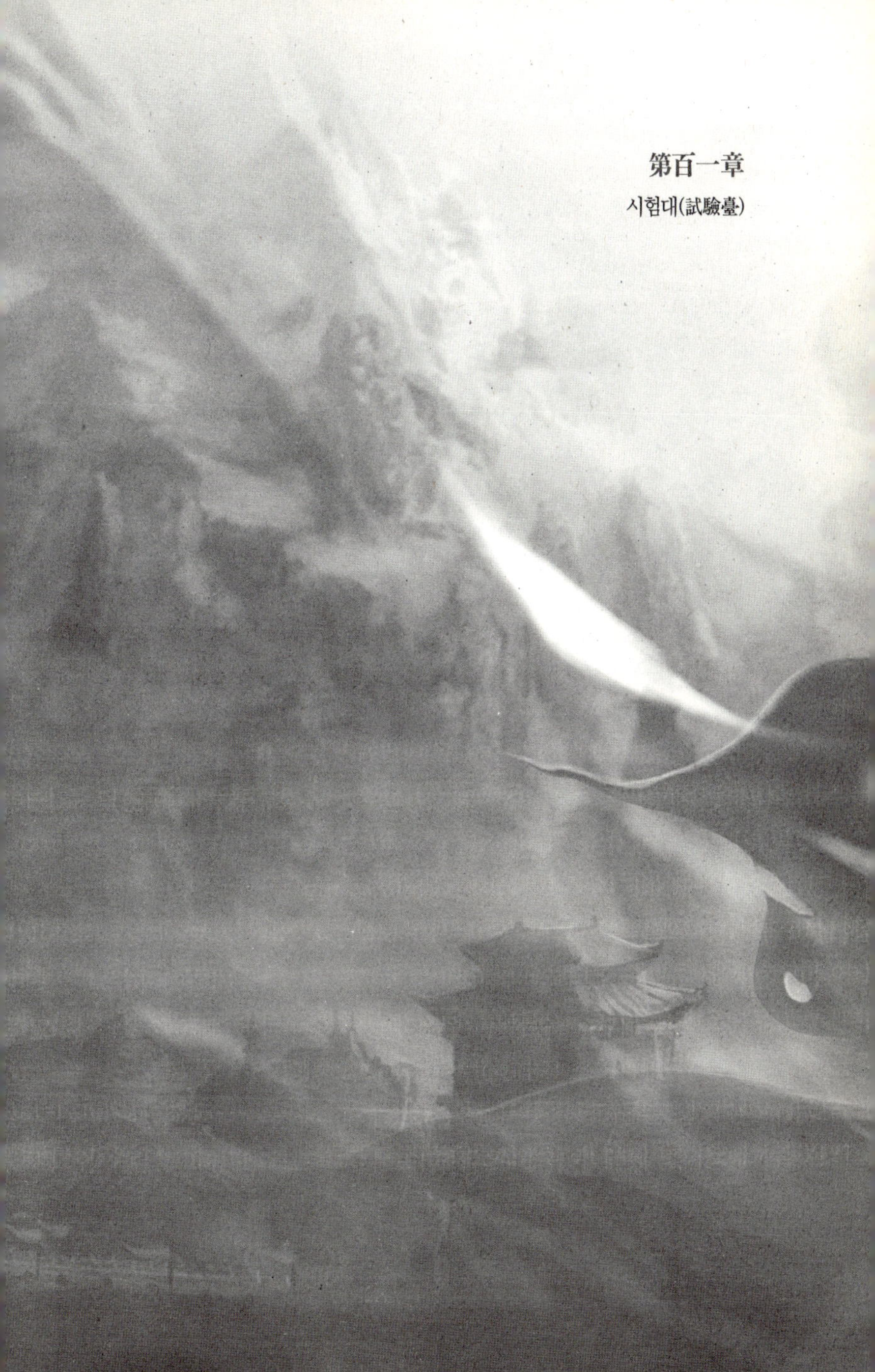

第百一章
시험대(試驗臺)

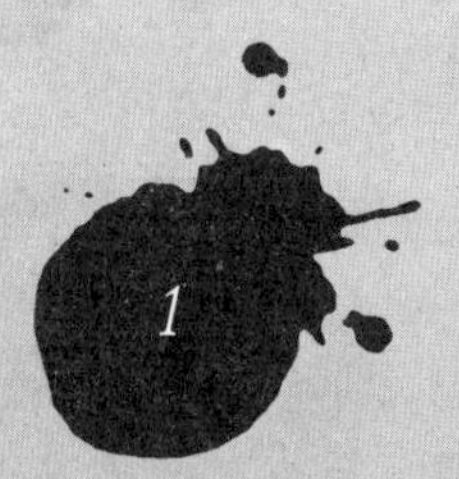

계야부는 산책을 하듯이 느릿느릿 걸었다.

"여기서부터는 나 혼자 간다."

길가에 있는 나무에게, 바위에게 말하듯 의미없이 중얼거렸다. 한데 대답 소리가 들려왔다.

"그렇게는 안 되죠. 약속이잖아요? 무슨 일이든 시켜라. 뭐든지 한다. 대신 우린 우리가 따라가고 싶은 곳이면 어디든 간다. 죽이고 싶을 때 죽인다."

가냘픈 여인의 음성이다. 하나 말 한마디, 한마디에 피 냄새가 배어 뚝뚝 흐른다.

"측간까지 따라올 태세군."

"그곳이야말로 공격하기 딱 좋은 곳이지. 호호호!"

이번에는 늙수그레한 음성이 징그럽게 들려왔다.

"침상은 어떤가? 방사(房事)도 지켜볼 심산인가?"

"단주는 즐기고 싶은 대로 즐기면 되는 거고, 지켜보고 말고는 우리 마음이고. 일구이언(一口二言)은 이부지자(二父之子)라 했거늘 왜 이리 말이 많을까."

강퍅한 음성이다.

"너흰 칼이다, 아주 날카로운."

계야부가 계곡물에 두 손을 담그며 말했다.

"물이 아주 시원하군. 맛도 달겠어."

그는 두 손으로 물을 떠서 목을 축였다.

"너희같이 날카로운 칼은 어디에 숨길 수가 없어. 대번에 드러나지. 너흰 숨긴다고 숨기겠지만 그런 기운을 단번에 읽어내는 사람들이 있다."

이번에는 대답이 없었다.

그들도 안다, 자신들의 기운을 읽어낼 수 있는 자가 누구인지.

자신들과 같은 살수다.

조금 더 정확하게 말하면 기운을 읽어내는 것이 아니라 읽어내지 못하기에 알아차리는 것이다.

누군가 있는데, 느낌이 감지되는데 기척을 찾을 수 없다면 틀림없이 살수가 등장한 것이다.

자신들이 그렇게 살수의 존재를 알아차린다.

중원에 존재하는 거의 모든 살수들이 그런 수련을 거친다.

누가 얼마나 빨리 알아차리느냐에 따라서 생과 사가 갈릴 만큼 중요한 수련이다. 그렇기 때문에 뼈를 깎는 고통도 기꺼이 감수하며 수련해 낸다.

"난 지금 그들을 만나려고 한다. 따라오겠나?"

살수를?

이번에도 대답이 들려오지 않았다.

살수와 살수가 만나면 소리없는 전쟁이 시작된다.

누가 먼저 도화선을 당겼는지 알 필요도, 따질 이유도 없다. 무조건 싸운다. 그들이 누군지, 왜 왔는지, 어떻게 해서 자신들과 만났는지는 일단 죽여놓고 나중에 살핀다.

이쪽이 싸우고 싶지 않다고 해서 싸우지 않을 수 있는 게 아니다.

단차가 살수를 만나러 간다면 소리없는 전쟁이 시작되지 않는다는 보장이 없다.

"약속은 안다만 이번만 물러나 줄 수 없겠나."

"참 재미있어. 재미있어. 주위에 온통 살수 투성이잖아? 우리도 그렇고, 비목대도 살수로 수련시키고……. 크큭! 그리고 또 살수를 만나? 도대체 살수가 얼마나 많은 거야?"

약간 장난스러운 음성이다.

누군지 안다. 뚱뚱한 사내다.

사내는 무척 순박하다. 그런 자가 어떻게 살림의 일원이 될 수 있었는지 의심이 갈 만큼 심성이 맑다.

그렇다고 손속까지 의심해서는 안 된다. 그가 살인을 할 때의 모습은 마음이란 게 아예 없는 사람처럼 무심해 보인다. 손을 씀에 일말의 망설임도 없다.

살림 살수들이 모두 그런 식이다.

그들과 밥 한 끼라도 같이 먹으면 금방 정이 들어버린다.

그들은 속내를 가감없이 드러낸다. 의기(義氣)를 드러낼 때도 있고, 협행(俠行)에 대해서 말을 하기도 한다. 그림을 감상하고, 꽃을 즐기며, 나비를 보며 즐거워한다.

거동이 불편한 노인을 보면 기꺼이 돕는다. 굶주린 사람을 보면 마지막 남은 쌀 한 톨일지라도 내준다.

그들은 정말 심성이 곱다.

다만 살인만 무심히 한다. 살인할 때만 마음을 따로 떼어놓는다.

양의심공(兩意心功)을 수련한 사람처럼 극선과 극악을 자유롭게 넘나든다.

가장 방비하기 어려운 자들이다.

계야부는 손에 묻은 물기를 툭툭 털어냈다.

여인의 음성이 들려왔다.

"우리는 살수 중에서 최고야. 만나려는 자들도 우리만큼 뛰어난가?"

"비슷하지, 아마?"

"큭! 크크큭!"

비웃음이 들렸다.

키 작은 노인이 노골적으로 자신들보다 뛰어난 살수는 없다고 웃음으로 항변한다.

살림은 봉인 삼문 중 일문이다.

오죽하면 무총주가 직접 봉문을 지시했겠나. 오죽 잔혹하면, 오죽 귀찮으면…….

하루에도 수백 개씩 신흥 문파가 일어서고 망하는 것이 무림이라지만 자신들을 능가하는 살수 집단이 존재한다고는 믿지 않는다.

살수들끼리 만나면 싸움이 붙는다?

그것도 실력이 비슷할 때 이야기다. 실력 차가 압도적으로 벌어지면 싸움은 결코 벌어지지 않는다. 그때는 일방적인 도살만 있을 뿐이다. 그리고 살림은 늘 도살만 즐겨왔다.

단차가 직접 만나는 살수이니 물론 무공이 뛰어날 것이다.

그래서 서로를 감지하자마자 불꽃이 튀기 시작하는 살수의 접전도 인정한다.

실제로 그런 일이 벌어질 수 있다.

한편으로는 다른 생각도 한다.

자신들을 능가하는 살수는 없을 것이며, 쌍방 간의 접전도 없을 것이라고. 지금까지처럼 일방적인 도살이 벌어질 뿐이라고. 도대체 어떤 자가 자신들과 겨룰 수 있단 말인가.

단차…… 지금 자존심 상하는 말을 하고 있지 않은가.

단차가 말했다.

"조금의 가감도 없이 말하겠다. 어차피 알 일이니까. 내가 만나려는 자들 중 몇몇은 일촌사를 수련했다."

"검산!"

"너희의 급습은 인정하지만 일촌사의 반격도 만만치 않을 것. 양쪽의 싸움은 공멸(共滅)을 일으킬 뿐이야."

검산은 몰락하지 않았나? 아직 검산의 잔당이 존재하나? 검산…… 검산이라면 붙어볼 만하다. 검산의 검공이 천하절공이라는 소리를 귀에 못이 박히도록 들어왔는데, 이제야 겨룰 수 있게 된 건가?

그들은 짧은 시간 동안에 수많은 생각을 했다.

그들과 함께 봉인 삼문 중의 일문이었던 검산의 등장은 살림 살수들의 가슴을 뛰게 만들었다.

이때, 단차의 차디찬 음성이 들렸다.

"강한 자를 만나면 괜히 싸워보고 싶은 게 무인이지만, 이번만은 참아라. 만약 너희와 저들이 맞붙게 되면 난…… 저들 편에 서서 너흴 죽일 것이다."

단차의 음성에서 날카롭게 갈아진 쇠 냄새가 풍겼다.

정말 그럴 것이다.

살수 간의 싸움이 벌어지면 정말로 저들 편에 서서 기꺼이 살검을 들 것이다.

단차의 음성 속에는 진한 애정이 배어 있다.

살수들을 만난다면서 끈끈한 감정을 숨기지 않는다.

저들을 알고 있으며, 깊은 관계이며, 원한보다는 애정에 가까운 관계다.

반면에 자신들은 그를 죽이기 위해 노려보는 입장이다.

똑같은 살수를 거둬야 한다면 이쪽보다는 저쪽이 훨씬 낫다. 누구라도, 바보천치라도 자신을 죽이기 위해 으르렁거리는 사자보다는 마음을 든든하게 해주는 맹견을 곁에 두고 싶어 한다.

그렇다. 사자와 맹견처럼 실력 차가 월등하게 벌어져도 곁에 두는 자는 친근한 자가 되리라.

단차의 말은 허언이 아니다.

여인이 깔깔 웃으며 말했다.

"호호호! 그래, 가. 안 따라갈게. 아까 어차피 알 일이라고 했지? 그 말은 곧 저들을 만나볼 수 있다는 건데, 그때 볼게. 정말 그토록 대단한 자들인지. 호호호! 우릴 실망시키지 않는 게 좋을 거야. 그렇지 않으면 검산은 쥐도 새도 모르게 사라질 테니까."

계야부는 산길을 걸어 올라갔다.

살림 살수들은 따라오지 않는다.

말만 남겠다고 해놓고 은밀히 뒤를 밟을 수도 있는 일이지만 그들은 그렇게 하지 않는다.

뭐가 이득이고 손해인지 안다.

불필요한 행동과 꼭 필요한 행동을 구분할 줄 안다.

그런 자들이 또 있다.

시각랑은 무림의 살수들처럼 무공이 고강하지는 않지만 판단력만큼은 결코 뒤지지 않는다.

동료가 생포되었다?

시각랑에게는 늘 벌어지는 일이다.

거의 매번 벌어진다고 봐도 좋다. 첨각 침투를 결행할 때마다 한두 명씩은 떨어져 나간다고 보는 편이 속 편하다. 그렇기 때문에 동료를 구하기 위해 전력을 다할 것인지, 아니면 포기해야 할 순간인지 판단하는 것은 일과가 되어버린다.

지금과 같은 경우에는 포기한다.

자신이라도 포기하고 부사영도 포기한다.

고봉, 갈조기, 추위걸…… 그들 모두 수장(首長) 노릇을 해봤기 때문에 '포기'라는 말을 이해한다.

담위민과 여강강은 버려졌다.

그 둘을 생포하고 만총림 부림주에게 넘길 때, 바로 그 순간에 이미 포기는 이루어졌다.

그들은 결코 나타나지 않는다.

그렇다고 마음마저 비정한 것은 아니다. 짐작컨대 찢어지는 마음을 가누지 못해서 통곡이라도 하고 싶을 게다. 시비를 걸어오는 자가 있다면 이것저것 따지지 않고 당장 검부터 빼어들 게다.

그들은 비통하다.

시각랑은 항상 이런 일을 겪어왔다.

남들이 보기에는 그냥 잔인한 놈들의 집단, 난폭한 인간들의 집합소 정도에 불과하겠지만…… 그 속에서 그들은 통곡과 울분으로 날밤을 새운다.

이번에도 그럴 것이다. 그리고 비통한 마음을 조금이라도 달래기 위해 먼 길을 걸어오는 수고를 마다하지 않을 것이다.

그들은 지척에 와 있다.

이미 '포기'라는 결정을 내렸지만, 그래도 상황이 어떤지 살펴보기는 할 것이다.

아주 조그마한 틈이라도 있다면, 구할 수 있는 길이 열린다면……

그렇다. 마지막 판단은 바로 이곳! 산 정상에서 결정된다.

이곳에서는 담위민과 여강강이 구금되어 있는 폐가가 환히 내려다보인다. 지금쯤이면 정탐이 두어 번쯤 이뤄졌을 것이고, 구할 수 있다 없다 하는 판단이 내려졌을 게다.

시각랑도 이때만큼은 지극히 냉정하다.

모든 감정의 고리를 철저히 차단하고, 냉정하게 현실을 파악, 분석한다.

결론은 역시 포기다.

만총림 부림주는 함정을 완벽하게 팠다.

누가 되었든, 설혹 살림 살수들이 스며들었다고 해도 걸려들 수밖에 없는 천라지망(天羅地網)을 구축했다.

외단의 절검대와 뇌편대가 폐가 주변에 잠복했다.

금룡대 중 계야부에게 귀속되지 않고 따로 떨어져 나간 금룡대는 폐가가 위치한 망월산(望月山)을 지켜본다.

누군가가 폐가 안으로 들어서면 제일 먼저 뇌편대가 나선다. 절검대도 뇌편대의 뒤를 이어 직접적인 타격을 가한다. 그와 동시에 허공에 화탄이 숏구칠 것이고, 금룡대는 즉시 달려와 망월산을 포위할 것이다.

개미새끼 한 마리 빠져나가지 못한다.

만총림 부림주는 이번 일에 만총림의 명예를 걸었다.

무슨 일이 있어도 칠살문의 살수들을 모두 잡아들일 심산이다. 또한 그들을 잡으면 단차에게 넘겨주기 전에 자신이 직접 요리를 해보려고 한다.

단차가 칠살문 같은 신흥 조직에 관심을 가진 이유를 캐내야 한다.

그래서 그는 외단주와 손을 잡았다.

외단주는 기꺼이 전력을 내주었다. 단, 칠살문 살수들을 같이 취조한다는 조건하에서.

계야부는 이렇게 될 줄 알면서도 두 사람을 내주었다.

함정에 걸려든다고 반드시 사로잡을 수 있는 것은 아니다.

살림 살수 같은 경우에는 무력으로 천라지망을 찢어버릴 수 있다. 하물며 부림주는 시각랑을 모른다. 그는 중원 살수들에 대해서는 자료를 많이 가지고 있을지 몰라도 시각랑에 대해서는 거의 무지하다 싶을 정도로 모른다.

시각랑은 인간이 아니다. 동물이다.

그들을 인간으로 보고 판단한다면 십중팔구 실패한다.

부림주가 딱 그런 실수를 저질렀다.

시각랑을 인간으로 봤다. 저급한 살수 정도로 치부해 버렸다. 그래서 거기에 맞춘 함정을 팠고, 걸려들기만 하면 얼마든지 잡을 수 있다고 자신한다.

하하! 시각랑은 함정 근처에도 가지 않는다.

멀리서 지켜보고 본능적으로 위험을 감지한 후에는 뒤도 돌아보지 않고 떠나간다.

인간은 함정을 눈으로 보고 판단한다. 살수는 느낌으로, 직감으로 알아차린다. 시각랑은 모든 것에 앞서서 본능에 의존한다. 좋지 않다 싶으면 절대 말려들지 않는다.

때때로 이런 신중함은 독이 될 때도 있다.

구할 수 있는 사람을 구하지 않은 경우도 있다. 그때 조금만 더 과감했으면 하고 후회할 때도 있다.

이것이 시각랑이다.

자신의 능력을 항상 최약자의 위치에 놓고 판단한다.

그토록 조심성 많고 약삭빠른 짐승이 망월산에 펼쳐진 함정을 보지 못하겠는가. 느끼지 못하겠는가. 외단 고수들이 내뿜는 살기는 어떻게 감추려는가.

시각랑은 절대로 말려들지 않는다.

이것이 계야부가 원한 것이다.

그들은 두 사람을 구하기 위해 달려들면 안 된다. 멀리서 지켜보고 애도만 하면 된다.

부림주는 그 역할을 충실히 수행했다.

'자식들!'

그들은 망월산이 아니라 망월산의 지류(支流)에 해당하는 이 산에 있다. 폐가가 환히 내려다보이는 곳에서 묵념 한 번

던지고는 떠나갈 게다.

　그가 담위민과 여강강을 내주면서 북지단이 아닌 망월산 폐가에 함정을 파라고 했던 것도 이것 때문이다. 망월산 폐가를 조망할 수 있는 아주 좋은 장소를 찾았기 때문에.

2

　'후후!'

　어김없이 있다.

　부사영이 보이고, 고봉과 갈조기가 보인다. 서악정과 추위걸도 침통한 표정으로 서 있다.

　그들 다섯 명이 폐가가 내려다보이는 곳에 서 있었다.

　시각랑의 생각은 거의 비슷하다.

　자신이 찾은 곳이라면 이들도 찾을 수 있다. 자신이 좋다고 여긴 곳이면 이들도 좋다고 여긴다. 현재 군대에 있는 시각랑들을 데려와 이 산에 풀어놓고 폐가가 잘 보이는 곳을 찾으라면 거의 대부분 이곳을 찾아올 게다.

　반면에 일반인이나 무인들은 다른 곳을 택한다.

　그들에게 찾으라면 이곳을 찾아오는 사람은 거의 없을 것이다.

　그들은 오직 조망만 생각한다. 반면에 시각랑은 은폐부터 생각한다. 은폐 후 조망이 가장 좋은 곳이어야 한다.

　계야부는 차분히 기다렸다.

그들이 묵념을 한다. 담위민과 여강강을 마지막으로 생각한다. 이 시간이 지나면 이제는 그들을 머릿속에서 지워 버리려고 애쓸 것이다. 생각하면 할수록 괴로움만 더해질 테니까.

"바보같이! 어떻게 움직였기에 이따위 놈들에게 걸려들어!"

서악정이 분노를 토해냈다.

"기억해라. 단차다. 언젠가, 우리 중 누군가에게는 반드시 죽어야 할 이름이다. 단차라는 이름이 지상에서 사라지기 전에는 절대로 먼저 죽지 마라."

부사영이 말했다.

"잘들 계쇼. 어차피 한세상, 빨리 가는 것도 나쁘진 않지. 나중에 봅시다."

추위걸이 만도를 들어 살짝 뽑다가 다시 놨다.

딸깍!

도동(刀銅)이 도집에 부딪치며 쉿소리를 냈다.

딸깍! 딸깍!

여기저기서 도동 부딪치는 소리가 울렸다.

시각랑이 죽은 자에게 베푸는 마지막 호의다.

"가자."

부사영은 도동을 부딪치자마자 뒤돌아섰다.

하나 그는 움직이지 못했다. 뒤돌아선 모습 그대로 딱딱하게 굳어버렸다.

"헛!"

"훗!"

무심히 뒤돌아서던 시각랑들이 모두 흠칫거렸다.

그들은 낯선 자가 서 있다는 것을 알게 되었고, 곧이어 불청객이라는 사실도 깨달았다.

차앙! 창!

만도가 뽑혔다.

"누구냐!"

부사영이 평정심을 회복하고 물어왔다.

그들은 낯선 자가 바로 등 뒤까지 다가왔는데도 기척을 느끼지 못했다.

'고수다!'

대번에 깨달을 수 있다. 그들 다섯 명이 전력을 다해도 무사할 수 없을 정도로 초극고수다. 그렇지 않고서야 이토록 완벽하게 다가설 수 없다.

다른 무인들도 무심히 지나갈 수 없는 문제인데, 하물며 그들은 시각랑이다. 다른 건 몰라도 자신에게 위협이 닥치는 상황만은 동물적인 감각으로 눈치챈다.

이자는 그런 감각마저도 마비시켰다.

"방금 내 말을 한 것 같은데. 귀가 조금 따갑더군. 지상에서 사라지기 전에는 절대 죽지 마라? 애들 장난도 아니고."

계야부는 먼저 도발했다.

그는 추면(醜面)을 쓰고 있다. 그 위에 복면을 했고, 또 그 위에 방갓을 썼다.

그의 얼굴을 네 겹이나 벗겨내야 계야부가 나온다.

“단차!”

“으음!”

부사영은 이를 악물며 그의 이름을 불렀고, 다른 자들은 침음을 토해냈다.

북지단 일휘단주가 혜성처럼 나타났다는 말은 들었어도 이토록 가공할 고수인 줄은 몰랐다. 만약 그가 살심을 품었다면 바로 끝장났다. 은밀히 다가와 살검을 쏟아냈다면 자신들 중 몇 명이나 살아남았을지 궁금해진다.

“결사(決死)!”

부사영이 명을 내렸다.

빠져나갈 길이 없다고 판단해서 죽음을 선택하기로 했다. 죽는 건 좋다. 고이 죽지만 마라. 하다못해 병신이라도 만든 후에 죽어라. 손가락 하나라도 잘라내고 죽어라.

그것이 결사다.

사실 부사영을 비롯해서 시각랑들이 느끼는 절망감은 매우 컸다.

단차가 자신들을 찾아냈다는 사실만으로도 짙은 패배감을 느꼈다. 어떻게 이런 일이 일어났을까? 어떻게 이자가 이곳을 찾아올 수 있었나? 지극히 은밀하게 움직였는데.

더욱 기가 막힌 것은, 이자가 함정을 파고 기다렸다는 점이다.

함정에 걸려들었다. 변명의 여지가 있을 수 없다. 누가 봐도 실소를 터뜨릴 만큼 완벽하게 걸려들었다.

이자는 시각랑을 안다. 시각랑의 사고, 습성, 행동 방식을 환히 꿰뚫어 보고 있다.

그들은 비로소 담위민과 여강강이 어떻게 잡혔는지 실감했다.

아마도 그들 역시 자신들처럼 극도의 상실감을 느끼며 결사를 택했을 게다.

'그래도 잡혔어!'

이것이 두 번째 절망으로 다가선다.

담위민과 여강강은 이 대 일의 싸움에서 졌다. 오 대 일이 아니다. 일촌사를 쓸 수 있는 부사영 같은 고수도 없었다. 하니 한 번 싸워볼 수는 있지 않은가.

싸워도 이길 수 없다.

시각랑은 나타난 자를 보자마자 상황을 읽어낼 수 있다.

이런 정도 같으면 뚫고 나갈 수 있겠다. 한두 명쯤은 당하겠네? 미치겠군.

어느 경우이든 삶을 놓지 않는 그들이지만 지금처럼 '졌다'는 느낌이 먼저 든 적은 없다.

스르릉!

계야부가 검을 느릿느릿 뽑았다. 그리고 시퍼렇게 날이 선 검을 다섯 사람에게 겨눴다.

"딱 일 초의 여유를 준다."

쒜엑! 쒜에엑!

삼 척 장검이 느릿하게 뻗어 나갔다.

"헛! 허엇!"

추위걸은 감히 부딪치지 못하고 연신 뒷걸음질쳤다.

'부딪치면 죽는다!'

무엇 때문인지는 모르겠지만 괜히 그런 생각이 든다. 어떤 식으로든 손속이 뒤엉키는 순간 목이 떨어진다.

상대는 쾌검의 달인인가? 검의 부딪침을 허락하지 않을 정도로 빠른 검을 구사하나? 아니면 환검의 달인인가? 검의 변화를 보지 못해서 목이 잘리나? 패검을 구사할 수도 있다. 만도를 무지막지한 힘으로 젖히고 목을 벨 수도 있다.

어쨌든 뒤엉키는 순간 목이 잘린다.

추위걸은 얼굴색이 파랗게 질려서 물러섰다.

"하!"

서악정도 찔끔찔끔 뒷걸음질쳤다.

그 역시 추위걸과 같은 상황이다. 추위걸이 목이라면 그는 심장이 꿰뚫린다는 생각이 들었다는 것만 다르다.

"싸우지 않을 생각인가?"

"하아!"

추위걸은 억지로 거친 숨을 쏟아냈다.

크게 숨을 들이켜고 내뱉음으로써 자신감을 북돋우려는 행동이지만…… 그는 이미 끝났다. 이제는 정말 만도를 써서는 안 된다. 패배감, 공포감에 젖어 있는 상태에서 만도를 쓰면 허점 투성이 도법이 될 뿐이다.

다른 세 사람이라고 다를 리 없다.

그들도 똑같은 공포를 느꼈다.

갈조기는 오지구를 딱딱 부딪치지 못했다. 싸움을 벌이기 전에 병기를 부딪쳐 주는 게 일종의 습관이었는데, 지금은 꽁꽁 얼어붙어서 무얼 할 생각을 못한다.

"내가 먼저 한다!"

부사영이 눈을 찔끔 감았다가 떴다.

시각랑이기 이전에 그는 검산의 검사였다.

검산을 부활시켜라. 검산의 봉문을 풀어라. 시각랑이 되어라. 계야부를 찾아 그를 끌어들여라. 그것만이 검산이 봉문에서 풀려나는 길이니 명심, 또 명심하라.

그는 검산의 부활을 책임질 만큼 뛰어난 영재였다. 검산을 이끌어갈 후기지수(後起之秀)로 그만한 자도 없을 것이다.

그런 그가 단차 앞에서 눈을 깜빡였다.

'강하다!'

그의 눈에 투지가 피어났다. 하나 그의 투지는 곧이어 올라온 공포심에 짓눌려 파르르 사라졌다.

그래도 그는 억지로 투지를 일깨웠다.

싸우지 않으면 죽는다. 투지가 생기건 생기지 않건 싸워야 하는 건 숙명이다. 도와줄 사람도 없다. 절박함이 극에 달한 난관일지라도 스스로 뚫고 나가야 한다.

이성은 냉정하게 소리치지만 그의 감정은 시간이 지날수록 힘을 잃어갔다.

‘이대로는 안 돼!’

그는 평생을 살아가면서 자신이 검도 들어보지 못할 정도로 강한 자를 만날 것이라고는 생각지 못했다.

그런 자가 눈앞에 서 있다.

“타앗!”

그는 힘차게 고함을 지르며 절정에 이른 사전투광신보를 펼쳤다.

스스스슷!

그의 신형이 물 흐르듯 유유하게 흐른다.

전후좌우 어디로든 변화를 줄 수 있다. 위, 아래…… 어디든 공격이 가능하다.

‘일촌사!’

쒜에엑!

기형 장검이 번갯불처럼 터졌다.

그가 전개한 검법은 일격필살의 타사인이다.

타사인을 쓰려면 사전 행동이 필요하다. 정해진 검로(劍路)에 따라서 검을 쳐내야 한다.

상대가 대응하기 시작하면 이긴 것이나 진배없다.

상대는 그가 뻗어낸 검초가 막다른 골목으로 유도하고 있다는 사실을 모른다. 한 초식, 한 초식 혼신을 다해서 부딪치다 보면 어느새 궁지에 몰리고 만다.

상대는 그때서야 초식에 밀렸다는 것을 자각한다. 하지만 이미 때는 늦었다.

타사인이 터지고 상대는 진다.

부사영은 자신의 정체가 드러난 후, 타사인의 사전 검초를 버렸다.

그는 곧장 타사인을 썼다.

이럴 경우, 타사인은 굉장히 흠집이 많은 검초가 된다.

상대가 어떤 지경인지 판단하지도 않고, 돌아보지도 않고 무조건 일검양단(一劍兩斷)을 전개한다면 당할 자가 어디 있으랴. 또 그런 호기를 놓칠 자가 어디 있겠나.

부사영이 다짜고짜 일검양단을 쓰면 어깨 아래는 무주공산(無主空山)이 된다. 누구든 작심하고 뛰어들기만 하면 몸통과 다리를 베어낼 수 있다.

횡소천군(橫掃千軍)으로 쓸어낸다고 해보자.

그의 머리가 빈다. 두 다리도 빈다. 빠른 신법으로 돌아서면 등도 칠 수 있다.

무식한 자나 그런 검초를 쓴다.

부사영은 전신에 허점을 환히 드러낸 채 일격필살의 검초, 타사인을 썼다.

상대가 뛰어든다.

그 순간, 그의 검은 일촌사로 변한다. 타사인에서 일촌사로 이어지는 검은 검산의 검사도 당할 정도로 뛰어난 절초가 되었다.

스슷!

단차가 허리 어림을 노리고 뛰어들었다.

그도 역시 눈에 보이는 것만 보는 자였나. 자신 같은 자가 일검양단을 쓸 때는 그만한 이유가 있을 것이라고는 생각해 보지 않았나. 아니면 허점이 너무 많이 드러나서 흥분한 겐가!

파아앗!

일검양단이 사일검(斜日劍)으로 변해 쓸어 내려졌다.

촌각 만에 변하는 검초, 일촌사다. 한데!

파앗!

단차의 검초가 변했다!

허리를 노리고 쳐오던 검이 눈 깜빡할 사이에 사일검으로 변해서 올려쳐 온다.

그는 분명 허리를 쳐왔는데 처음부터 요격세(腰擊勢)로 공격을 가해왔던 것처럼 느껴진다.

검을 밑으로 한 상태에서 달려와 올려친다.

단차가 달려올 때는 이런 검법이 아니었는데…… 처음부터 이런 검법으로 달려왔던 것 같은 착각이 일어난다.

완벽한 일촌사다!

따앙!

부사영의 기형 장검과 단차의 삼 척 장검이 맞부딪쳤다.

"크윽!"

부사영은 큰 충격을 이기지 못하고 비틀비틀 물러섰다.

검을 통해서 엄청난 진력이 전달되었다. 마치 천 근에 이르는 망치로 후려친 것 같은 압력이 밀려왔다.

어지간한 사람 같았으면 검을 놓쳤으리라.

"너희를 죽일 생각은 없다. 병기를 거둬라."

단차가 검을 집어넣으며 말했다.

그는 승리자였다.

살림과 맺었던 약조가 칠살문에도 건네졌다.

칠살문은 여전히 칠살문이다. 지금까지 해왔던 살행을 지속해도 상관하지 않겠다. 누구를 죽일지, 어떤 방식으로 죽일지 일휘단에 보고할 필요도 없다.

칠살문은 완전히 독자적인 세력으로 존재한다.

단, 일휘단이 내리는 명령은 가장 선급하게 처리한다.

주로 암살 명령이 주(主)가 되겠지만…… 명이 떨어지면 이유 불문하고 무조건 죽인다.

청부금은 지급한다.

한마디로 일휘단의 전용 살수가 되어달라는 소리다.

"지원은 풍족하게 해주겠다."

단차가 말을 마쳤다.

이들은 계야부를 알아보지 못했다.

얼굴을 가렸기 때문이 아니다. 음성을 변화시켰기 때문도 아니다. 그는 기도를 감췄다. 계야부처럼 예기(銳氣)를 피워내지 않는다. 지금 현재의 그는 어떠한 기운도 풍기지 않는다.

느낌으로 알아내기 가장 힘든 사람이 되었다.

계야부와는 무공도 다르다.

그가 쓰던 무공은 일체 쓰지 않는다. 의살을 쓰는 자에게 진기 무공은 마음에 와 닿지 않는다.

그와 계야부를 연결시킬 수 있는 것은 체격이 비슷하다는 것뿐인데, 그것만으로는 그를 알아볼 수 없다.

부사영과 시각랑들은 서로를 쳐다봤다.

'선택의 여지가 없다.'

부사영이 눈빛으로 말했다.

'거절하면 몰살을 당할 게 뻔하지.'

고봉이 눈빛으로 답했다.

무림의 태두인 무총, 그중에서도 북지단 일휘단주가 직접 살수들을 찾아와서 손을 빌려달라고 청한다.

지속적인 청부를 하겠다는 뜻이다.

한두 건도 아니고 쉴 틈 없이 바쁘게 돌아갈 거라니 얼마나 많은 사람을 죽이고자 하는가.

이런 제안을 거절하면 반드시 뒤끝이 있다.

마두가 청부를 해도 위험한 판인데 명문정파의 거두가 살인 청부를 한다.

아주 위험하다.

"거절한다면…… 어쩌겠소?"

부사영이 물었다.

"거절이든 승낙이든…… 사실대로 말하면 어떤 말을 해도 믿지 않아. 일을 처리한 후에는 믿어주지. 우리의 신뢰는 그때부터 쌓이기 시작할 거야."

"후후! 그런 점은 우리와 닮았군."

고봉이 쏘아붙이듯 말했다.

"아직 대답을 듣지 못했소. 거절하면 어쩌겠소?"

부사영이 다시 물었다.

"살림과 부딪치면 돼."

단차는 아무것도 아니라는 듯 가볍게 말했다. 하나 듣는 사람은 말을 할 수 없을 만큼 크게 놀랐다.

"뭐, 뭣!"

부사영이 눈을 부릅떴다.

오늘은 더 놀랄 것이 없을 것이라고 생각했는데, 시간이 지날수록 놀라움 투성이다.

"살림이…… 살아 있소? 듣기로는 다 죽었다고 하던데."

"검산도 살아 있잖나."

"다, 당신! 당신 누구요!"

부사영은 이렇게 묻지 않을 수 없었다.

"후후! 근래 들어 가장 많이 듣는 질문이 그거지. 넌 누구냐. 후후후! 이름이 부사영이라고 했나? 넌 거짓말을 너무 못하는군. 이미 나에 대해서 속속들이 조사했을 텐데?"

"시각랑이라고 들었다."

"맞아."

"우린 널 모른다."

"너희가 시각랑을 모두 아나?"

"네 말이 맞아. 시각랑은 많다. 전부 알 수가 없지. 하지만 너 정도의 고수라면 모른다는 게 이상하지."

"계야부의 벗이다."

"풋!"

부사영은 비웃었다.

단차가 시각랑 출신이며 그가 무림에 나선 이유가 계야부의 복수를 하기 위해서라는 건 이미 조사해서 알고 있다.

모두 새빨간 거짓말이다.

이놈은 시각랑도 아니며, 계야부의 벗도 아니다.

부사영은 자신과 계야부의 관계를 설명하려고 했다. 하나 그가 입을 열기 전에 단차가 먼저 손짓을 하기 시작했다.

왼손을 들어 어깨 높이로 올린 후, 위아래로 흔들었다.

'멈춰라!'

그는 다시 왼손을 수평으로 뻗은 후, 손가락으로 네모를 그렸다.

'지도!'

이번에는 왼손으로 왼쪽 가슴을 만진다.

'살아라!'

부사영뿐만이 아니다. 다른 시각랑들도 입을 쩍 벌렸다.

단차가 방금 펼친 몇 가지 수신호는 바로 시각랑들밖에 모르는 그들만의 언어다.

"나는 거짓말하지 않았다. 시각랑이었으며, 계야부의 벗이었다. 너희가 모르는 위치에 있었을 뿐."

"미치겠네."

서악정이 입술을 옆으로 비틀며 웃었다.

"이제는 가부(可否)를 알아야겠는데?"

"좋…… 소."

부사영은 그리 대답할 수밖에 없었다.

단차는 검을 들고 일어섰다. 그리고 마지막으로 한마디 했다. 하지 않아도 될 말이지만 이들의 마음이 편해지라고 일부러 했다.

"내가 주는 살명은 모두 계야부를 위해서다. 계야부의 복수를 위해 무림에 나왔다는 말…… 믿어도 좋다."

계야부는 터벅터벅 산길을 내려왔다.

오랜만에 반가운 얼굴들을 봤다.

예전과는 달라진 놈도 있다. 부사영…… 놈이 검산이었다니. 그런 사실을 꼭꼭 숨기고 살아왔다니. 그래도 검산에 귀속되지 않고 시각랑을 챙겼으니…… 그래서 봐준다.

계야부는 복면을 벗어던지고 '이놈들아! 내가 계야부다!' 라고 소리치고픈 심정을 간신히 억눌렀다.

주위에 강적들이 모여들고 있기 때문이다.

독심환마 시절에는 이름도 모르던 자들과 싸웠는데, 이제는 별호만 들어도 누군지 세상 천하가 모두 아는 사람들과 어울리고 있다.

동정호의 오대고수가 대표적인 사례다.

북지단주도 지켜보고 있고, 무총주도 어느 곳에선가 눈길을 주고 있다.

그를 지켜보는 눈의 수준이 최고로 올라섰다.

상관없다. 그들이 어떤 눈길로 쳐다보든 자신은 자신 할 일만 하면 된다는 생각이다.

하나 그들이 악의를 품었을 때는 이야기가 달라진다.

제일 먼저 당할 사람들이 주위에 있는 사람들이다. 만총림이 당할 것이고, 금룡대가 척살 대상으로 떠오를 게다.

그들의 노출은 어쩔 수 없다. 무총주가 자신을 일휘단주로 임명하는 순간, 그들은 세상에 노출되었다.

이제 자신이 할 일은 그들이 애꿎은 죽임을 당하지 않도록 최선을 다하는 것뿐이다.

그런 뜻에서 칠살문을 숨겼다.

그들에게 일을 시킬 때는 지극히 은밀하게 해야 한다. 그야말로 쥐도 새도 모르게…… 자신과는 전혀 상관없는 사람들인 것처럼 가장시켜야 한다.

그래야 자신이 공격을 당하기 시작했을 때 그들의 안전이 보장된다. 또 자신이 계야부임을 몰라야 공격당하고 있는 자신을 구하고자 달려오지 않는다.

살림은 숨기고자 해서 숨긴 게 아니다. 그들의 움직임이 워낙 은밀한 것을 좋아하는 탓에 자연스럽게 숨어든 것뿐이다.

"있나?"

산길을 걸어 내려오며 말했다.

"속일 수가 없군."

여인의 음성이 들려왔다.

계야부는 사람의 온기를 감지한다.

예전에는 이렇지 않았는데, 얼마 전부터 누군가가 감지되면 의살이 자연스럽게 일어난다. 상대가 살기나 예기를 품으면 일촌사보다 더욱 빠른 순간에 일목 상태로 들어선다.

주위에 누군가가 있다는 것을 감지해 내는 건 일도 아니다.

"망월산에 불을 질러."

"뭐라고!"

"첫 번째 명이다."

"호호호! 칠살문을 구하려는 거야? 알다가도 모르겠네. 칠살문을 잡을 때는 언제고 이제는…… 아! 요 위에서 만난 놈들이 칠살문이구나? 그걸 왜 이제야 알았을까? 호호호!"

"입이 목숨을 앗아갈 때도 있다."

계야부는 의살을 쏘아냈다.

파파파팟!

살기가 무섭게 번져 갔다.

살림 살수라면 대번에 감지해 낼 아주 강한 죽음의 기운이다.

"이놈의 짓거리 좀 하지 마!"

여인이 버럭 고함을 지른 후, 사라져 갔다.

3

화르륵! 타탁! 화르르륵!

작은 불꽃이 바싹 마른 나무를 태우기 시작했다. 장작 타는 냄새와 함께 작은 연기가 피어올랐다.

그것이 시작이다.

망월산이라는 큰 산을 태우는 불길은 아주 조그맣게 시작됐다.

쉬익! 쉬이익! 쉬익……!

산속에 언제 이 많은 사람들이 숨어 있었던가.

숫자조차 헤아릴 수 없을 정도로 많은 무인들이 메뚜기처럼 뛰어나와 비산했다.

불길 앞에서는 포위망도 매복도 유지할 수 없었다.

'화공?'

부림주는 미간을 찌푸렸다.

이건 금룡대를 욕할 수밖에 없다.

그들이 정신을 바짝 차렸다면 누군가가 망월산에 기어들어와 불을 지를 수 있었겠는가.

금룡대의 경계망에 구멍이 뚫린 것이다.

그들의 무공을 믿지 못해서 두 겹, 세 겹 경계망이 겹치도록 위치를 배정했는데 그래도 뚫리고 말았다.

시각랑이 잠입, 침투, 암살에는 일가견이 있는 자들이라더니 정말 그런 것인가? 아무리 그래도 그렇지 북지단 무인들이 한낱 시각랑에게 휘둘린단 말인가.

부림주는 어금니를 꽉 깨물었다.

불길이 산을 타는 속도는 질풍에 버금간다. 순식간에 십여 장씩 쑥쑥 밀고 올라온다.

'이건 자연적으로 발생한 산불이 아냐! 틀림없이 그놈들이 기어들었어.'

산불의 방향을 보자 더욱 확신이 들었다.

바람은 북으로 부는데, 산불은 동쪽으로 흘러온다. 물론 북으로도 올라가지만 급속하게 팽창하는 쪽은 역시 동쪽이다.

폐가를 향해서 노도처럼 밀려온다.

산불을 일으킨 자가 폐가를 향해 인화성 물질을 뿌려놨다. 그렇지 않는 한 산불이 이리 빨리, 그것도 풍향과는 상관없는 쪽으로 휘몰아칠 리 없다.

그는 단호하게 말했다.

"놈들을 묶어놔! 불에 타 죽어도 좋다! 혈도가 제압되었다고 방심하지 마라! 이놈들은 시각랑이야! 무공이 없어도 얼마든지 움직일 수 있는 놈들이란 말이다! 정신 똑바로 차리고 지켜!"

단차의 명령은 불을 지르는 것이었다. 칠살문 살수들을 구하라는 명령은 없었다.

살림 살수들은 불을 지름과 동시에 망월산을 벗어났다.

"잘 타네."

"크크큭! 세상에서 제일 재미있는 게 싸움 구경하고 불구경 이래잖아. 산불 구경은 처음인데…… 흠! 이것도 괜찮네."

그들은 유유히 불구경을 했다.

"크크크! 산 하나를 홀라당 태워먹었어. 분명히 놈이 부탁을 한 거고, 우린 들어준 거야. 맞지?"

뚱뚱한 사내가 말했다.

"맞아. 부탁을 들어줬어, 공짜로."

말라깽이 검사가 여인을 쳐다봤다.

여인이 말했다.

"공짜는 없어. 부탁을 한 번 들어줬으니 우리도 공격을 해야 지. 밑져야 본전 아냐?"

"흐흐흐! 언제 할 건데?"

"오늘. 지금."

"지금?"

여인은 말라깽이 검사가 되묻자, 어이없다는 표정으로 그를 쳐다보다가 혀를 끌끌 차며 말했다.

"어휴! 왜 이렇게 생각들을 안 해? 머리 좀 쓰면서 살아."

"나도 머리는 있지. 네가 옆에 있을 때만 생각하지 않는 거 야. 네 앞에서 생각하는 건 번데기 앞에서 주름 잡는 것이니 까."

"말이나 못하면."

"말해. 지금 공격한다니 무슨 소리야?"

모두들 눈에 신광을 번뜩였다.

살림이 언제 목표물을 놓고 이토록 오랫동안 기다렸던 적이 있던가. 죽든 살든 기회를 잡았다 싶으면 후다닥 해치워 버리 는 것이 그들의 습성이지 않던가.

그들은 여인의 말에서 기회의 냄새를 맡았다.

"우린 산불만 지르고 빠져나왔어."

"그랬지."

"지금 밖에는 금룡대 무인들이 진을 치고 있지만 불길 속으로 뛰어들 놈은 없어."

"그렇지!"

"절검대는 불이 나자마자 빠져나왔는데, 뇌편대는 그림자도 비치지 않아."

"안에 있는 거겠지. 만총림 부림주도 안 나왔잖아."

"칠살문 살수를 지키고 있는 거야."

"그거야 우리도 아는 말이고……."

"칠살문 살수들을 누가 구할까?"

"그거야 당연히 단차가 구하…… 아!"

"이제 알았어! 단차는 비밀리에 칠살문 살수들을 구하려고 해. 만총림과 뇌편대가 알아서는 안 되는 거야!"

단차는 아군을 속이고 아군의 뒤를 치려고 한다.

이것은 잘못된 행동이다. 그리고 잘못된 행동 속에는 반드시 허점이 있다. 무엇인가를 숨기고자 하는 자, 비밀스럽게 행동하는 자…… 이런 자들을 요리하는 건 그다지 어렵지 않다.

"놈이 살수들을 구하려고 뛰어들 때, 만총림과 뇌편대에 알리는 거야. 침입자가 나타났다고!"

"후후후! 이 늙은이가 절검대 옷을 입어야겠군."

키 작은 노인이 수염을 만지작거렸다.

“모두의 이목이 그에게 쏠릴 때, 그가 뇌편대 무인들을 상대할 수 없어서 물러서거나 아니면 억지로 상대할 때!”

기회다!

“사방이 불길이니 찬살진(璨殺陣)으로 갈까?”

뚱뚱한 사내가 말했다.

“화약은 충분한데 암기가 부족해.”

“암기는 나뭇가지를 깎으면 돼. 지금부터 만들기 시작하면 놈이 움직일 즈음에는 꽤 만들어져 있을 거야.”

“좋아. 찬살진을 쓰자.”

여인의 한마디가 끝나자 단숨에 습격 계획이 세워졌다.

부사영도 불길을 쳐다봤다.

“아무리 생각해도 알 수가 없네. 그놈이 정말 시각랑이었다면 우리가 왜 몰랐지?”

고봉이 고개를 갸웃거렸다.

단차의 무공은 시각랑이라고 생각할 수 없을 만큼 뛰어나다.

그는 부사영을 단숨에 제압했다. 시각랑으로서의 부사영이 아니라 검산 검사로서의 부사영을 꺾었다.

시각랑 중에 이런 무공을 가진 자는 없었다.

장군들 중에서도, 그 윗선에도 이런 무공은 생각할 수 없다.

그가 시각랑이었고, 이만한 무공을 사용했다면…… 글쎄? 그에게 첨각 침투는 어린아이 장난이 아니었을까? 수백 명의

적에게 포위당해도 코웃음 치며 유유히 빠져나오지 않았을까?

그가 정말 시각랑이었다면 계야부의 전설은 존재치 않는다. 계야부의 뒤를 이은 이인자, 부사영의 전설도 소꿉장난으로 치부되었을 것이다.

단차 같은 자가 시각랑이었을 리 없다.

한데 그는 시각랑의 밀마를 안다. 시각랑의 행동 방침을 알고, 시각랑들 사이에서만 존재하는 율법을 안다. 또 그는 어떻게 해야 시각랑을 움직일 수 있는지도 안다.

무력으로는 시각랑을 움직일 수 없다. 회유나 타협으로도 불가능하다. 시각랑의 고집은 대쪽 같아서 그들 스스로 마음이 움직여야만 행동에 나선다.

그는 일단 부사영을 제압하여 자신의 무위를 보여준 후, 시각랑과 계야부를 들먹여 마음을 끌어냈다.

계야부를 위한 살명이라고?

그 말이 사실인지 아닌지는 죽여야 할 자가 누군지 명을 받아보면 안다.

거짓말을 할 수 없는 부분이다.

그렇다면, 그의 말이 진실이라면…… 손을 잡아도 괜찮지 않겠나. 북지단의 막강한 힘과 정보와 재원을 마음대로 쓸 수 있으니 지금보다는 한결 부드럽게 움직일 수 있지 않겠나.

그는 시각랑들에게 오히려 도움을 주고 간 셈이다.

마치 대낮에 여우에게 홀린 기분이다.

무엇엔가에 뒤통수를 얻어맞아서 머릿속이 마구 뒤섞인 것 같다.

"저 불…… 그놈이 지른 것이다."

부사영이 불길을 쳐다보며 말했다.

불길은 폐가를 노리고 달려든다.

일차로 절검대 무인들이 빠져나갔고, 뇌편대 무인들이 물러서는 것도 시간문제다.

언제까지고 매복을 유지할 수는 없다.

칠살문 살수들을 구하기 위해 누군가 고의로 방화했다는 사실을 알면서도 타 죽지 않으려면 물러서야만 한다.

결국 언제 물러서느냐가 문제일 뿐, 뇌편대는 물러선다.

만총림이라고 다를 리 없다. 아니, 그들은 뇌편대보다도 더 빨리 물러서야 한다. 그들 중 상당수가 무공을 모르는 사람들이니 사실 가장 많이 위험에 노출되었다고 할 수 있다.

하면 두 사람과 불길만 남는다.

그렇게 되면…… 과연 불길 속으로 뛰어들어 두 사람을 구할 수 있을까? 불길 밖은 북지단 무인들이 포위하고 있을 터인데, 무사히 구할 수 있을까?

아니다. 구하지 못한다.

이건 시각랑의 전법이 아니다. 시각랑은 일을 진행함에 있어서 적어도 두 개의 탈출구는 만들어놓는다. 지금과 같이 앞뒤 꽉 막아놓는 전술을 결코 펼치지 않는다.

불은 시각랑이 지른 게 아니다.

그럼에도 부사영은 단차가 질렀다고 말했다.

그는 단호하게 말할 수 있다. 단차는 시각랑이 아니다. 단지 시각랑에 대해서 소상히 알 수 있는 위치에 있었거나 그럴 수 있는 자를 친구로 두었을 뿐이다.

한데 여기에도 모순은 남는다.

그는 밖에서 보는 일반적인 개념의 시각랑을 알고 있는 게 아니었다. 밀명을 받고 첨각 침투를 단행했을 때의 시각랑, 적진에 뛰어들어 가 절박한 상황에 처했을 때의 시각랑을 알고 있었다. 첨각 침투를 해보지 않은 사람은 결코 알 수 없는 부분들을 말했다.

이 부분만은 그도 헷갈렸다.

그를 본 적이 없다. 정녕코 없다. 하니 일단 그를 시각랑이 아니라고 생각한다.

마음속으로 그렇게 생각하고 나니 불길의 움직임도 이해된다.

단차는 저 속으로 뛰어들 것이다. 담위민과 여강강을 구해서 자신들 품으로 돌려보낼 것이다. 그렇지 않으면 그와 나눴던 이야기는 모두 공염불이 될 터이니, 싫어도 하는 수밖에 없다.

그가 저지른 일, 그가 치워야 한다.

추위걸이 불길을 보며 말했다.

"저 불을 그자가 질렀다면…… 우린 기다리면 되는 건데…… 정말 이대로 기다려도 되겠습니까? 자칫하면 두 형님이 타 죽을 텐데, 우리라도 가봐야 되는 것 아닙니까?"

부사영이 고개를 흔들었다.

"담위민과 여강강은 살아올 것이다, 반드시."

그의 말이 너무 단호해서 다른 의견을 말할 수 없었다.

서악정이 피식 웃으며 말했다.

"그럼 뭐야…… 우리가 단차라는 놈의 턱수염을 잡은 것 맞죠? 일휘단주라는 놈이 살수에게 청부를 한다고 했으니 이게 실제로 이뤄지면 놈은 단단히 약점 잡힌 꼴이 되는데…… 흐흐흐! 잘하면 괜찮은 놈 하나 허수아비로 만들 수 있겠는데요?"

서악정은 위험한 말을 했다.

그가 말한 일은 실제로도 왕왕 벌어지고 있다. 약점을 움켜쥔 자가 약점을 무기로 사용하는 전례는 얼마든지 찾아볼 수 있다.

하나 여기에는 양날의 검처럼 반대 측면도 존재한다.

약점이 더 이상 약점으로 제공되지 않을 때는 언제든지 제거당할 수 있다.

단차의 경우는 어떨까?

고봉이 고개를 절레절레 흔들었다.

갈조기는 침을 퉤! 하고 뱉었다.

두 사람 모두 약점을 사용할 생각이 없다. 한 번쯤 사용할 수는 있겠지만 사용하는 순간에 제거될 것이다. 단차라면 얼마든지 그러고도 남는다.

그들의 뇌리 속에는 아직도 공포가 존재했다.

‘부딪치면 죽는다!’

무림에 나온 이후 이토록 처참하게 마음을 무너뜨린 자는 없었다.

그런 자를 상대로 두 번 다시 싸우고 싶지 않다. 하니……그가 계야부를 위해서 복수한다는 말을 지켜주기만 바란다.

부사영이 말했다.

“우린 여기서 기다린다. 저 불길이 꺼지면 잃었던 동생들이 다시 돌아올 거야.”

“더 이상은 버틸 수 없습니다.”

뇌편대주가 다급히 말해왔다.

부림주가 봐도 상황이 급했다. 사방이 온통 시뻘건 불길들뿐이다. 사방에서 펑! 펑! 하며 공기가 터져 나간다. 공기 터지는 압력이 꼭 화약이 폭발하는 것 같다.

화르르르륵!

불길이 폐가를 덮치고 있었다.

이글이글 타오르는 열기가 살을 익혀 버릴 듯 쪼아댔다.

이 정도 불길이면 보통 사람들은 포위당했다고 말한다. 불길에 갇혔다며 탈출할 엄두를 내지 못한다.

다행히도 뇌편대는 길을 뚫을 수 있다.

뇌편대원 중 몇몇은 벌써 길을 뚫고 있다.

쉽지는 않아 보인다. 검으로 나무를 베어내는 모습이 무척 힘겹게 느껴진다.

버틸 만큼 버텼다.

이 불길 속을 뚫고 들어서는 자가 있다면 정신이 나간 놈일 게다.

'오지 않는다! 제길! 불만 질렀단 말인가! 모두 태워 죽일 생각이었나! 칠살문 이놈들! 이것이 시각랑의 방식인가!'

부림주는 분노했다.

그는 이 산불을 시각랑이 저질렀다고 생각했다. 그놈들이 아니면 산불까지 낼 놈이 누가 있겠나.

모두 태워 죽인다? 사로잡힌 자는 필요없다? 하니 적과 함께 깨끗이 죽어라?

칠살문 살수들의 의도가 읽힌다.

그들이라면, 살수들이라면 이런 일쯤은 얼마든지 저지를 수 있다고 여겨졌다.

"물러서세요."

부림주는 결국 끝까지 버티겠다는 고집을 꺾었다.

"저놈들을 책임지세요. 누군가 나타나면 즉시 죽여도 좋습니다. 대주님이 직접 끌고 가주세요."

"걱정 마십시오. 그럴 예정입니다."

뇌편대주가 자신있게 대답했다.

第百二章
화마(火魔)

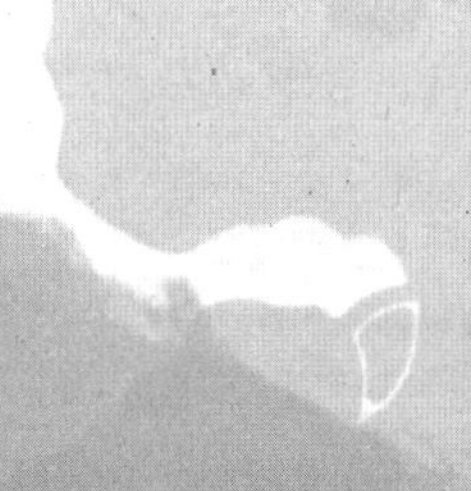

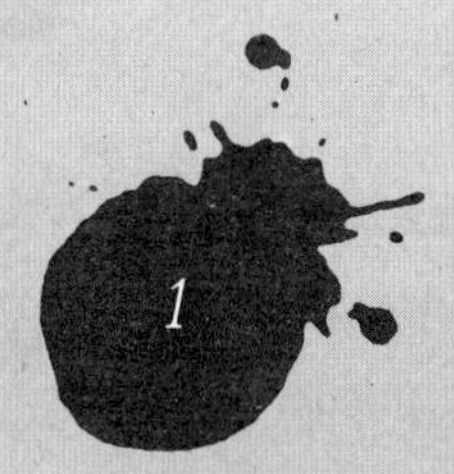

1

계야부는 오랜만에 시각랑으로 돌아가서 폐가를 지켜봤다.

타타탁!

예정대로 산불이 타올랐다. 그리고 또 자신이 생각했던 대로 불길이 폐가를 향해 모아졌다.

살림 살수들은 자신의 수하가 아니다.

필요에 의해서 명령을 따르지만 배반할 기회가 생기면 언제든지 돌아설 수 있는 자들이다.

그들이 첫 번째 기회를 잡았다.

산불을 놓으라는 명령만 내렸지 어떻게 놓으라는 세부 방침은 정해주지 않았으니 그들을 나무랄 수는 없다.

그들은 그런 자신감에서 불을 놓았다.

암습도 기다린다.

배고픈 살쾡이처럼 눈을 번뜩이고 있다가 허점이 보였다 싶으면 당장 낚아채리라.

자신이 살림 살수라면 그렇게 한다.

계야부는 이런 점까지 계산한 후에 명령을 주었다.

살림 살수들은 기대 이상으로 그의 뜻에 부응해 주었다.

이 정도의 산불이라면 당장 폐가를 집어삼킬 것이다. 절검대는 빠져나갔고, 뇌편대도 곧 움직일 것이다.

그는 기다렸다.

담위민과 부사영은 뇌편대와 함께 움직인다.

부림주의 입장에서 생각해 봤을 때, 지금 이 순간 가장 믿음직스러운 사람은 뇌편대주밖에 없다.

부림주는 틀림없이 두 사람을 뇌편대주에게 맡길 것이다.

그는 집채만 한 바위 밑을 팠다.

의살이 이루지 못하는 것이 없다지만 산불에는 무용지물이다. 눈이 없고, 인정이 없고…… 닿는 것은 쇠가 되었든 나무가되었든 모두 태워 버리는 불길 앞에 성할 수 있는 자는 없다.

바위 밑을 파고 들어가 은신처를 만들었다.

자신 외에 두 사람이 더 몸을 눕힐 수 있도록 넉넉하게 공간을 마련했다.

다른 때 같으면 은신처가 발견되지 않도록 충분히 조심해서땅을 팠을 게다. 주위에 있는 풀과 나무에도 흙이 튀어서는 안되고, 무엇보다 주변 식물들의 생명력에 지장을 주어서는 안 된다.

나무는 뿌리를 건드려도 단번에 죽지 않지만 풀은 다르다. 조금만 잘못 건드리면 당장 말라 죽는다.

추격자에게 '나 여기 있소' 하고 말하는 격이다.

하지만 지금은 그런 것에 신경 쓸 필요가 없다. 가장 빠른 시간 안에 가장 깊이, 그리고 넓게 파기만 하면 된다.

모든 흔적은 불이 지워줄 것이다.

그는 입구를 틀어막기 위해 큼지막한 돌덩이를 준비했다.

안에 물을 받아놓고, 건포(乾脯)도 준비했다.

이 정도면 불길이 완전히 잡히고도 대충 보름 정도는 버틸 수 있을 것이다.

그때쯤이면 북지단의 포위망도 풀릴 것이다. 설혹 풀리지 않는다고 해도 경계는 상당히 느슨해져 있을 것이다. 담위민과 여강강이라면 웃으면서 빠져나갈 수 있다.

모든 준비가 끝났다.

쒜엑! 우르릉! 화라락!

불길과 도끼질 소리가 번잡하게 울렸다. 나무 넘어가는 소리와 타 들어가는 소리가 같이 터져 나왔다.

뇌편대는 불길을 뚫기 위해 안간힘을 다했다.

북무림의 대소사를 관장하고 있는 그들이지만 자연재해 앞에서는 힘없는 인간일 뿐이다.

'뇌편대……'

드디어 뇌편대가 눈앞에 나타났다. 뇌편대주의 모습도 보였다. 뇌편대주 바로 뒤에 담위민과 여강강이 힘없이 끌려간다.

저들을 어떻게 빼낸다?

뇌편대원들을 다치게 하고 싶지는 않다.

그들은 정의(正義)에 뜻을 두었다. 협행(俠行)을 하고 권선징악(勸善懲惡)을 실천한다.

저런 사람들은 다쳐서는 안 된다.

쾌속하게 뛰쳐나가서 번개처럼 두 사람을 낚아챈다. 한 손에 한 명씩 두 명을 움켜잡고 폐가 쪽으로 달려간다. 아예 한 걸음 더 나아가 불길 속으로 뛰어들까? 그런 후, 다시 돌아와 파놓은 땅굴 속으로 기어든다.

뇌편대 무인들은 쫓아오지 못한다.

불길이 살을 태울 듯이 거세다. 불길만 무서운 게 아니다. 불길이 거세게 일어나는 곳에는 공기가 빨려드는 관계로 진공 상태가 된다. 공기가 희박한데다가 연기가 휘몰아쳐 질식사당하기 딱 좋다.

폐가 부근이 그런 상태다.

'긴 호흡을 하면 되겠지.'

그는 몸을 일으키려고 했다. 한데!

'훗!'

밖으로 뛰어나가려던 몸이 딱 굳어졌다.

강하다. 강해도 보통 강한 자가 아니다. 북지단주나 동정호 오대고수와도 어깨를 나란히 할 수 있을 정도로 강한 것 같다.

파파파파……!

내공이 기형(氣形)으로 변해서 번져 나온다.

계야부는 기형에 부딪치지 않기 위해 일목을 떠올렸다.

완전한 공백 상태로 들어간다. 육신도 없고, 마음도 없다. 텅 빈 허공만 존재한다. 나는 없다. 나는…… 없다.

절대적인 무기(無氣) 속에 자신을 감췄다.

고수가 내뿜은 기형은 그를 지나쳐 갔다.

'어디서 이런 고수가!'

계야부는 손이 덜덜 떨리는 것을 억지로 참아냈다.

상대의 기형은 그의 무기를 깨뜨릴 뻔했다. 기파가 조금만 강했어도 무기는 여지없이 깨졌다.

무기 대신 투지가 드러났을 게다.

땅굴 속에 숨어 있지 못하고 밖으로 달려나가 치열한 접전을 펼치는 수밖에 없다.

도대체 어떤 자가 이토록 강한가? 누구이기에 산불로 뒤덮인 망월산에 나타났는가!

"누구냐!"

뇌편대 무인이 검을 겨누며 고함쳤다.

상대의 기형은 한참 전에 그를 훑고 지나갔다.

모습을 드러내기도 전에 어디에 몇 명이 있고, 무공은 어느 정도인지 탐지해 냈다.

뇌편대 무인들은 미지의 기파가 자신들을 더듬었다는 사실조차 모른다. 그들은 낯선 자가 자신들 앞에 나타난 후에야 상대의 존재를 눈치챘다.

만약 그가 뇌편대를 쓸어버릴 심산이었다면 모습을 보일 필요도 없었다. 암암리에 손을 쓰기 시작했다면 어찌 된 영문인지도 모른 채 죽어갔을 것이다.

그와 뇌편대의 무공 차이는 너무도 현격하다.

"그 사람들이 칠살문 살수들인가요?"

순간! 계야부는 쇠망치로 뒤통수를 얻어맞았을 때처럼 띵한 충격을 느꼈다.

곱디고운 여인의 음성이다. 옥구슬 굴러가듯 영롱하며, 풀피리의 음색처럼 상큼하다.

'야…… 약란!'

사약란! 그녀의 음성이다!

약란이 왔다. 아주 무서운, 절로 가슴 떨리게 만드는 절대고수가 되어서 왔다.

그는 당장 뛰쳐나가고 싶었다. 그녀의 두 손을 잡고 몸은 괜찮냐고 물어보고 싶었다. 나도 괜찮다. 이리 멀쩡하게 살아 있다고 말해주고 싶었다.

하지만 그는 손톱이 살에 박히도록 두 주먹을 불끈 움켜쥐며 충동을 참아냈다.

만총림은 사약란에 대해서도 상당 부분 조사해 놓았다.

그중에 가장 놀라운 것은 동정호 비궁 사건을 그림 그리듯 설명해 놓았다는 점이다.

보고를 읽다 보면 한 폭의 살육도가 그려진다.

검산 고수들의 삼대절공이 튀어나오고, 그 속에서 분투하는 세 여인과 두 사내의 광경이 처절하리만치 아름답게 펼쳐진다.

그 사건에서 사약란은 무려 삼십여 개에 이르는 절공을 쏟아냈다.

끊임없이 이어지는 무궁무진한 내력을 바탕으로 천하의 절공들이 우수수 쏟아져 나왔다.

소림사, 무당파, 화산파, 점창파…… 각대문파의 현존하는 절기, 혹은 이미 오래전에 사라져 버린 절전비기들이 그녀의 손에서 완벽하게 재현되었다.

그녀는 살아 있는 무림 보고다.

만총림의 보고는 여기에서 그치지 않는다.

당시 동정호에는 사약란만 있었던 것이 아니다. 사일도와 십일영자도 함께했다.

한데 그들, 사일도와 십일영자는 싸움에 가담하지 않았다.

십일영자 중 두 명이 죽었는데, 손해를 감수하고 뒤로 물러서서 여동생이 싸우는 광경만 지켜봤다.

만총림은 이 사건을 무총의 후계 구도와 연결 지어 설명했다.

이미 무총주의 선택이 이뤄졌다는 것이다.

승승장구, 무총주의 후계자로 거의 입지를 굳혀가던 사일도가 무너졌다. 그리고 그 자리를 사약란이 대신했다.

박수를 치며 기뻐해 줄 일이다.

한데 여기서 그의 가슴을 찢어놓는 글귀가 새겨진다.

그녀가 무총주의 선택을 받은 결정적인 계기는 계야부의 죽음이라는 것이다.

계야부가 살아 있다면, 그리고 그녀가 계속 계야부 곁에 머물렀다면 그녀는 현재의 위치에 오르지 못했을 것이라는 분석이다.

그녀가 수련한 천하제일공은 무총이 아니면 구할 수 없는 것들이었다. 무학은 비전(秘傳)하는 걸 원칙으로 하는 무림에서 그 많은 양의 무서(武書)를 어떻게 마련했겠는가.

물론 그녀에게는 천부적인 지혜가 있다.

보통 사람은 한두 권의 무서를 수련하는 데도 평생을 소모하는데, 그녀는 아주 짧은 시간 동안에 무서들을 이해해 냈다.

그녀는 천재다. 그리고 무총주가 체계적으로 그녀의 천재성을 발전시켜 왔다.

그녀가 서지단 군사로 일했던 것도 실무 경험을 체득시키기 위한 방편이었다고 생각한다.

그녀가 배우자로 계야부를 선택할 때 간섭하지 않은 것도 같은 이치로 설명할 수 있다.

계야부는 무림인의 입장에서 보면 가장 밑바닥, 최악의 상황에서 살아가는 자이다. 무인으로서 성공할 가능성도 없고, 문파를 일궈낼 능력도 없다.

그는 좌충우돌 이리저리 싸움만 하다가 죽을 팔자다.

무총주는 손녀의 정절보다도 그런 자와 함께 무림을 활보한 경험을 더 높이 샀다.

그렇게 판단한 근거가 있다.

계야부가 죽은 지금, 계야부에 관한 흔적들이 슬며시 지워지고 있다. 독심환마와 연관되었던 모든 사건들이 인위적으로 말소되고 있다. 독심환마, 또는 그가 저지른 일에 관계했던 사람들도 한 명, 두 명씩 실종되고 있는 상태다.

만총림은 언제가 될지는 모르지만 그녀 곁에 있는 오목과 사색신녀, 그리고 무총주의 제자 신분인 사사표풍과 일력광겸도 제거될 것이라고 추측한다.

그리고 아마도 그 시점은 그녀가 무총주의 무공을 직접 전수받을 때가 아닌가 한다.

이런 시기이니 계야부가 살아나서는 안 된다.

그는 여전히 죽어 있어야 한다. 그가 살아 있다면, 그녀의 곁에 낭군이 존재한다면 계야부만 말살되는 게 아니라 그녀까지도 말살될 가능성이 존재한다.

무총주는 사일도를 밀어낸 사람이다. 사약란을 밀어내고 다시 사일도를 보듬어 안지 말란 보장이 없다. 그리고 여기서 밀려난다는 의미는 죽음보다도 못한 삶을 의미한다.

그 실례로 사일도의 행보를 보면 알 수 있다.

그는 황보세가와의 혼인을 무림에 공표했다.

무총주의 후계자로 점 찍혀 있을 때는 거들떠보지도 않던 가문의 여식을 부인으로 맞이한단다.

오대세가의 힘을 빌려서 목숨이나마 연명해 보자는 최후의 발악으로 보인다.

무총주가 된다는 것은 무림의 왕이 된다는 뜻이다.

그들은 피부로 느끼고 있는지 모르겠지만 골육상쟁(骨肉相爭)도 이만한 골육상쟁이 없다.

사약란 때문에 사일도가 잘못되는 건 원치 않는다. 또 그 반대의 경우는 더더욱 원치 않는다.

지금 그가 할 일은 없다.

무총주가 손자들에 대한 생각을 완전히 정리할 때까지 숨어서 지켜보는 게 최선이다. 그리고 그 과정에서 벌어질 오목 등의 멸살과 또 너무도 당연하게 화살이 겨누어질 시각랑들에 대한 안전도 생각해 두어야 한다.

뇌편대주가 사약란에게 검을 겨누며 말했다.

"후후! 이놈들을 구하려고 온 살수냐!"

"사약란이라고 해요."

"사…… 서지단 군사!"

"그 사람들에게 용건이 있어서 온 건 맞는데, 지금은 상황이 썩 좋지 않군요. 불길부터 피해야겠어요. 가요. 아! 일휘단주 단차도 여기 있나요?"

"일휘단주께서는 북지단에 계실 것이오."

"가요. 북지단에 가서 그 사람 얼굴 좀 봐야겠어요."

사약란은 앞장서서 불길을 뚫었다.

'흠!'

계야부는 고민했다.

그녀는 자신을 알아볼 것이다. 얼굴에 천 조각 하나 뒤집어 썼다고 못 알아볼 리 없다. 기도를 무기로 뒤덮고 있지만 그녀의 무공이라면 그것 역시 간파해 낼 것이다.

그녀 앞에서 자신을 숨길 방법은 없다.

그렇다고 일휘단 단주가 언제까지고 숨어 있을 수는 없다.

그녀는 담위민과 여강강 때문에 왔다. 그들을 데려가려고 왔다. 칠살문이고 어쩌고 하는 것도 그녀의 귀에는 들리지 않을 것이다. 그녀에게 그들은 단지 계야부의 동생들일 뿐이다.

한데 그들의 인도가 쉽지 않다.

만총림 부림주가 그들을 데리고 있지만 부림주 독단으로 넘길 수 없다.

엄연히 만총림주는 단차다.

칠살문 살수들의 처리 문제도 단차의 허락을 받은 후에나 가능하다. 싸움을 벌이는 과정에서 불의의 죽음을 당했다면 모를까 정상적인 상태에서 남에게 넘길 수는 없다.

그런데 단차가 나타나지 않는다면?

사약란은 결코 뜻을 이룰 수 없다.

북지단도 그렇고 그녀도 그렇고 양쪽 다 난감해진다.

그렇게 되면 그녀는 무력으로라도 빼앗으려고 할 게다.

지금은 서로 우군이라 여기기에 같이 동행도 하고 길도 터 준다. 살갑게 이야기도 한다. 하지만 북지단이 그녀의 청을 거절하는 순간 상황은 완전히 달라진다.

그녀가 북지단을 찾아왔을 때는 그만한 각오 정도는 했을 것이다.

이 사태를 편안하게 무마시킬 수 있는 사람은 단차뿐이다.

'나설 수는 없고…… 일을 해결할 사람은 나뿐이고……'

그는 고민을 거듭한 끝에 숨어 있을 수 없다는 결론을 내렸다.

어쨌든 북지단으로 돌아가서 그녀를 만나지 않고 해결하는 방법을 모색해야 한다.

그는 바위 밑 토굴에서 기어나왔다.

사약란이 뇌편대를 위해서 뚫어놓은 불길은 잠깐 고민을 거듭하는 사이에 다시 막혀 버렸다.

우지직! 쿵! 화르르륵!

천 년 고목이 쓰러지며 길을 끊었다. 그리고 그 위로 붉은 화염이 이불처럼 덮였다.

'이건!'

계야부는 미간을 좁혔다.

망월산 산불이 자연 발생적인 것이 아니듯 길을 막아버린 불길도 자연적인 것이 아니다.

퍼엉! 퍼엉! 펑펑펑!

화염 사이에서 연신 폭음이 울린다.

공기가 압축되었다가 터지는 소리와는 조금 다른…… 인위적인 화약 소리다.

'반격이 시작되었나.'

살림 살수들의 반격도 예상했다.

산불 속에 가둬놓고 공격할 수 있으니 이보다 좋은 기회가 또 어디 있으랴.

그들은 반드시 공격해 올 것이다.

예상대로 정말 공격해 왔다. 급하게 서둘지 않고 천천히 외곽부터 조여왔다.

우선 통로를 차단한다.

불길이 활활 타오르는 곳은 내버려 둔다. 불길이 닿지 않는 계곡이나 소로(小路) 같은 곳은 나무로 가로막아 버린다. 하면 산불이 알아서 활활 태워준다.

단차를 불로 가두기만 하면 물러서도 된다.

세상에 산불을 이겨내는 사람은 없다. 산불에 갇히고도 살아났다는 사람은 들어본 적이 없다.

한데 살림은 거기서 그치지 않는다. 산불이 알아서 요리해 줄 때까지 기다리지 않는다. 자신들이 직접 처리하지 않고는 두 발 뻗고 잘 수 없다는 듯 악착같이 공격한다.

쒜엑! 쒜에엑! 쒜에엑!

산불 저쪽 편에서 숱한 암기들이 벌떼처럼 날아들었다.

타타타탁! 타타탁!

암기들은 사람을 해할 목적으로 던져진 게 아니다. 불길을 더욱 빠르게 유도하는 목적만 지닌다. 송진 같은 인화성 물질이 잔뜩 묻어 있어서 허공을 날아오는 줄에 불이 붙어버린 암기도 있다.

　이들은 불로 공격하는 방법을 안다.

　하기는 어떤 상황에서든 공격하는 방법을 찾아낸다는 살림
이 아니던가.

　'아예 통구이를 만들 심산이군.'

　계야부는 자신이 만들어놓은 바위 밑 땅굴로 기어들어 갔
다. 그리고 미리 준비한 돌로 입구를 막았다.

　타탁! 타타탁……!

　입구를 막아놓은 돌에도 암기가 떨어졌다. 불길이 바위를
핥고 지나갔다.

　계야부는 땅굴 속에서 깊은 한숨을 내쉬었다.

　'나가야 되는데 어쩐다…….'

2

　사약란 앞에 작은 종이 뭉치들이 차곡차곡 쌓여갔다.

　거의 대부분 두 장에서 세 장 정도의 종이들을 풀로 붙여놓
은 뭉치들이다.

　"이것만 해도 열두 건입니다. 군사께서 내달라고 하신 그놈
들이 저지른 살행이죠. 읽어보시겠습니까?"

　부림주는 칠살문의 살인 행적을 들춰냈다.

　유일하게 사약란이 꼼짝할 수 없는 부분이다. 아니, 그녀뿐
이 아니다. 정도 문파에 몸담고 있는 협의지사들이라면 누구

나 마찬가지다. 갇혀 있는 자가 친 혈육이라 할지라도 이러한 증거 앞에서는 내달라는 말을 하지 못한다.

사약란은 종이 몇 장을 들춰보다가 덮어버렸다.

"이런 게 많나요?"

"모두 모아놓지 않아서…… 찾아보면 이 정도는 더 찾을 수 있을 겁니다."

"이곳에는 양민들의 고혈(膏血)을 빨아먹는 흡혈충(吸血蟲)이 많이 사는군요."

"소저!"

"이들이 죽었을 때 사람들이 울던가요?"

"그런 건 우리가 판단할 문제가 아니죠. 재산을 불리기 위해서 남을 착취하는 건 인간이 생긴 이래 가장 오래된 비극 아닙니까? 그런 이유로 죽어야 한다면…… 글쎄요? 세상 사람들 중에 절반은 죽어야 할 것 같군요."

줄다리기는 팽팽했다.

북지단에는 사람이 많다.

만총림 부림주가 그녀를 상대하고 있지만 절검대주와 뇌편대주가 곁을 지키고 있으며, 멀찍이 떨어진 곳에서는 내단주와 외단주도 대화 내용을 듣고 있다.

무언의 협박이다.

그들은 사약란이 가공할 고수로 성장했다는 것을 알고 있다.

고수도 보통 고수가 아니다. 검산을 섬멸할 정도로 초극고수가 되었다.

그녀가 힘으로 살수들을 데려가려고 할 경우, 만총림은 막을 방법이 없다.

절검대주, 뇌편대주?

그들은 큰 힘이 되지 못한다. 그들 두 사람이 힘을 합해도 검산을 상대할 수 없다. 그렇게 보면 그들은 사약란의 상대가 안 된다는 결론에 이른다.

그래서 북지단 내외 단주까지 나왔다.

그녀는 이들 전부와 싸울 수 없다.

무공으로는 싸울 수 있을지 몰라도 그녀의 위치가 싸움을 하지 못하게 만든다.

그녀는 무총의 후계자로 거론되고 있다.

무총주가 그녀를 점찍었다면 이미 자리는 주어진 것이나 다름없다.

무총주가 한마디만 하면 무총의 주인이 되는 것이다.

그런 그녀가 북지단 무인들과 결전을 벌인다는 건 어불성설이다. 얼마나 막돼먹은 문파이기에 문주와 문도가 싸운단 말인가. 문주가 수하들을 힘으로 억압한단 말인가.

그녀가 살수들을 빼내가면 무총의 정통성도 무너진다.

구파일방은 물론이고 오대세가를 비롯하여 수천에 이르는 중소문파들에게도 할 말이 없어진다.

사약란과 친분이 있으면 살인을 해도 괜찮은 건가?

그녀는 정말 이러한 인식을 무림에 심어주려는 건가?

만총림은 살수를 내주지 않을 만한 명분이 있었다.

반면에 사약란이 내세우는 것은 민심이다.

왕도 백성을 굶기면 쫓겨난다. 세상 인심이 그러한데 하물며 정의를 구현한다는 무총은 뭘 하고 있었던 건가. 옆에서 백성의 고혈을 빨아먹는 자가 있다면 진작 징치했어야 하는 게 아닌가.

두 사람은 자신의 의견을 굽히지 않았다.

'후후! 시간은 내 편이지.'

부림주는 편안한 상태에서 대화를 진행했다.

시간이 많은 말을 한다. 부림주의 웅변보다도 더 뛰어나고 현란한 말을 한다.

만총림은 지금 이 순간에도 칠살문의 악행을 뒤지고 있다. 그들에 관한 정보를 쌓고 있다. 무총주가 직접 나선다고 해도 풀어줄 수 없을 만큼 철저한 함정을 만들고 있다.

사실 이 함정은 단차를 향한 것이었다.

그가 칠살문에 관심을 가진 것은 우연이 아니다. 칠살문 살수들이 시각랑이기 때문에 눈길을 돌린 것이다.

반드시 생포하라?

살수들을 생포해서 어디에 쓰려는가?

단차의 의도가 읽혀진다.

칠살문은 생포한다. 하지만 단차에게 주기 위해서가 아니라 단차의 정체를 밝히기 위해서다. 그런 목적에 부합되지 않다고 여겨지면 즉시 이 땅에서 지워 버린다.

물론 단차가 거세게 반응할 게다. 또 그가 무력을 사용한다
면 말리기도 쉽지 않다.

그래서 이런 준비를 했다.

이놈들을 택하는 순간, 북지단과는 양립할 수 없는 '입장',
'위치' 라는 것을 준비했다.

간단하다. 칠살문을 천하의 악도로 만들면 된다.

다행히도 그들이 한 일은 살행이다. 정도인이라면 사람 취
급도 하지 않는 청부 살인자다. 옥수수 한 종지를 받았든 황금
열 냥을 받았든 청부금의 과다에 상관없이 청부 살인은 죄악
이다.

이들을 풀어주는 자, 북지단의 적이다.

부림주는 여유롭게 웃었다.

"군사, 먼 길을 오셨으니 푹 쉬시죠. 불편하시지 않게 최대
한 조치해 드리겠습니다."

사약란은 아무 말도 하지 못했다.

부림주는 북지단주를 찾아갔다.

"사 군사께서는 저녁에 움직이실 겁니다. 어떻게 할까요?"

"그들이 계야부와 함께 움직였던 그 시각랑들이란 말이지?"

"네, 그렇습니다."

"그냥 내주는 건 어떤가? 사람의 정리라는 게 있는데."

'내 의도를 읽으셨어!'

북지단주의 말뜻은 내주든 말든 네 마음에 달렸다는 말이지

않나. 그렇지 않았으면 의견을 물어오지 않았을 것이다. 단호하게 명령 한마디면 끝나는 일이다.

부림주는 자신감을 얻었다.

"그자들은 살수입니다."

"허허! 사일도도 곁에 살수를 두고 있네."

"그자와는 다릅니다. 류청지는 청부업을 하지 않습니다. 하지만 이자들은……."

"됐네."

북지단주가 손을 휘휘 저었다.

"자네 뜻대로 하게."

"사 군사께서 굉장히 난처해질 것 같습니다만……."

"허허허!"

북지단주는 웃기만 했다.

'됐어!'

부림주는 그 웃음을 승낙으로 받아들였다.

"오늘 저녁, 군사께서 움직일 겁니다. 보통 매복으로는 막기 힘들 듯하니…… 괜찮으시다면 제가 진형을 짜보겠습니다."

부림주는 외단주에게 허락을 요청했다.

"자신있나? 자칫하면 낯을 들고 살 수 없을 게야."

"단주님께서는 물러나 계십시오. 제가 알아서 제 소관하에 일을 진행하겠습니다."

"그러겠나?"

"하하! 걱정 마십시오."

부림주는 자신있게 말했다.

사실 외단주가 곁에 있는 게 더 불편하다. 고수가 곁에 있는 것은 좋지만 대형을 편성할 때마다 일일이 보고를 한다는 건 여간 귀찮지 않다.

"오늘 어떤가? 오랜만에 낚시나 갈까 하는데?"

외단주가 절검대주와 뇌편대주를 보며 말했다.

책임있는 자들은 모두 빼내고 수하만 주겠다는 뜻이다.

부림주는 속으로 웃었다.

'아무래도 무총주의 손녀를 건드리는 게 께름칙하겠지.'

별것도 아닌 살수 몇 명 가지고 괜히 호들갑을 떤다고 생각할 수도 있다. 이만한 일은 모른 척하고 슬그머니 넘겨줄 수도 있지 않은가. 그만한 융통성도 없이 어떻게 북지단 실세 노릇을 할까.

모르고 하는 말이다.

그도 사약란을 칠 생각은 없다.

단차가 이런 식으로 나왔다면 사력을 다해 방어했을 것이다.

절검대가 무너지고 뇌편대도 쓰러지고…… 그러다 보면 북지단주가 나서지 않을 수 없다.

단차라면 그런 방향으로 갔다.

하지만 단차를 노리고 파놓은 함정에 사약란이 걸려들었다.

종류가 전혀 다른 맹수가 미끼를 물었으니 대응 방향도 달라져야 한다.

모두들 이판사판으로 방어할 것이라고 생각하지만…… 아니다. 틀린 말이다.

그는 살수들을 순순히 내줄 생각이다.

절검대와 뇌편대로 철저히 방어는 한다.

사약란이라고 할지라도 몇 명쯤 쓰러뜨린 후에야 살수들을 만날 수 있을 게다.

그런 후에 자신이 나서서 그들을 내준다.

아무 조건도 없다. 그냥 내준다.

사약란에게 일종의 은혜를 베푸는 것이다. 그리고 거기서 자신의 역할은 끝난다.

나머지는 순리대로 흘러가도록 내버려 둔다.

여기서 두 가지 경우가 생긴다.

단차가 두 명을 내주면서 나머지 칠살문을 생포하라고 지시한 것은 그들을 죽이기 위함이 아니라 그들이 어디 있는지 알지 못하기 때문이다.

즉, 그들 일곱 명 모두를 만날 일이 있다.

살수를 사약란에게 내주고, 사약란과 단차의 이해관계가 맞아떨어지면 살수들 일곱 명은 단차에게 돌아온다. 그리고 단차가 그들을 만나야 했던 일이 벌어진다.

이래야 단차가 한낱 살수들에게 신경 쓴 이유가 성립된다.

이것이 한 가지 경우다.

또 하나의 경우는 사약란과 단차의 이해관계가 충돌할 경우다.

일의 진행 상황은 이렇다.

그녀에게 두 놈을 내준다.

사약란은 북지단을 벗어나는 즉시, 또는 일정 거리를 동행하겠지만 결국은 자유를 줄 것이다. 그녀에게 살수는 아무런 가치도 없기 때문이다. 단지 그간의 정리를 봐서 목숨을 구하러 왔을 뿐, 행동을 같이하기 위해서는 아니다.

그때, 살수들을 친다.

가급적이면 두 명뿐만이 아니라 일곱 명 모두를 죽이면 좋겠지만 아쉬운 대로 두 명만 제거해도 효과는 충분하다.

사약란은 분노한다.

이때, 만총림의 모든 정황 증거는 단차에게 쏠린다.

애초에 살수들을 잡아들인 것도 단차다. 두 명을 미끼로 하여 나머지 다섯 명을 잡아들이라고 명령한 것도 단차다.

살수들이 풀려나자 뒤쫓아와 죽였다는 가정은 얼마든지 성립된다.

살수들은 시각랑 출신이다. 단차도 시각랑 출신이라고 공언했다.

살수들이 단차의 약점을 잡고 있다면? 단차가 과거에 세상에 내놓지 못할 악행을 저질렀다면?

이것도 단차가 한낱 살수들에게 신경 쓴 이유가 된다.

하면 당연히 사약란 대 단차의 싸움이 벌어질 것이고……누가 이길까?

누가 이겨도 북지단이나 만총림 입장에서는 아쉬울 게 없다.

일단은 돌아가는 추이를 살펴보고, 사건이 밋밋하게 진행되면 약간의 개입을 한다.

살수들을 그녀에게 내주는 그 자체가 계획이다. 계략이다. 살수들을 풀어주는 것이야말로 그녀와 단차의 싸움을 유도한다는 것을 정녕 모르는 것일까?

사실을 알고 보면 이토록 단순한데…… 굳이 몸을 피할 것까지는 없는데…….

부림주는 외단주와 외단 대주들을 보며 웃었다.

"날씨도 선선하고…… 밤낚시나 다녀오시지요."

사약란은 촛불을 켜놓고 책을 읽었다.

사륵!

책장 넘기는 소리가 고요한 정적을 일깨웠다.

밤은 깊어갔다. 해시(亥時)도 지나 자시(子時)가 가까워진다.

또르륵!

찻잔에 찻물을 따랐다.

차디차게 식은 찻물이 하얀 옥잔에 찰랑거린다.

그녀는 책장을 넘기면서 나직한 소리로 말했다. 마치 혼잣말처럼.

"진형은?"

대답이 즉시 들려왔다.

"다원진(多圓陣)입니다. 그들을 만나시려면 두어 명 정도는 소리없이 처리하셔야……."

"……."

"소인이 대신 처리할 수도……."

"됐어요."

'함정!'

그녀의 봉목(鳳目)에 웃음기가 맴돌았다.

다원진은 쇄방진(鎖防陣)의 일종이다. 서너 명을 희생시키더라도 침입을 즉시 알아차리겠다는 뜻이다. 방어에 관한 한 독보적인 진이라고 할 수 있다.

물론 그 중심에는 침입자를 격퇴시킬 수 있는 장치가 마련되어야 한다.

자신을 격퇴시킬 수 있는 장치가 무엇일까?

자신은 복면을 하고 들이칠 것이다. 하면 낮에 벌였던 문답(問答)은 소용없어진다. 오로지 무공만이 말을 하게 된다.

다원진을 펼쳤으면 그 중심에 북지단주를 놔야 한다. 그렇지 못할 경우에는 내단주나 외단주라도 놨어야 한다. 그래야 비로소 쇄방진으로써의 다원진이 형성된다.

부림주는 중심을 뺐다.

침입은 알아차리되, 결사적인 싸움은 피하겠다는 뜻이다.

자신이 복면을 하든 뭘 하든 나서기만 하면 살수들을 넘겨주겠다는 뜻이다.

싸움의 형태를 취했지만 싸울 생각은 없다.

왜?

'단차!'

사약란의 신경은 단차라는 인물에게 쏠렸다.

애초에 그가 사건을 만들지 않았으면 두 사람이 잡힐 일도 없고, 자신이 이곳에 올 이유도 없다.

단차가 그들을 잡았는데, 부림주가 놓아준다?

단차에게는 어쩔 수 없이 빼앗겼다고 할 게 뻔하다. 너무 가공할 고수라서 어쩔 수 없이 놓아줄 수밖에 없었다고.

부림주의 속셈은 환히 보이는데, 단차의 의중은 읽지 못하겠다.

그가 왜 이들에게 관심을 둔 것일까?

'단차를 만나봐야겠어.'

그녀는 서둘지 않았다.

부림주의 뜻을 안 이상 서둘러서 함정 속으로 뛰어들 이유가 없다. 두 사람은 조금 더 고생하겠지만 여유있게 지켜보는 쪽이 낫다.

"지통, 단차에 대해서 조금 더 조사해 주세요. 가능하면 만총림에서 파악한 걸 모두 갖다 주세요. 물론 만총림이 눈치채는 일은 없어야 하고요. 그럴 수 있나요?"

"하하! 소인은 그림자라고 몇 번을 말씀드려도 잊어버리시니. 한데 만총림에서 조사한 것은 진작 뒤져 봤는데, 거기에도 주목할 만한 것은 없었습니다. 그래도 가져올까요?"

"비목대주도 가져간 게 없나요?"

"글쎄요. 머릿속에 담아간 거야 뭔지 모르겠고…… 만총림에서는 종이 쪼가리 하나 들고 가지 않았습죠."

사르륵!

책장이 넘어갔다.

사약란은 책 읽는 행동만 취하는 게 아니다. 그녀는 진짜로 책을 읽고 있다. 한편으로는 대화를 나누면서 다른 한쪽으로는 글귀를 머릿속에 담는다.

보통 사람은 엄두도 내지 못할 일이지만 그녀에게는 일상이 거의 그렇다.

"그럼 소인은 이만…… 아! 이거 참고가 되실지 모르겠는데…… 얼마 전에 단차가 살림과 맞닥뜨렸죠."

"알아요."

"단차가 굉장히 많이 다쳤고……."

"네."

"그때 단차를 치료해 준 사람이 비화원주입죠."

"네."

"비화원주가 단차를 치료하는 동안 호법을 서준 사람이 있습죠."

'호법?'

이건 처음 듣는 소리다.

당시 살림은 멸살된 게 아니었다. 거의 절반에 가까운 네 명이 살아남았다. 아니, 그들 네 명은 싸움에 가담하지도 않았다. 살림주가 후일을 기약하라며 남겨놓았다.

'내가 왜 그 생각을!'

그녀는 잠시 책 읽는 것을 잊어버렸다.

왜 그 생각을 못했을까?

그들 네 명은 호시탐탐 기회를 엿봤다. 단차를 죽이기 위해서라면 지옥의 불구덩이 속도 기꺼이 뛰어들 자들이다. 그런 자들이 검을 뽑아 들고 기회만 엿보았다.

한데 단차가 다쳐서 움직이지 못한다. 비화원주는 강하지만 그들 네 명을 감당하기는 솔직히 벅차다.

그들이 왜 그때 공격하지 않았을까?

호법! 아주 강력한 자가 호법을 섰다. 적어도 그들을 단신으로 막아설 수 있을 만한 고수다.

"그때 호법을 선 사람이 천중일기라는군요."

"천중! 일…… 기…….."

그녀는 깜짝 놀랐다.

동정호의 오대고수가 그의 호법을 선다?

이건 굉장한 사건이다.

"또요?"

"예?"

"동정호 오대고수 중에 또 누가 그와 접촉했나요? 다른 사람이 또 있을 텐데…… 천중일기뿐인가요?"

"하! 소저의 머리는 정말 감당이 안 된다니까. 할위막사도 관심있게 지켜본다는 풍문이. 물론 풍문입니다, 풍문. 할위막사를 정확하게 본 사람이 없어서.”

“할위막사까지! 그 사실은 누구에게 들었어요?”

“천중일기가 나타났다는 소리를 듣고 여기저기 쑤셔보니…… 대충 그 사람들 말을 모아보니 할위막사와 용모파기가 비슷하더라고요. 그래서 풍문이라고 하는 겁죠.”

“할위막사…….”

사약란은 신음하듯 말했다.

할위막사의 정체를 알아낸 사람은 지통이다.

북지단 만총림에서조차 알아내지 못한 그를 지통은 꿰뚫어봤다.

만총림보다는 지통이 오대고수에 대해서 잘 알고 있기 때문에 가능한 일이었다.

솔직히 만총림은 바로 곁에 할위막사가 서 있다고 해도 알아보지 못한다.

할위막사와 천중일기가 섬서성에 들어왔다.

단차를 지켜보고 있으며, 그가 아플 때는 호법까지 섰다.

‘의살! 의살을 지켜보는 거야!’

그녀는 대번에 그들의 의중을 꿰뚫었다.

그들이 직접 나서서 지켜볼 정도라면 단차의 무공은 상상 이상으로 높다.

지금까지 잘못 생각했다.

북지단주가 그를 가지고 논다고 생각했는데, 어쩌면 북지단주조차도 손쓰지 못할 상황이 생겼을 수도 있다.

격류가 흐른다.

무림을 어디로 끌고 갈지 모를 격탕이 생겼다. 그리고 그 중심에 단차가 있다.

격류를 만든 사람은 자신이 아니다. 안선의 고우진도 아니다. 오라버니인 사일도도 아니다.

단차다!

'단차!'

사약란의 봉목이 반짝거렸다.

3

단차는 사흘이 지나도록 나타나지 않았다. 그래도 그가 어디서 무엇을 하고 있는지 묻는 사람이 없다.

그는 북지단에서 가장 많은 특권을 누린다.

몇 날 며칠 동안 사라졌다가 불쑥 나타나도 당연하게 여기는 것, 이것 역시 그가 북지단에 몸을 담는 순간부터 누려왔던 특권 중의 하나다.

그것뿐이 아니다. 그에게는 자리를 비우는 동안 그를 대신해 줄 대역까지 존재한다.

그는 단차가 비화원 부원주로 있을 때 대역을 맡았다. 그리고 단차가 일휘단주로 승격한 지금도 여전히 복면에 방갓을 쓰고 자리에 앉아 있다.

그는 단차라는 신분으로 사약란과 마주 앉았다.

남의 탈을 뒤집어쓰고 만난다는 게 썩 즐거울 리 없다. 그래서 몇 번이고 만남을 미뤄왔다. 하지만 작심하고 공식 방문까지 요청하는 데는 거절할 명분이 없었다.

똥바가지를 뒤집어쓴 기분으로 떨떠름하게 나섰다.

한데 그녀를 보는 순간, 그는 자신의 눈을 의심했다.

이게 사람인가? 여우가 둔갑한 건 아닌가? 그림에서나 볼 수 있었던 천상의 선녀가 실제로 존재했던가?

사약란의 미모에 대해서는 귀가 닳도록 들어왔지만 사람의 혼을 빼놓을 만큼 절색인 줄은 미처 몰랐다.

물론 그녀는 헌 여자다.

이미 한 번 혼인한 적이 있다. 계야부라는 쓰레기 같은 인간과 몸을 섞고 살았다.

그런 과거가 그녀를 경멸하게 만들었다.

내놓고 말하지는 않지만 모두들 그녀를 중원제일미녀라고 말하기를 꺼려한다. 흠 있는 여자가 그런 자리를 차지할 수 없다고 생각하기 때문이다.

흠?

그는 당장 복면을 벗어던지고 싶었다.

자신의 영준한 얼굴을 보여주고, 가능하다면 그녀의 환심을 사고 싶었다.

그녀가 이미 한 사내의 아낙이 되었다는 사실은 새까맣게 잊어버렸다. 설혹 그런 과거가 있더라도…… 사별이지 않은가. 죽은 자를 질투하는 것처럼 속 좁은 인간이 어디 있는가.

사내라면 오히려 그녀의 아픈 마음을 감싸주어야 하지 않는
가.

꿀꺽!

그는 마른침을 삼켰다.

"그대가 단차예요?"

음성도 곱다. 피리 소리가 곱다고 하나 그녀의 음성에는 따
를 바가 못 된다.

그는 사약란에게 푹 빠져들었다.

"그대가 단차인가요?"

그는 사약란이 두 번째 물어왔을 때야 정신이 퍼뜩 들었다.

"그, 그…… 렇소."

하기 싫은 대답을 했다.

단차가 아니다. 나는 외단주의 제자로 장래가 촉망되는 후
기지수(後起之秀)이다. 무공도…… 아니, 무공은 그대와 비교
할 바가 못 되지만 장래를 본다면…….

하고 싶은 말이 참 많다.

"의살을 사용하신다고요?"

"그렇소."

이번에는 조금 차분해졌다.

사약란을 보고 이 정도도 흥분하지 않으면 사내가 아닐 것
이다. 이 정도 선에서 뛰는 가슴을 진정시킬 수 있었던 것도
자신이기에 가능했다.

그는 여인에게 관심있는 사람이 아니었지만 사약란은 대하

면 대할수록 특별한 여자처럼 여겨졌다.

　그때, 사약란이 그의 단꿈을 깨웠다.

　"당신은 단차가 아니군요."

　"……!"

　"제 예기(銳氣)를 읽지 못해요."

　"군사, 그건 군사를 적으로 생각하지 않기에……."

　"괜찮아요. 호호호! 단차라는 사람 정말 재미있군요. 어떤 사람인가 궁금했는데, 이제는 꼭 한 번 만나봐야겠어요. 그 사람 돌아오면 연락 좀 주시겠어요?"

　"소저."

　"당신이 누구라도 괜찮아요. 괘념치 마세요. 아! 단차에게는 제가 알아챈 것, 말하지 마세요. 그럼 자리를 피할 수도 있으니까 몰래 왔다는 사실만 말해줘요. 그럴 수 있죠?"

　사약란이 몸을 일으켰다.

　그는 그녀를 막을 수 없었다. 아니, 막기 싫었다. 단차의 거짓된 탈을 쓰고는 아무 말도 하기 싫었다.

　'할위막사, 천중일기…… 북지단주!'

　그녀의 미간이 한층 찌푸려졌다.

　엉뚱한 일이 벌어지면 흔히 하는 말이 있다. 하늘이 하는 일을 인간이 어찌 아냐는 것이다.

　무림에서도 그런 말이 통한다.

　초극고수들이 하는 일을 보통 사람들이 어찌 알겠는가.

지통은 단차에 대한 보고서를 고스란히 가져왔다.

봇짐으로 하나 가득, 읽을 시간은 단 한 시진.

만총림은 단차에 대해 세세하게 조사해 놨지만 정작 중요한 것, 그가 누구냐 하는 문제에 대해서는 아직까지도 답을 내놓지 못하고 있었다.

결론적으로 지통이 말해준 수준에서 크게 벗어난 것은 없었다.

단차는 처음 나타날 때나 지금이나 미지의 인물이다.

한데 북지단주는 그에게 비화원 부원주라는 자리를 주었다.

참으로 파격적인 인사다.

비교를 하자면 오대세가 중 마음에 드는 세가를 골라서 가주가 되라는 말과도 같다.

그만큼 어이없는 인사였다.

할아버지는 더 기가 막힌 인사를 한다.

북지단의 전력을 절반으로 뚝 쪼개서 그에게 주었다.

잘 아는 자도 아니다. 아직까지도 아는 게 전무하다. 그런 자에게 뭘 믿고 금고를 맡긴단 말인가.

정말로 초극고수가 하는 일은 알 수가 없다.

사약란은 무엇 때문에 이런 인사가 벌어졌는지 대충 짐작했다.

의살! 의살이라는 무공 때문이다.

일명 정신무공이라고도 하고, 각성이라고도 하는 영능력(靈能力) 비슷한 무공을 말한다.

“거기 있어요?”

“단차가 어디 있는지는 저도 모릅니다.”

“단차에 대해서 물으려는 게 아니었어요.”

“하! 그자가 가짜였다니…… 그건 저도 몰랐습죠. 정말 감쪽같네. 누구라도 속겠는뎁쇼.”

“괜찮아요. 단차를 아는 사람이 없어서 생긴 일이에요. 그가 널리 알려진 사람 같으면 저런 수가 통하지 않는데.”

“그렇습죠. 한데 무슨 일로……?”

“의살에 대해서 알아봐 주세요.”

“의살이라면 저보다는 소저께서 더 잘 아실 겁니다만.”

“제가 아는 건 수박 겉 핥기에 불과하고요. 진짜를 알아야겠어요.”

“소저가 모르는 걸 저놈들이 알겠습니까?”

지통은 만총림을 비웃었다.

만총림은 늘 철통같은 보안을 장담해 왔다. 하나 지통은 그런 곳을 자유자재로 들락거린다. 만총림은 모든 것을 다 안다고 자부해 왔다. 하나 어떤 부분에서는 그들이 아는 것보다 지통이 아는 게 더 많고 정확하다.

그가 비웃는다고 해도 할 말이 없다.

물론 만총림은 자신들이 비웃음거리가 되고 있다는 사실조차도 모르겠지만.

사약란이 말했다.

“만총림은 모를 거예요. 의살을 아는 사람은 북지단주…….

단주님의 거처를 뒤져 보세요.”

“예에?”

이번에는 지통이 깜짝 놀라 경악성을 토해냈다.

사약란이 지금 무슨 말을 하고 있는 겐가. 북지단주의 거처를 뒤지라고? 그 말은 무총주의 거처를 뒤지라는 말과도 같다. 방금 전에 말한 할위막사의 봇짐을 뒤지라는 말과도 같다.

지금 누굴 죽이려고 작정했나?

사약란을 한술 더 떴다.

“의살에 대해서 적어놓은 것은 모두 필사해 오세요. 의살이 어떤 무공이고, 왜 중시하는지 정확하게 알아야겠어요.”

부림주는 신경질적으로 탁자만 툭툭 두들겼다.

사약란이 움직이지 않는다.

낚시를 갔던 외단주가 돌아왔다. 절검대주와 뇌편대주도 언제까지 뒤로 빠져 있을 수는 없다.

그들은 수하들을 되찾아갔다.

사약란이 곧 움직일 것이라는 말은 설득력을 잃었다. 설혹 그녀가 움직인다고 해도 이제는 정면승부밖에 남지 않는다. 하루나 이틀이면 몰라도 사흘, 나흘이 되기까지 자리를 비워놓을 수는 없다.

‘왜?’

그는 사약란이 움직이지 않은 이유를 찾았지만 도무지 그녀의 의중을 파악할 수 없었다.

그녀라면 자신의 마음을 읽었을 게다.

다원진을 펼쳐 놓고 정작 중요한 쐐기는 박아놓지 않았다. 하면 빨리 와서 가져가라는 소리 아닌가?

진을 모르는 사람이라면 겁이라도 먹겠지만 진법에 해박한 그녀만큼은 웃으면서 다가올 진형이다.

한데 오지 않았다. 왜? 그녀는 단차를 공식 방문했다. 왜?

단차와의 충돌을 꺼리는 것일까? 살수들의 처분권이 단차에게 있으니 공식적으로 데려가겠다는 뜻인가?

하면 그녀는 미련한 것이다.

단차가 먼저 시작한 싸움인데 순순히 내주겠는가. 정작 칠살문에 볼일이 있는 사람은 단차인데, 말 한마디에 자신의 목적을 포기하겠는가.

그를 상대하느니 자신을 상대하는 게 나을 텐데.

그는 일부러 진을 모두 물렸다.

살수들을 경비가 허술한 뇌옥에 가뒀다.

그녀가 마음만 먹으면 아무런 부담 없이 빼내갈 수 있도록 조치해 놨다.

그래도 움직이지 않는다.

북지단에서 떠나지도 않는다. 객실(客室)에 눌러 앉아 한가롭게 책이나 읽고 있다.

어떤 책인지 관심있게 살펴봤지만 별로 중요한 책도 아니다.

시경(詩經).

유생이라면 모를까, 무인이 시나 읽고 있다.

'조급한 자가 지는 싸움인가? 서지단 군사…… 상대하기 가장 까다로운 여인이라더니.'

그는 비목대주가 된 만총림주를 떠올렸다.

옛날, 만총림주는 천하 정세를 살피면서 사약란이야말로 가장 주시해야 할 여인이라고 말한 적이 있다.

'차분히 기다리지. 어쨌든 네가 먼저 움직일 수밖에 없으니까. 그건 그렇고…… 이 위인은 어디로 사라진 거야?'

망월산 산불 사건 이후, 단차의 행방이 묘연했다.

*　　　*　　　*

나흘째 아침, 단차가 모습을 드러냈다.

평상시처럼 얼굴에는 복면을, 머리에는 큰 방갓을 쓴 모습이었다.

"호호호! 망월산 잿더미 속에서 화룡(火龍)이 일어섰네. 축하해요. 죽지 않았을 거라고 짐작했는데…… 이렇게 보니 반갑네."

붉디붉은 홍의를 입은 여인이 망월산 잿더미를 밟으며 다가왔다.

망월산은 온통 회색 천지다.

녹색을 자랑하던 수림은 한순간에 잿더미로 변했다.

지붕이 숭숭 뚫려 있던 폐가는 풀썩 무너져 흔적만 남았다.

산불이 할퀴고 간 상처는 크고 깊었다.

"좋은 수법이었다. 나흘이나 묶여 있었어."

"치잇! 죽었어야 재미있는데…… 묶여 있었던 걸로는 성이 차지 않아서……. 좋아. 다음에 죽이지 뭐."

"내일 밤 자시에 내 처소로 와라."

대답은 듣지 않았다.

살림과는 이 정도 선에서 거리를 유지하는 게 좋다.

살림은 힘이 있다. 자신이 처리해야 할 자를 대신 처리해 줄 수 있다. 이들이 움직여 주면 몸이 둘로 나뉜 것과 같은 효과를 불러일으킨다.

이제 본격적으로 이들을 쓸 생각이다.

"어멋! 무슨 음탕한 짓을 하려고 자시에 오래?"

홍의여인이 등에 대고 농을 던졌다.

"우리도 따라가야 되나? 같이 가면 늙은 게 눈치없다는 소리 들을까 봐 겁나네."

키 작은 노인이 홍의여인 곁에 내려서며 말했다.

살림 살수들은 침묵했다.

단차가 앞에 있을 때는 아무렇지도 않은 듯 평상시처럼 웃고 떠들었다. 내심은 놀라움으로 가득했지만 속마음을 숨기고 태연을 가장하느라 진땀을 흘렸다.

살아 있는 생명체도 모두 죽였다.

땅 위를 기어 다니는 동물은 물론이고, 땅속에 터를 잡은 개

미까지 녹여 죽였다.

쇠도 녹고 바위도 녹였다.

불이 붙으면 재가 되기 전에는 꺼지지 않는다는 적멸화린(寂滅火燐)을 들이붓다시피 썼다.

모두 죽였다. 그리고 이번에는 단차도 빠져나오기 힘들 것이라고 자신했다. 정말 정말 운이 좋아서, 기가 막힌 천운을 타고나서 목숨을 부지해도 사지육신이 멀쩡할 수는 없을 것이라고 장담했다.

단차는 그들을 비웃기라도 하듯 멀쩡한 모습으로 나타났다.

"우리가 뭘 상대하고 있는 거지?"

홍의여인이 까마득하게 멀어진 단차를 보면서 말했다.

"……."

대답이 쉽게 나오지 않았다.

화탄을 거의 정통으로 맞고도 살아났다. 적멸화린을 들이부은 불길 속에서도 빠져나왔다.

무공으로는 더더욱 상대가 안 된다. 몇 번이고 틈을 잡아서 공격해 봤지만 번번이 무시만 당했다. 오죽하면 수하를 자청하며 곁에 머물겠는가.

그를 죽일 방법이 없단 말인가.

온갖 살법에 능한 살림 살수들이 살인할 수 있는 방법을 찾지 못해 전전긍긍했다.

"자시에 오랬지? 미인계(美人計) 어때?"

키 작은 노인이 홍의여인을 흘끔 쳐다보며 말했다.

홍의여인의 눈가에 쌍심지가 돋았다.

"죽고 싶어?"

"성깔만 부릴 게 아니라…… 죽일 방법이 없잖아. 그러니 고독(蠱毒)이나 한번 써보자 이거지."

"고독도 저놈에게는 안 통할 것 같은데."

말라깽이 검사가 시큰둥하게 말했다.

"그럼 어쩌자고?"

"……."

또 할 말이 없다.

그들이 아는 살법은 모두 시원치 않고, 다른 방법을 찾자니 쓸 만한 것이 없고…… 그들은 무기력함을 느꼈다. 살수가 이토록 철저하게 무너질 수도 있는 것인가.

"좋아. 고독을 준비해."

"결심한 거야?"

"너 처녀잖아?"

"저놈에게 처녀를 주기는 아깝지 않나? 내가 먼저…… 돼, 됐다."

"고독이나 준비해 줘, 아주 독한 놈으로. 죽어도 좋으니까 내 걱정은 말고 저놈을 확실히 죽일 수 있는 놈으로 골라."

"그런 놈을 구하려면 바쁘겠는데?"

"그러니 서둘러야지."

사내들이 콩 튀듯 사방으로 튕겨 나갔다.

홍의여인이 중얼거렸다.

"이번에도 살 수 있는지 보자고."

"수고했다."

단차는 늘 짤막한 말 한마디로 끝냈다.

"이런 역할, 이제 다른 자에게 맡기는 게 어떻습니까?"

"싫은가?"

"나는 외단주의 제자이고 당신은 일휘단주. 입장이 서로 다르지 않습니까?"

"그건 비화원 부원주였을 때도 달랐다."

"이제 그만하고 싶군요."

계야부는 전과보를 쳐다봤다.

모종의 변화가 생겼다. 무슨 일인지 모르겠지만 대역 노릇에 환멸을 느끼고 있다.

"그래? 그럼 그만둬야지. 좋다. 이 일은 하지 않아도 좋아."

"정말입니까?"

복면 사이로 드러난 눈빛이 기쁨으로 일렁거렸다.

이거…… 정말 희한한 일이지 않나. 전과보의 무명은 삼단검이다. 자신의 대역을 하라는 말에 분노를 느끼면서도 명령이기에 꾹 눌러 참은 무인 중의 무인이다.

그런 그가 감정을 드러내고 있다?

"그만둘 땐 그만두더라도 그동안 있었던 일은 말해줘야지? 찾아온 손님은?"

"별다른 일은 없었고…… 이삼 일 전에 서지단 군사였던 사

소저께서 공식 방문했습니다.”

“나눈 대화는?”

“담소만 나누다 갔습니다.”

계야부는 알았다는 듯 고개를 끄덕였다.

거짓말이다. 절대로 담소만 나눴을 리 없다.

그는 사약란의 기형을 감지했다. 손으로 육신을 더듬는 것보다 더 정확하게 상대를 알 수 있는 기파다. 보이지 않는 곳에서도 상대의 존재 유무는 물론이고 무공의 강약까지 저울질할 수 있는 고도의 내공심법이다.

그만한 지경에 오른 사약란이 가짜 단차를 알아보지 못했다고는 믿기 어렵다.

그녀는 알아봤다.

하면 왜 전과보는 거짓말을 한 것일까?

‘후후후!’

웃음이 새어나온다.

전과보는 사약란에게 매료되었다. 그녀에게 연심을 품기 시작했다. 들끓는 혈기를 감추지 못하고 있다. 당연한 일이다. 사내치고 누가 그녀를 가볍게 대할 수 있겠나.

‘곧 찾아오겠군.’

계야부는 침상 둘레를 검은 천으로 감쌌다.

第百三章

평생의 인연

츠츠츠! 츠츠츠츠!

무형의 기운이 전각을 뒤덮었다.

잔잔하게 퍼져 가는 저녁노을처럼 부드러운 기운이 전각 한 채를 통째로 감싸 안았다.

'응?'

사약란은 고개를 갸웃거렸다.

단차가 돌아왔다는 소리를 듣고 찾아왔다.

그는 어떤 인물일까? 호기심이 치밀었다.

문밖 시녀에게 방문 통보를 하면서 습관처럼 기형을 만들었다. 한데 아무것도 잡히지 않는다.

안에 아무도 없는 것일까? 그사이에 또 어디로 갔나?

기형은 텅 빈 공간만 더듬는다.

전각 안으로 들어갔던 시녀가 나와 그녀 앞에 읍했다.

"들어오시랍니다."

'응?

사약란은 뒤돌아설 준비를 했다.

시녀가 말하기 전에 이미 무형의 탐문을 마쳤다. 그 결과, 안에는 아무도 없었다. 한데…… 들어오라?

'이게 무슨……?

그녀는 귀신에 홀린 심정으로 발을 들여놓았다. 그리고,

"아!"

그녀의 입에서 나직한 탄성이 새어나왔다.

전각 안에는 사람이 있었다. 단차로 짐작되는 사내가 침상 위에 가부좌를 틀고 앉아 있다.

운공조식 중?

검고 두터운 휘장이 침상을 감싸고 있지만 사람의 동체가 희미하게 비치고 있어서 분별하기는 어렵지 않다.

'잡아내지 못했어!'

그녀는 진정으로 놀랐다. 너무 놀라서 아직까지도 가슴이 쿵쾅쿵쾅 뛴다.

소림사에는 절묘한 무공이 많다.

그중에서 뛰어남에 비해 너무도 알려지지 않은 무공이 있으니 금광대불력(金光大佛力)이라고 한다.

금광대불력은 금강반야선공과 함께 비운의 이대절공이라고

불린다.

두 무공 모두 수련하기만 하면 천하를 오시할 수 있다는 전설을 품고 있다. 하지만 정작 수련하는 사람이 없다는 공통점도 함께 공유하고 있다.

공통점은 이외에도 많다.

절전된 무공이 아니다. 아직도 현존한다. 누구나 수련할 수 있도록 개방되어 있다. 소림 승려라면 전설을 쫓아서 한두 번씩은 뒤적거려 봤다는 점도 같다.

현재, 금강반야선공은 참선하는 데 도움을 주는 심공 정도로 치부되고 있다. 금광대불력도 그런 운명에서 벗어나지 못했다. 어려움이 닥쳤을 때 심신을 굳건하게 해주는 마음의 힘, 불력(佛力) 정도로 인식한다.

한데 이런 도움은 다른 신공에서도 얼마든지 받을 수 있다.

반야신공(般若神功)이나 반야대능력(般若大能力) 같은 신공은 절공으로 소문나 있다.

수련하면 수련한 만큼 성취도 돌려준다.

아무도…… 아무도 금광대불력을 주시하지 않는다.

사약란은 금광대불력 속에서 잊힌 전설을 찾아냈다.

금광대불력은 두 가지 힘으로 나뉜다.

안으로 갈무리하면 심신을 평안하게 만들고, 뼈를 강건하게 해주며, 기혈의 운행을 순조롭게 유도해 준다.

굳이 운공조식을 취할 필요도 없다.

금광대불력을 이끌고 있으면 그 자체로 서너 시진 동안 집중해서 조식을 취한 것과 같은 효과를 불러온다.

운공조식을 취하면서 무공을 사용하는 것과 같다.

한마디로 진기가 소진되지 않는다. 마르지 않는 샘을 단전에 심어놓은 것과 같다.

이 힘을 밖으로도 퍼져 나가게 할 수 있다.

부드럽게, 넓게, 멀리…… 부챗살을 활짝 펼친 것처럼 진기가 퍼져 나간다.

강력한 진기는 아니다.

불가의 신공절기는 강함을 추구하지 않는다. 너그러움, 온유함을 담는다.

퍼져 나가는 진기도 딱딱하다거나 강하지 않다. 처마 밑에 쳐진 거미줄처럼 약하고 부드럽다.

그래서 사람들은 진기에 닿고도 알아채지 못한다.

거미줄처럼 끈끈한 기운이 살에 달라붙어서 출렁출렁 정체를 말해주고 있는데, 정작 당하는 사람은 아무것도 모른 채 태연자약 할 일만 한다.

금광대불력이 실망을 준 적은 한 번도 없다. 오늘, 단차를 만나기 전까지는.

사약란은 의자에 앉았다.

"손님 대접을 이렇게 하나요?"

"미안하오. 소문을 들어서 알겠지만 워낙 추물이라서."

휘장 너머에 있는 사내가 손을 들어 탁자를 가리켰다.

그곳에 그가 벗어놓은 복면과 방갓이 있었다.

"누구나 가리고 싶은 부분은 있는 법이지 않소."

단차의 음성은 예상 밖으로 부드러웠다.

날카롭고, 강하고, 도전적일 줄 알았는데 그녀를 흠모하는 여느 남자들이나 다름없이 부드러웠다.

사약란은 단차의 음성 속에서 진한 사랑을 감지했다.

음성이 떨리고 있다. 격렬한 떨림이 아니라 잔잔하게……속으로 꾹 눌러 참는 듯한 떨림이다.

그녀는 아미를 찌푸렸다.

휘장으로 가린 저 너머에서 낯선 사내가 자신을 쳐다보고 있다. 평범한 눈길이 아니라 애욕의 눈길로 더듬고 있다.

불쾌했다. 상당히 불쾌했다.

파아앗!

사약란의 몸에서 환한 광채가 피어났다.

후광(後光) 같기도 한 광채는 침상으로 곧장 쏘아졌다.

금광대불력을 다시 한 번 전개한 것이다.

다른 수도 가미했다.

도가(道家)에도 금광대불력과 흡사한 무공이 있다.

무당파의 신공으로 태을청령진기(太乙淸靈眞氣)라고 하는데, 운용하면 할수록 정신이 맑아지고 뼈가 강건해지며, 기혈의 순환이 활발해진다.

그야말로 금광대불력과 흡사한 공능이다.

그녀는 분심공(分心功)을 써서 금광대불력과 태을청령진기를 동시에 일으켰다.

온유함 속에 온유함이 배가되었다.

거미줄 두 겹이 겹쳐서 상호 보완하며 쓸고 나간다. 금광대불력의 빈틈을 태을청령진기가 메운다.

쏴아아아아……!

한줄기 바람이 휘장을 뚫고 나갔다. 침상 위를 휩쓸었고, 단차의 전신에 모래알처럼 뿌려졌다.

'후웁!'

사약란은 숨을 크게 들이쉬었다.

어느 정도 예상은 했지만…… 두 가지의 신공을 동시에 썼는데도 불구하고 단차의 신형을 감지할 수 없다. 직접 눈으로 보고, 그를 향해 뿌렸는데도 아무 걸림이 없다.

금광대불력만으로도 충분했다. 하나 한 번 실패한 경험이 있기에 태을청령진기까지 가미했다.

이 정도면 깨알만 한 모기도 감지할 수 있다.

단차는 잡히지 않는다. 마치 광활한 초원에서 텅 빈 허공을 쓸고 지나간 것 같다.

"대단한 무공이군요."

"소저야말로."

"이게 의살인가요?"

"그렇소."

"겨뤄보고 싶군요."

"호승심(好勝心)이오?"

"호기심 정도로 해두죠."

"승패에는 관심이 없다?"

"단순한 비무라면 관심없어요. 하나 결전이라면 지고 싶진 않네요. 그리고 또 제가 진다고도 생각하지 않아요. 저도 그만한 자신은 있거든요."

두 사람은 아주 평범한 대화를 나눴다.

아니다. 평범한 대화가 아니다. 대화 내용은 평범했지만 느낌은 상당히 심란했다.

단차는 이야기를 하면 할수록 떨림을 숨기지 못했다. 본인은 숨긴다고 애를 쓰는 모양인데, 여자가 느끼기에는 숨기지 않는 것보다 더욱 진하게 드러났다.

그러면 그럴수록 사약란은 불쾌했다.

이건 보통 사람의 호감 정도를 벗어난다. 여인을 보고 마음의 격동이 이토록 심하다는 것은 무엇을 의미하는가? 욕정이 아니겠는가. 머릿속에 음탕한 생각을 담고 있다는 뜻이지 않나.

처음부터 단차에 대한 느낌이 좋지 않았다.

그가 시각랑들을 잡고 있다는 소리를 들었을 때부터 일종의 적의가 피어났다.

그런 느낌이 더욱 강해졌다.

주는 것 없어도 미운 사람…… 단차가 그런 사람이 되어갔다.

단차가 피식 웃으면서 말했다.

“훗! 난 자신이 없소. 소저의 음양이기는…… 후후! 남의 무
공을 말할 건 없지만 애써서 드러내지 않는다는 느낌이오. 제
그릇에 담겨 있지 않다고 할까? 그런 기운을 쓰려면 제대로 된
신공이 뒷받침되어야 하는데, 소저가 방금 전개한 두 가지 기
운은 조화(調和)에 가까우니…… 극양이나 극음을 제대로 표
현해 내는 신공을 썼다면 천지가 개벽할 위력일 것이오. 후후!
감당할 자신이 없소. 하니 겨뤄보고 싶은 마음은 안으로만 새
겨주시오.”

정중한 거절이다.

한데 그녀는 이런 말조차도 비위가 틀렸다.

남의 무공을 일일이 분석하여 어느 정도인지 다 안다는 투
로 말하고 있다. 겉으로는 사양하지만 그런 정도의 무공으로
는 어림도 없다는 식으로 들린다.

또 다른 느낌도 들었다.

단차는 그녀의 무공을 분석하면서 뭔가 자랑스러운 듯한 어
감을 숨기지 못했다.

비웃는 건가? 비웃음거리밖에 안 되는 건가?

‘내가 왜 이러지?

그녀는 들끓는 마음을 가라앉혔다.

냉정하게 생각해 보면 단차의 말은 거절 그 이상도 이하도
아니다. 별다른 뜻이 담겨져 있지 않다. 괜히 반감을 느끼고
있기에 하는 말마다 듣기 싫은 게다.

“그래요. 다음에 언제 겨뤄봐요.”

“이번이 두 번째 방문인데…… 만총림 보고에 의하면 저들과 소저의 관계가 보통이 아니더이다. 저들 때문에 온 것이오?”

단차가 그녀의 목적을 꺼냈다.

“그래요. 풀어주실 수 있나요?”

“이미 풀어줬소. 지금쯤 소저의 거처에 가 있을 거요.”

“그래요? 고맙군요. 한 가지, 저들을 왜 잡은 거죠? 일휘단주가 이제 막 청부업을 시작한 살수들을 건드릴 만큼 한가한 직책은 아닐 텐데요?”

“소저.”

“말하세요.”

“난 계야부란 친구를 알고 있소.”

“그런 말, 들었어요. 시각랑이었다고요? 이거 아세요? 당신이 말한 계야부, 제 낭군이에요.”

“알고 있소.”

“하면 제 낭군과 어떤 관계인지 정도는 말해줄 수 있을 텐데요?”

“생사지교(生死之交)라 해둡시다.”

“처음 듣는 말이에요. 생사지교라면 제가 모를 수 없죠.”

“전장에서 피는 혈화(血花)는 전장을 누빈 사람밖에 모르지. 계야부와 나의 관계, 우리 둘밖에 모른다면 믿겠소?”

‘거짓말!

단차의 음성에서 거짓의 냄새가 풍겼다.

사약란의 눈빛이 청록색으로 변했다.

혈천마경(血天魔經)에 수록된 절학, 천라미안(天羅美眼)이다.

휘장을 뚫고 들어가 단차의 두 눈을 읽는다. 두 눈을 뚫고 들어가 그의 심기를 뒤흔든다. 심기를 장악하면 기혈을 조종할 수 있고, 단차 스스로 심맥(心脈)을 끊어버리게도 할 수 있다.

파파팟! 파파파팟!

두 줄기 안광이 휘장을 꿰뚫었다. 한데!

스으으읏!

천라미안은 금광대불력처럼 텅 빈 허공을 꿰뚫었다.

그곳에 단차의 두 눈이 있었다. 머리가 있었다. 한데 연기 속을 파고든 듯 막힘없이 뚫고 나가 반대편에 이르렀다.

'이자…… 자기 자신을 철저하게 무형화(無形化)시켰어. 생기조차도, 원정지기조차도 말살해 버렸어. 기운이 없는 자, 사라진 자…… 이자…… 죽일 수 있을까?

사약란은 정말 혼란스러웠다.

그녀는 수백 종의 절기를 알고 있지만 지금 단차가 보여주는 종류의 무공은 알지 못한다.

진기로 감지할 수 없는 자…… 무기로 육신을 쳐도 베어지지 않고 허공을 친 듯한 느낌이 들지 않을까 우려된다. 살아 있는 생명이요, 육신이니 그럴 리 없다고 생각한다. 하지만 그런 우려가 강하게 드는 것은 막을 길이 없다.

단차가 그녀의 말을 받았다.

"내가 북지단에 입문할 때 단주에게 청한 게 있소. 내 행동을 제약하지 말라. 안선을 치겠다."

"들었어요."

"안선을 칠 것이오."

"이미 친 것으로 알아요. 북지단 마방주를 쳤잖아요?"

사약란의 말투가 비틀렸다.

안선을 친다고 호언장담한 사람이 겨우 마방주 한 명 죽인 것 가지고 유세냐는 뜻이다.

단차는 흥분하지 않았다. 예의 떨림은 지속되었지만 급격하게 말투가 높아지지는 않았다. 그는 그녀의 비웃음에는 신경도 쓰지 않고 말을 이어갔다.

"솔직히 안선은 나 혼자 상대하는 게 편하다고 생각하지 않소? 무총에서 일휘단 같은 것도 만들어주고. 칠살문? 난 그런 것 잘 모르고 관심도 없소. 하지만 계야부가 하고자 했던 일을 무엇인지는 그들도 아니까, 이번 일에 미력이나마 보태라고 부른 것이오."

"그래요?"

말이 또 한 번 비틀렸다.

단차의 말은 구구절절이 맞다.

사실 시각랑들은 현재의 그에게는 무거운 짐만 된다. 일휘단주가 살수 몇 명에게 신경 쓸 이유도 없고, 굳이 그들을 옆에 끼고 있을 이유도 없다.

그녀도 여러 가지 정황을 통해서 단차가 시각랑들을 몰살시키기 위해서 함정을 팠다고는 생각지 않는다. 모종의 거래를 위해서가 아닐까 추측한다.

그리고 그 일은 무총이 몰라야 한다.

그는 담위민과 여강강을 만총림 부림주에게 맡겼다. 그리고는 만총림이 함정을 판 곳에 불을 질렀다.

망월산 산불이 단차의 짓이라는 건 삼척동자도 짐작할 수 있다.

아니, 사실은 그녀도 짐작하지 못했다. 지금 단차의 말을 듣다 보니 그가 어떤 마음으로 시각랑을 대하는지 알겠다. 그의 진정성이 느껴진다.

단차는 시각랑을 죽일 생각이 없다.

이것은 진심이다.

이러한 가정을 바탕으로 깔았을 때, 망월산 산불은 그가 시각랑들을 구하기 위해 일으킨 것이라고 생각할 수 있다.

하면 왜 구하지 않았을까?

자신이 마침 그 자리에 나타났다.

사방에서 산불이 쏟아지고 있는 곳에 장시간 동안 격전을 벌여야 할 상대가 등장했다.

그는 물러섰다.

산불이 일어난 중심에서 화염지옥을 견뎌냈다.

그때…… 자신이 뇌편대 무인들을 만났을 때, 자신은 이자를 찾아내지 못했다. 한데 이자는 자신을 봤을 뿐만 아니라 싸울지 숨을지 결정까지 했다.

단차가 자신보다 한 수 위라는 건가?

왜 자신의 기도는 허상(虛像)조차 잡아내지 못하는 것일까?

아니다. 이것이 아니다.

사약란은 아랫입술을 잘끈 깨물었다.

그가 단차에게 반감을 느끼는 것은 그의 무공이 자신보다 강해 보여서가 아니다. 자신이 천하제일인이라고 생각해 본 적도 없고, 무림은 천외천(天外天)의 고수들이 득실거리는 곳이니 자신보다 강한 자가 얼마든지 나타날 수 있다.

무림은 강해질수록 겸손해야 한다.

그런 이치를 알고 있는 그녀가 단차의 무공 때문에 시샘하겠는가? 질투하겠는가? 마음의 벽을 쌓고 하는 말마다 꼬투리를 잡으려고 애를 쓰겠는가.

아니다.

그녀는 단차의 떨림을 들으면서 마음이 편해지는 것을 느꼈다.

너무 편안하다. 너무 아늑하다.

사실 그의 떨림을 욕정으로 치부하고 억지로 불쾌한 감정을 이끌어낸 것도 모두 다 자신의 감정을 숨기기 위해서였다.

사실 이런 감정이 일어나는 건 불가능하다.

그녀는 화화구중을 가진 상태에서 계야부를 만났다. 계야부는 빙정을 지닌 몸이다.

음이 양을, 양이 음을…… 서로가 다른 반쪽을 강렬하게 끌

어당겼다. 자신을 납치해서 안선에 넘기려던 자를 사랑하게
되었다. 납치한 여인과 정을 쌓았다.

　서지단 군사와 말똥구리, 신분의 격차만 생각해도 하늘과
땅처럼 벌어진다.

　그래도 사랑했다.

　전혀 있을 수 없는 일은 아니다. 남녀 사이에 무슨 일인들
안 벌어질까.

　나중에야 이게 모두 화화구중과 빙정의 조화 탓이라는 걸
알았다.

　결국 마음을 허락하고 상대를 받아들인 것은 당사자들이지
만 자신들이 지닌 화기와 빙기가 서로에게 강렬한 끌림을 제
공한 것은 사실이다.

　그런 후유증은 지금도 남아 있다.

　사약란…… 그녀는 어떠한 남자에게서도 호감을 느끼지 못
한다.

　벗으로서, 수하로서, 지인으로서…… 이런 통념적인 관계로
는 사내를 받아들일 수 있지만 이성으로 느껴지는 자는 없다.

　아직 한눈에 반할 만한 사내를 만나지 못한 탓일까?

　계야부가 너무 잘났던 탓에 다른 사내들이 모두 사내로 느
껴지지 않는 것일까?

　그녀는 화화구중과 빙정을 모두 취했다. 하지만 지금도 그
녀의 마음은 빙정을 쫓고 있다. 빙정을 지녔던 계야부만을 이
성으로 느끼고 받아들인다.

그녀는 영원히 석녀(石女)가 될 것이라고 했다.

두 번 다시 사내에게 끌리지 않는 빙심(氷心)의 여인이 될 것이라고도 했다.

그녀를 저주하는 말이 아니다. 그녀의 현상을 똑바로 설명해 준 말이다.

그런데 포근하다. 가슴이 두근거린다.

이런 감정이 싫다. 계야부에게 죄를 짓는 것 같아서 싫다. 자신에게 모든 것을 남겨주고 떠난 계야부가 저승에서 눈을 감지 못할 것 같아서 싫다.

그녀의 마음은 뜨거운 불씨가 되어 일어난다. 계야부에 대한 죄책감도 생긴다. 자신이 자신에게 느끼는 실망감은 매우 크다. 그녀는 이런 감정들을 한꺼번에 받아들여야만 했다.

그런 감정이 단차를 거부하는 마음으로 표현되었다.

"그럼 다른 시각랑들도 만났나요? 그들도 사로잡았어요?"

단차가 말했다.

"부사영을 비롯해서 모두 만났소. 소저는 북지단을 벗어나자마자 두 사람을 풀어주겠지만…… 그들 일곱 명은 곧 합해질 것이고, 그들 모두 내게 돌아올 것이오."

'정말 만났다!'

사약란은 몸을 일으켰다. 아니, 일으키려다 말고 순간적으로 스쳐 가는 현기증에 상체를 비틀거렸다.

단차는 소문으로 들은 것과 똑같다.

숨겨놓은 속이 없다.

어떻게 이런 인간이 있지? 계략과 모함이 판을 치는 무림에서 생각과 행동이 똑같은 인간이 있을 수 있나?

안선을 치겠다. 그 속에 계략은 없다.

무림에 뭐 하러 나타났나? 안선을 치기 위해서. 계야부의 복수를 하기 위해서.

그 말에도 거짓이 없다.

강한 무공, 아늑함, 그리고 순박함…… 이자…… 정말 편하다.

'뭔가 있을 거야, 뭔가!'

그녀는 정신을 번뜩 차리고 몸을 수습했다.

몇 마디 물어보지 않았지만 단차에 대해서 모두 안 것 같은 기분이다. 이제 알 것은 그의 과거다. 시각랑이었다고 하니…… 그래, 부사영을 만나보면 알까? 아니, 담위민이나 여강강이 알고 있는지도 모르겠다.

그와 계야부는 어떤 관계일까?

"돌아가겠어요."

"배웅하지 않겠소."

두 사람은 짧은 만남을 마쳤다.

사약란은 탁자를 짚고 있던 손을 뗐다. 그리고 걸어나갔다.

'단차…… 사심이 깃들었으면…… 그리고 거짓이면 넌 죽어!'

2

'살수를 넘겨라!'

부림주는 동의할 수 없었다.

망월산이 불탔다. 자신을 비롯해서 만총림 유생들, 그리고 뇌편대 무인들이 불길 속에서 타 죽을 뻔했다.

사약란도 달라고 했다.

무총주의 손녀가 온갖 말을 들먹이며 절반은 협박을 했고, 절반은 회유를 했다.

그래도 주지 않고 버텼다.

누구든 자신이 파놓은 함정을 목에 건 다음에야 데려갈 수 있을 것이라고 자신했다.

그런데 단차는 아주 쉽게 한마디만 했다.

"보내줘."

그 한마디만 하면 끝나는 건가?

"다른 말은 없었나?"

부림주는 눈을 부라리며 심부름 온 시녀를 노려보았다.

시녀가 그의 눈길을 의식했는지 몸을 움츠리며 말했다.

"한마디 더 하셨어요, 만총림주의 명령이라고."

"뭐라고!"

꽝!

부림주는 부화를 이기지 못해 주먹으로 탁자를 휘갈겼다.

탁자 위에 쌓여져 있던 붓이며 벼루며 서신들이며 온갖 것이 사방으로 흩어졌다.

시녀가 몸을 움찔거렸다.

"또…… 찍어 누르는 건가!"

화가 머리끝까지 치솟았다.

단차는 만총림의 항거를 철저하게 무시했다.

썰물처럼 빠져나간 만총림 유생들을 징치한 것은 그가 아니라 무총이다.

만총림을 벗어나면 죽는다. 벗어나는 건 있을 수 있다. 하나 목숨을 내놔야 한다.

한 명도 열외는 없다.

만총림으로 되돌아올 수밖에 없었다.

이번에도 마찬가지다.

그는 명령만 한다. 만총림주로서 앞뒤 가리지 않고 제멋대로 명을 내린다.

말도 안 되는 명령이라며 거절했다가는 또다시 무총이 징계를 하러 덤빌 것이다.

얄밉게도 그는 가만히 있다.

무총은 무슨 생각에서인지 병신같이 그의 뒤를 보살펴 준다.

'빌어먹을!'

그는 두 손으로 탁자를 꾹 눌렀다.

그가 만총림주의 자격으로 살수들의 석방을 말했으니 군말

없이 내줘야 한다.

그런데 문제가 남는다.

그놈들은 무고한 양민을 청부 살해한 살수다.

그들을 북지단이 잡았다. 그리고 그 사실을 널리 공표했다.

예천 사람이라면 누구나 알고 있는 일이며, 북지단이 그들을 어떻게 처리할지 두 눈을 똑바로 뜨고 지켜보고 있다.

그놈들은 보통 살수가 아니다. 양민들에게는 의적(義賊)쯤으로 여겨지고 있다. 북지단이 괜한 사람을 잡아들였다며 오히려 욕하고 있는 실정이다.

일이 이렇게까지 진행되었는데, 어떻게 마음대로 풀어준단 말인가.

이 뒤치다꺼리를 만총림이 해야 한다.

보수는 없다. 함정에 걸린 놈도 없다. 괜히 잡아서 산불로 망월산만 홀라당 태워먹고 아무 소득도 없이 내줘야 한다. 그리고 뒤까지 닦아줘야 한다.

'단차! 너!'

부림주는 이를 부드득 갈았다.

담위민과 여강강 앞에 지필묵이 놓였다.

"각서를 쓰면…… 풀어주마!"

그들에게 지필묵을 건네준 유생이 감정없는 눈빛으로 말했다.

담위민이 씩 웃었다. 여강강도 눈가에 웃음을 걸었다.

두 사람은 유생의 무표정한 얼굴에서 돌아가는 상황을 짐작해 냈다.

만총림보다 훨씬 높은 곳에서 모종의 지시가 떨어졌다! 그리고 그 지시는 자신들의 석방이다!

그들도 시각랑 시절에 이런 경우를 왕왕 당했다.

기껏 포로를 잡아와 득의양양하고 있을 때, 장군의 명이라며 지랄 같은 명령이 떨어진다.

아무 조건 없이, 몸 성히 풀어주란다.

목숨 걸고 적진에 침투해서 온갖 고생을 하며 잡아왔는데 장난 같은 말 한마디로 고이 돌려보내야 한다.

욕을 하고 발광을 해봐도 소용없다.

윗선에서 결정이 나면 그것으로 상황은 끝난다.

포로를 잡아오는 과정에서 동료가 죽기라도 했다면 정말 그 심정이란…… 그때는 정말 시각랑이고 뭐고 다 때려 엎고 팍 나가자빠져 뒈져 버리고 싶은 심정밖에 안 든다.

단차라는 자와 만총림이 그런 일을 당했다.

그들은 자신들을 죽이고자 했으나 윗선의 누군가가 석방을 요구했다. 일휘단주라는 작자가 거절하지 못할 정도로 아주 높은 곳에서 떨어진 명령이다.

누구? 쉽게 짐작된다.

무총주의 손녀이자 자신들에게는 형수가 되는 사약란이 힘을 쓴 것 같다.

유생이 쓰라는 각서는 자신들을 풀어주기 위한 명분일 뿐이다.

"뭐라고 쓰면 되나?"

담위민이 웃으며 말했다.

"먼저 과오를 적으시오."

"과오? 아! 청부 살인한 것? 대충 알겠네. 앞에다가 과오를
적고 이어서 용서를 구하고……."

"각서라잖소. 다시는 안 그러겠다는 말도 들어가야지. 지금
호생지덕(好生之德)을 베풀려고 하는데 눈치껏 좀 알아서 기면
안 되겠소? 정성껏 씁시다."

여강강이 벌써 글을 써 내려가며 말했다.

화가 치민 유생은 발갛게 상기된 얼굴로 노려볼 뿐이었다.

"형수님!"

"형수님이라뇨! 군사님, 안녕하셨습니까?"

사약란을 보자 담위민은 단박 얼굴을 환하게 밝혔다.

여강강은 조금 냉정했다.

이곳은 북지단이다. 무총의 많은 무인들이 지켜보고 있는
곳이다.

자신들은 살수다. 각서를 쓰고 갓 풀려났다. 반면에 사약란
은 무총의 손녀로 그들을 풀어주러 왔다.

무총 무인들의 눈길이 고울 리 없다.

거기에 '형수님' 이라는 호칭은 사약란을 더욱 난처하게 만
든다.

서지단 군사 직을 내던지고 말똥구리를 따라가더니 겨우 청
부 살수들에게 형수 소리나 듣는 건가.

여강강은 거기까지 생각해서 무인들이 공통적으로 사용하
는 호칭을 썼다.

"고생했어요."

사약란은 아무렇지도 않은 듯 곱게 웃었다.

북지단에서 십 리를 벗어날 때까지 사약란은 한마디도 하지
않았다. 묵묵히 앞만 보고 걸었고, 두 사람은 얌전히 뒤를 따를
수밖에 없었다.

"여기서 좀 쉬어갈까요?"

사약란이 길가에 세워진 정자를 가리켰다.

농군들이 한여름의 뙤약볕을 피하기 위해 만들어놓은 허름
한 정자다.

"아닙니다. 저희는 여기서 이만 작별 인사를 드리겠습니
다."

여강강이 두 손 모아 포권지례를 취하며 말했다.

그는 그녀의 침묵이 그녀와 자신들 간의 거리감 때문이라고
생각했다. 계야부가 죽고 없는 지금, 그녀에게 시각랑은 몹시
불편한 짐일 게다.

"올라오세요. 여쭤볼 게 있어요."

사약란이 맥 빠진 듯 힘없이 말했다.

“단차를 만나봤죠?”

“만나다 뿐입니까. 싸워보기까지 했는데……. 그 의살인가 뭔가 하는 지랄 같은 무공 때문에…….”

“얼마나 버텼어요?”

“훗! 버티긴 뭘 버팁니까. 일초지적도 안 되더군요.”

담위민과 여강강은 얼굴을 벌겋게 물들였다.

지금도 그때 생각만 하면 정신이 아득해지는 느낌이다. 아니, 창피해서 얼굴을 들지 못하겠다.

늘 죽음과 대면하며 살아왔던 시각랑이 죽음의 공포를 느끼다니. 죽음이 두려워서 마음껏 싸워보지 못했다니. 부딪치면 죽는다? 지랄! 부딪치지 않고 어떻게 싸우나!

이런 말은 어디 가서 누구에게 할 수도 없다.

“그 사람, 시각랑이라고 하더군요. 아는 사람이에요?”

“알기는요. 처음 보는 놈이었어요. 하하! 시각랑 중에 그렇게 강한 놈이 어디 있어요? 한데 희한하게도 놈은 자기가 시각랑이라고 박박 우깁디다. 시각랑이 뭐가 좋다고.”

담위민이 손을 휘휘 저어가며 말했다.

사약란이 말을 중단했다. 시선도 두 사람에게서 돌려 우측 숲을 쳐다봤다. 잠시 후,

저벅! 저벅!

숲에서 사람 발자국 소리가 들렸다.

“아!”

“형님!”

담위민과 여강강이 반색하며 일어섰다. 뿐만 아니라 한걸음에 달려나가 그들의 손을 마주 잡았다.

부사영이다. 고봉이며 갈조기다. 서악정과 추위걸도 있다. 그들이 모두 왔다.

"고생했다."

부사영은 두 사람의 어깨를 툭 친 후 정자로 올라섰다.

"오랜만입니다. 몰라보게 변하셨군요."

부사영이 웃으며 말했다.

그들은 해가 질 때까지 말을 주고받았다.

서로에 대한 안부는 몇 마디 말로 그쳤다. 그녀도 시각랑도 서로에 대한 소식은 정보로, 풍문으로 전해 듣고 있었다.

그들의 대화는 단차에게 집중되었다.

부사영은 단차와의 싸움, 그리고 그의 제안을 말했다.

사약란도 단차와 만났던 일을 이야기했다.

여기서 공통점을 찾았다.

그가 시각랑인지 아닌지는 확정해서 말할 수 없다. 그는 자신이 말한 대로 계야부의 벗이다. 그가 무림에서 하고자 하는 일은 안선을 궤멸시키는 것이다.

여기까지는 이의가 없었다.

부사영이 말했다.

"저희는 일단 그놈 말을 쫓아보겠습니다. 같은 쪽에서 지내다 보면 허실도 파악할 수 있겠죠. 의살이 어떤 무공인지 주의 깊게 살펴보겠습니다.”

“그래 주세요.”

사약란은 힘없이 말했다.

시각랑들이 떠나갔다.

그들은 왔던 길을 되돌아갔다.

담위민과 여강강은 정자에 올라설 때까지만 해도 두 번 다시 북지단에 발을 들여놓을 일은 없을 것이라며 호언장담했는데, 그 말을 한 지 두 시진도 되지 않아서 다시 돌아갔다.

사약란은 정자 기둥에 등을 기대고 앉아서 어두컴컴한 밤하늘을 올려다봤다.

달이 밝다. 구름이 없어서인지 별도 총총하다.

날씨는 약간 싸늘하다. 가만히 앉아 있으면 쌀쌀한 느낌 때문에 옷깃을 여며야 할 정도다.

‘가을⋯⋯.’

아직은 낙엽이 보이지 않으니 초가을이라고 할 수 있다.

나뭇잎이 울긋불긋해지고, 노랗고 빨간 잎들이 떨어지고⋯⋯.

‘보고 싶은데⋯⋯.’

문득 계야부의 얼굴이 그려졌다.

떠나간 지 오래되었지만 아직도 귓가에 숨소리가 들리는 듯하다.

달에 그의 얼굴이 그려진다. 든든한 풍채도, 억센 팔도 온몸으로 느껴진다.

그녀는 두 팔을 감싸 안았다.

그의 바람대로 천형에서 벗어났다. 예측한 대로 화화구중과 빙정의 도움을 받아 천하제일의 내공을 지니게 되었다. 머릿속에만 들어 있던 무공 구결들을 몸으로, 권각으로 펼쳐 낼 수 있다.

그가 기뻐할까? 살아 있다면, 옆에 있다면 자신의 모습을 보고 뭐라고 말할까?

너무나 그립다.

한데…… 그의 영상이 희미하게 지워지며 어두컴컴한 휘장이 떠오른다. 휘장 너머에서 희미하게 보이던 사내 영상이 계야부의 얼굴을 대신한다.

"아!"

그녀는 두 팔에 힘을 주며 몸을 수그렸다.

계야부에게 너무 미안해진다.

단차에게 어떤 감정을 느끼는 건 아닌데…… 그를 생각한다는 그 자체가 계야부를 모욕하는 것처럼 여겨진다.

그런데도 그의 음성이 귓가를 간질인다.

"계야부의 벗이오."

"안선을 칠 것이오."

"미력이나마 보태라고 부른 것이오."

말의 내용은 중요하지 않다. 어떤 내용인지 생각하고 싶지도 않다. 정녕코 그가 한 말을 떠올리고 싶지 않다. 그런데도 그의 음성이 쟁쟁하게 울린다.

'포근해.'

사내의 냉막한 말투에서 다정함을 읽었다. 떨림을 숨기는 음성에서 순박함을 봤다. 정중한 어조, 거침없는 행동에서 사내의 듬직함을 느꼈다.

"아! 이게 아냐!"

사약란은 온몸을 끌어안고 오열했다.

왠지 모른다. 괜히 눈물이 쏟아진다. 계야부에게 너무너무 미안해서 견딜 수 없다.

이놈, 단차! 왜 이놈 음성이 귓가에서 떨어지지 않는 것인가!

더욱 미치겠는 것은 칠살문을 염려하는 마음이 커진다는 것이다.

마치 냇가에 내놓은 어린아이처럼 불안하다. 금방이라도 어찌 될 것 같아서 뒤를 봐줘야 할 것 같다.

아! 어찌 이런 핑계를…….

칠살문을 염려하는 마음의 이면에는 북지단에서 멀리 떨어지고 싶지 않다는 마음이 존재한다.

칠살문을 핑계로 근처를 맴돌고 싶다.

이대로 멀리 가고 싶지 않다. 단차, 그놈이 어떤 짓을 하는지 살펴봐야 되지 않나!

"미안해요! 미안해요! 흑흑!"

사약란은 서럽게 울었다.

계야부에게 미안하다는 감정을 느끼면 느낄수록 단차의 음성을 한 번이라도 더 듣고 싶다는 충동도 강해진다.

어떤 사내에게도 끌린 적이 없는데, 그는 보자마자 끌린다. 예전에 계야부를 만났을 때처럼 냉정한 이성으로는 부인하면서 마음은 따라가고 있다.

화냥년, 못된 년, 창부 같은 년…….

그녀는 자신에게 온갖 욕을 쏟아부었다. 세상에 존재하는 욕이란 욕은 모두 퍼부었다.

계야부는 목숨을 내놨다. 그가 죽은 지 얼마나 됐다고…… 일 년이 지났나, 이 년이 지났나. 겨우 몇 달 지났을 뿐인데 벌써 다른 사내에게 끌리는 게 말이 되는가.

그녀는 무총을 생각하지 않았다. 안선도 머릿속을 떠났다. 북지단이 어떻고, 칠살문이 어떻고, 만총림이 무슨 짓을 하고…… 어떤 것도 생각나지 않는다.

그녀에게 중요한 것은 혼란스러운 감정뿐이다.

그녀는 두 발을 오므려 가슴에 모았다. 두 손으로 다리를 꼭 껴안고 나지막하게 흐느꼈다.

달빛이 잔잔하게 그녀를 감쌌다.

3

스스스스······!

한 겹 방어막이 자신을 감싼다.

들어오는 기운은 모두 흘려보내고, 안에 있는 기운은 나가지 못하게 감싸 안는다.

무기(無氣)는 자신을 숨긴다는 면에서 아주 좋다.

이런 비법을 사용하여 살행을 펼친다면 성공 가능성이 아주 높아질 것이다.

반면에 사랑하는 여인에게는 아주 비겁한 방법이다.

북지단에서부터 따라왔다.

동아줄에 전신이 결박된 사람처럼, 사약란이 이끄는 대로 질질 끌려왔다.

그녀가 걸으면 자신도 걸었다. 그녀가 멈추면 자신도 멈췄다.

반가운 사람들과 만나는 것을 봤다.

'나도 함께······.'

아주 잠깐 동안이었지만 저들과 자리를 함께하고 싶다는 욕망이 전신을 휘감았다.

저들 중 피붙이 아닌 사람이 없다.

사랑이라는 말이 너무 가볍게 느껴질 정도로, 이 세상에 존재하는 어떤 말로도 표현할 수 없는 아내가 있다.

자신을 위해서라면 목숨이라도 기꺼이 내줄 수 있는 동생들이 있다. 형제임을 피로 맹세했고, 천지신명에게 통보한 골육의 일부분이 앉아 있다.

저들은 어떤 잘못도 용서해 줄 사람들이다.

죽지 않고 살아 있었다.

그 한마디면 모든 것을 용서해 줄 게다.

미안하다. 모른 척할 수밖에 없었다. 나라는 사람이 너무 위험하기 때문에…… 내 딴에는 널 생각한답시고 그랬다.

아내가 지난날을 문제 삼을까?

동생들도 마찬가지다.

고생 많았다. 어쩔 수 없었다. 그때는 그런 행동이 가장 타당하다고 생각했다. 다시는 안 그러마.

그래도 얻어맞았던 과거를 들먹일까?

죽을죄를 지었다고 해도, 세상 모든 사람이 욕을 하고 손가락질을 해도 유일하게 받아줄 사람들이 정자에 앉아 있다.

그런데도 그는 나서지 못했다.

변명이 아니라 자신이라는 사람이 너무 무섭다.

무총주가 일휘단을 선뜻 마련해 준 것? 다른 사람들은 행운아다, 운이 좋다, 배경이 좋다…… 별별 말들을 다 하지만 그 자신은 무서워서 견딜 수 없다.

세상 사람들은 주는 만큼 받아간다.

열 냥을 선뜻 내줬으면 스무 냥을 받을 자신이 있어서다.

무총주에게 그만한 자신이 없었다면 일휘단을 선뜻 내줬을까?

북지단주는 왜 그토록 양보만 하고 있으며, 오대고수는 도움도 안 되는 의살을 왜 지켜보고 있는가.

그들 모두 자신에게 바라는 것이 있다.

그들 중 한 명만 마음을 잘못 먹어도 정자에 앉아 있는 사람들이 하루아침에 죽어 나간다.

그들의 눈길이 자신을 따라다니는 한, 저들 앞에 나설 수 없다.

그저 이렇게…… 지켜만 본다.

그녀는 힘이 없어 보인다.

몇 날 며칠 동안 단식을 하다 일어선 사람처럼 어깨를 축 늘어뜨리고 앉아 있다.

표정은 죽었고, 음성에도 힘이 실려 있지 않다.

금광대불력을 쏟아낼 때의 그녀는 강했다.

전각에 들어서기 전에 금광대불력을 쏟아내서 자신의 무위를 알아보려고 한 여인이다.

그런 여인이 힘을 잃었다.

자신을 만난 후부터 기력을 잃고 시름시름 앓는다.

지금은 울기까지 한다. 정자 위에서 외롭게 혼자 앉아 눈물을 쏟는다. 그녀는 너무 약하다.

'울지 마라. 울어선 안 돼!'

그의 마음은 찢어졌다.

그녀가 왜 우는지를 안다. 그래서 더욱 괴롭다.

빙정!

모든 원인은 빙정에 있다.

그녀는 현재 빙정을 지니고 있다. 자신이 과거에 지녔던, 자신의 기(氣)가 스며 있는 빙정을 지니고 있다.

꾸르르르릉!

그녀에게 흡수된 빙정이 옛 기를 알아보고 용틀임한다.

반갑다고, 오랜만이라고…… 계야부를 향해 눈짓을 한다.

그는 교감이란 것을 느꼈다.

사약란의 몸에 빙정이 깃들어 있다는 것을 본능적으로 느꼈다.

자신이 빙정을 줬기 때문에 알고 있는 게 아니라, 그녀를 휘장 너머로 보는 순간에 빙정의 존재를 감지했다.

사약란도 이상한 감정의 흐름을 느꼈을 게다.

쌍둥이처럼…… 서로를 느낀다.

남녀 사이이기에 음양의 이치까지 더해져서 강력한 이끌림으로 표현된다.

─나는 네가 좋다.

딱 그런 느낌이다.

실로 이런 것은 생각지 못했다.

이것이 사실이라면…… 사약란이 아니라 그 누구라도 그에게서 빙정을 넘겨받으면 헤어질 수 없는 연인 관계가 된다고 볼 수 있다. 아니, 그렇게 된다.

다만 사약란의 경우는 더 특이하다.

그녀는 화화구중을 지니고 있었다.

빙정을 강력하게 끌어당기는 양의 기운을 품고 있었다. 빙정이 다른 데 눈길을 돌리지 못하게끔, 오로지 자신만 쳐다보게끔 신묘하고도 매력적인 기운을 발산해 냈다.

사약란은 계야부를, 계야부는 사약란만을…… 두 사람은 그렇게 서로를 사랑할 수밖에 없었다.

하물며 두 사람은 서로에게 호감을 느꼈다.

기름칠한 장작에 불이 붙었다.

이 세상에서 두 사람을 떼어놓을 수 있는 게 무엇인가.

그는 사약란을 만나는 순간, 이런 이치를 깨달았다.

자신은 그녀가 아내라는 것을 안다. 그녀가 화화구중과 빙정을 한 몸에 지녔다는 것을 안다.

그녀에 대한 모든 것을 알고 있다.

그렇기에 자신의 몸에서 일어나는 변화를 비교적 냉정하게 관찰할 수 있었다.

반면에 사약란은 그렇게 하지 못한다.

휘장 너머에는 계야부가 아닌 단차가 있다.

마음의 이끌림을 느꼈다면 사랑의 결실이 아니라 죄책감으로 다가선다.

자신과 그녀의 연결은 매우 강력하다.

그녀가 거처 가까이 다가왔을 때, 그녀의 방문을 이미 알았다.

그녀가 전각 밖에서 금광대불력을 전개하면서, 한편으로는 방문 통보를 할 때 자신은 반가움과 설렘으로 가슴이 두 근 반, 세 근 반 쿵쿵 뛰고 있었다.

그녀가 거처로 들어설 때는 연심(戀心)이 미친 듯이 솟구쳐서 견딜 수 없었다. 음성을 들을 때는 차라리 귀머거리였으면 좋겠다는 생각을 했다.

신분을 속이고 그녀와 대화하는 것은 너무 힘들었다.

그녀가 자신에 대해 느끼는 것보다 자신이 그녀에 대해 느끼는 것이 훨씬 컸다.

그녀는 낭군이 죽었다고 생각하고 있고, 자신은 그녀를 보고 있기 때문이다. 그녀는 이끌림을 원천 봉쇄하고 있지만 자신은 마음껏 풀어놓고 있기 때문이다.

하지만 결국 그녀도 마음의 흔들림을 감지하고 말았다.

빙정의 흔들림은 냉정한 이성으로도 막을 수 없다.

그녀가 괴로워하는 이유를 안다. 정자 위에서 누구에게 눈물을 쏟아내고 있는지 안다.

지금이라도 뛰쳐나가고 싶다. 그녀를 꽉 껴안고 미친 듯이 입맞춤하고 싶다.

계야부는 나무에 등을 기대고 서서 달빛을 쳐다봤다.

지금 이 순간에도 그는 끌림을 느낀다.

쿵! 쿵! 쿵……!

심장에 지진이 일었다.

미치겠다. 미치겠다. 미치겠다…….

전신을 무기로 에워싸지 않았다면, 그래서 사약란의 빙정이 허상을 두들기고 있지 않다면…… 그녀도 자신의 존재를 감지하고 달려왔을 게다.

'나중에……'

이 말밖에 할 말이 없다.

의살이 완벽해져서 그 누구도 두렵지 않을 때, 자신있게 만날 수 있다. 어느 누구의 손에서건 지켜줄 수 있기 때문이다.

빌어먹을 안선이 무너져도 만날 수 있다.

모든 것을 훌훌 털어버리고 무림을 등진다. 세상을 등진다. 아무도 없는 곳에서 조용히 살 생각이다.

어떤 경우든 사약란의 안전이 보장되지 않는 한은 만날 수 없다.

계야부는 발길을 돌렸다.

걸음이 떨어지지 않는다.

자꾸 미련이 남아 뒤돌아서게 된다. 온갖 변명과 이유가 떠오르며 그녀 곁으로 달려가고자 한다.

하나 아무리 생각해도 지금은 만날 때가 아니다.

세인들은 그녀에게 감당하기 힘든 감투를 씌우고 있다.

무총의 후계자.

그도 무림의 중요한 사건들은 빼놓지 않고 살핀다.

사약란이 무총의 후계자로 거론된다면…… 어쩌면 자신은 그녀의 앞길에 가장 방해꾼이 될지도 모른다.

그녀의 일생이 또 한 번 망가져서는 안 된다.

자신이 왜 모르겠는가.

서지단 군사로 승승장구하던 그녀가 하루아침에 독심환마의 아내로 전락했다. 세인들의 칭송을 받던 아내가 정반대로 온갖 욕과 손가락질을 당했다.

천하제일의 내공을 지닌 그녀가 과거처럼 제 길을 가지 못하고 나락으로 떨어지는 모습은 보지 못하겠다.

‘후후! 후후후! 후후후후!’

그는 울음 대신 헛웃음을 지었다.

그래도 찢어지는 가슴은 메워지지 않았다.

第百四章
혈(血)!

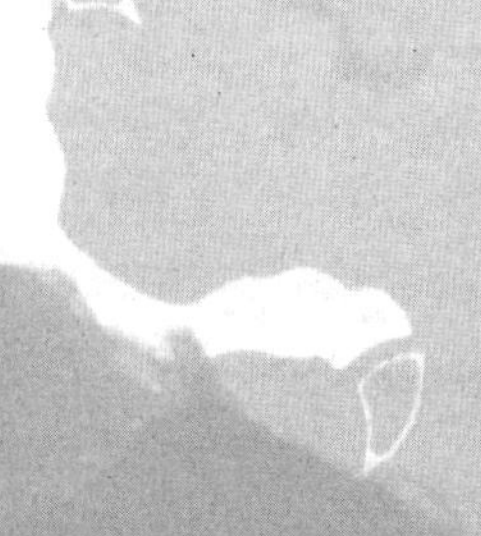
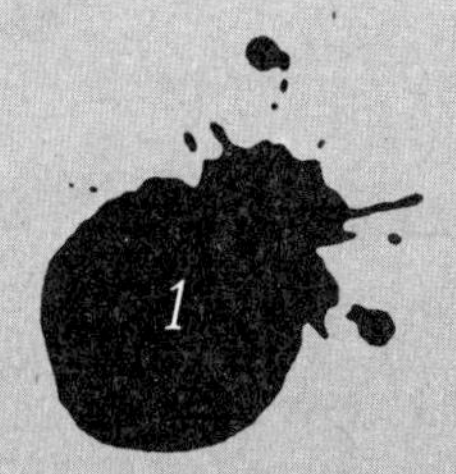

계야부는 거처에 틀어박혀 꼼짝도 하지 않았다.

그의 거처에는 만총림에서 가져온 지도와 서신들로 가득 차서 발 디딜 자리도 없었다.

그는 몸부림치듯이 서신을 읽고 지도를 봤다.

그가 붓을 들어 글을 썼다. 살명부(殺名簿)다. 그가 쓰는 글자 한 자, 한 자마다 죽음이 풀풀 묻어난다. 그러므로 지극히 신중하게 써야 한다.

지도에 선을 긋는다. 동선(動線)이다. 한 번 그으면 두 번 다시 돌이킬 수 없는 죽음의 선이 된다. 그러므로 최선을 다해서 살피고 또 살펴야 한다.

그는 피를 생각했다. 죽음도 떠올렸다.

크게 어렵지 않다. 첨각 침투를 하며 자신이 죽였던 자들을 떠올리면 된다. 그들의 얼굴, 주검, 피, 칼을 쓸 때의 느낌……. 생각하지 않아서 그렇지 애써서 생각하고자 하면 기억 저편에서 당장 툭 튀어나온다.

그들을 생각함으로써 사약란에 대한 애정을 밀어냈다.

사실 그는 지금 침착해야 한다.

생각 하나, 손끝 하나에 수십 명의 목숨이 좌우된다.

어쩌면 지금 하는 생각이 이 세상을 확 뒤집어놓을 수도 있다. 천고에 다시없는 죄인이 될 수도 있으며, 친한 사람들을 죽음으로 몰아넣는 결과가 될 수도 있다.

그러므로 지극히 신중하고 침착해야 한다.

그는 그러려고 애썼다.

사약란의 기억을 애써 밀어내면서 냉정함을 붙잡으려고 애썼다.

툭!

살명부에 마지막 별호를 적고는 붓을 내던졌다.

'됐어.'

촤왁! 촤아악!

차디찬 물을 전신에 끼얹었다.

정신이 확 든다. 온몸에 오돌토돌한 소름이 돋는다.

얼음처럼 차가운 물로 몸을 씻고, 머릿속을 비워냈다.

과연 잘하는 일일까?

그는 군사가 아니다. 지장(智將) 노릇도 못한다. 그가 잘하는 일은 전장에서 적과 부딪치는 일뿐이다. 머리를 쓰고, 계획을 수립하는 일은 적성에 맞지 않는다.

그런데 그런 일을 했다.

잘했는지 못했는지 분간도 가지 않는다. 옳다고 생각해서 했는데…… 뭔가가 잘못되었다는 느낌이 든다.

아마도 이런 일을 해본 적이 없어서 그럴 게다.

'시작했으니 한다.'

촤아악!

물바가지로 찬물을 떠서 머리에 쏟아부었다.

얼음 칼날이 떨어져 머리를 두들긴다.

사약란이 생각나서 미치겠다.

이럴 때 그녀가 옆에 있으면 좋을 텐데. 그녀라면 잘잘못을 단번에 알아냈을 텐데. 자신이 계획한 것보다 더 좋은 계획을 수립했을 것이고, 하면 자신은 이토록 두 번, 세 번 되돌아보는 일 없이 오직 돌진만 했을 텐데.

물바가지로 찬물을 떴다. 그리고 또 끼얹었다.

"우린 죽었다."

키 작은 노인이 심각하게 말했다.

"그러게……."

말라깽이 검사도 농담을 하지 않았다.

홍의여인과 뚱뚱한 사내는 아예 입을 닫아버렸다.

그들이 단차를 만난 것은 얼마 전이다. 그와 부딪친 것도 몇 번 되지 않는다. 그래도 그들은 단차를 안다. 그가 어떤 사람인지, 어떻게 움직이는지 짐작한다.

그는 신중한 사람이 아니다.

신중하다기보다는 동물적인 본능에 더 충실하다.

다른 시각랑들도 마찬가지지만 그는 그런 면에서 더 강력하다.

수십 번에 걸쳐서 본능의 덕을 봤기 때문일 게다. 눈으로 보고 감각으로 느끼는 현실은 이상없음을 말해줘도 본능이 위험하다고 느끼면 피하고 본다.

그러면 위험이 일어난다.

이런 일이 몇 차례 반복되면 그때부터는 본능을 맹목적으로 따르는 충실한 신도가 되고 만다. 그때는 누가 뭐라고 해도 귀에 들리지 않는다. 자신이 믿는 바대로 움직인다.

이런 경험은 살림 살수들도 한다.

그들뿐이 아니다. 검 한 자루에 목숨을 걸고 사는 무인들이라면 누구나 진한 경험을 했을 터이다.

문제는 자신의 아집조차도 본능의 소리라고 착각한다는 것이다.

그래서 미친놈들이 나오고 실수가 발생한다. 남이 보기에는 정말 어처구니없는 실수를 태연하게 저지르는 것도 그런 내면의 소리가 들려서이다.

그런 단차가 찬물을 전신에 끼얹고 있다.

몇 번이고 몇 번이고 반복한다.

자기 자신의 결정이 옳은지 그른지…… 잘하는 일인지 못하는 일인지 자신이 서지 않기 때문이다.

그 일이 무엇이 되었든 좋지는 않다.

그 일을 시행하는 사람은 목숨이 열 개라도 부족하다.

살림 살수들의 표정은 어두웠다.

스윽! 스윽! 스윽!

금룡대주는 소도를 숫돌에 갈았다.

길이 한 뼘 정도의 작은 칼이다.

"일휘단주께서 드디어 움직이실 것 같습니다."

보고가 들어왔다.

그는 귀머거리라도 된 듯 묵묵히 소도만 갈았다.

그의 병기는 철퇴다. 묵직한 철퇴……. 쇳덩어리가 섬뜩한 광채를 발산하며 놓여 있다.

수많은 사람들의 피와 뼛가루를 묻힐 저주의 쇳덩어리다.

그리고 한 자루의 소도…… 자신의 생명을 거둬줄 마물이 될 게다.

'지옥도가 펼쳐질 거야. 불쌍한 놈들…….'

그는 죽일 자들은 걱정하지 않았다.

그들은 짧은 고통만 당할 것이다. 전신이 쪼개지는 극통이 되겠지만 곧 평안한 저승길을 걸어갈 게다.

문제는 살아남은 사람들이다. 지옥도를 연출하면서 걸어가야 하는 금룡대원들이다.

그들의 정신은 피폐해질 것이고, 감정은 메마를 게다. 죽음이 담담해지고, 피가 내가 되어 흘러도 태연히 그 옆에서 주먹밥을 먹게 될 게다.

인간이 아니라 악귀가 되어간다.

스윽! 스윽……!

그는 소도를 갈았다.

부림주도 침소에 들지 못했다.

일휘단주 단차를 중심으로 긴장된 시간이 흐르고 있다.

금룡대가 검을 끌어안고 날밤을 세운다.

살림 살수들도 들어왔다.

비교적 은밀하게 들어왔지만 굳이 몸을 숨길 생각은 하지 않는다. 북지단도 그들을 막지 않았다. 그들 네 명이 단차 곁에 있다는 것은 진작 통보받은 터이다.

살수들이 옆에서 시종이나 된 듯이 일을 거든다. 대신 언제든 기회만 생기면 주인의 목숨을 취한다.

기문(奇聞)이기는 하지만 전혀 없는 일은 아니다.

살수들이 최악의 경우에 종종 제시하는 조건이기도 하다.

물론 이런 제안을 받아들이는 사람은 흔치 않다. 그야말로 자신의 무공에 절대적인 자신을 가진…… 죽지 않는 불사신(不死身), 깨어지지 않는 금강불괴(金剛不壞)라는 환상을 가지고 있어야만 받아들일 수 있는 죽음의 제안이다.

단차는 이런 제안을 받아들였다.

그것도 살림 살수들의 제안을 덥석 물었다.

고도로 정예화된 살림 살수들을 수족처럼 부리는 것은 환상적인 일이지만 그 대가는 목숨으로 치러야 한다.

이 일에 대한 만총림의 분석은…… '미친놈' 이다.

어쨌든 제안은 받아들여졌고, 북지단은 살림 살수들을 막을 이유가 없다.

죽음을 부르는 칼날들이 집결하고 있다.

이건 누가 봐도 전쟁의 서막이다. 싸움을 시작하려는 전조다.

더 웃긴 것은 일이 이 지경까지 진행되었는데, 만총림은 아무것도 모른다는 것이다.

만총림은 정보를 수집, 분석만 하는 게 아니다. 분석된 정보를 바탕으로 가장 효율적인 계획도 수립한다.

만총림 유생치고 천재 소리를 듣지 않은 자가 없다.

솔직히 말해서 무공만 높고 머리가 텅 빈 어떤 자들보다는 훨씬 인간다운 삶을 살고 있다.

만총림이 단차를 무시할 수 있는 것도 단차의 학문이 그들보다 짧기 때문이다.

단차는 사서삼경을 읽었다.

유생도 읽었다. 단차가 읽은 것보다 더 깊이, 더 심오하게 이해한다. 단차는 읽은 것으로 그치지만, 유생들은 서책의 지혜를 삶 속에 녹여 넣는다.

솔직히 무인들과 말을 나누다 보면 무식한 냄새가 풀풀 풍겨서 대화 자체가 싫어진다.

이런 만총림의 머리들이 무시당했다.

'도대체 뭔 짓을 하려는 게냐!'

부림주는 손가락으로 탁자를 툭툭 쳤다.

"목욕을 마치고 거처로 들었습니다."

보고가 들렸다.

단차가 움직일 때마다 시간차별로 보고가 들어온다.

만총림은 단차의 행동을 주시한다. 특히 이 밤은 더욱더 깊이 주시한다.

부림주는 미간을 찌푸렸다.

가슴이 답답해진다. 어디선가 혈향이 풍기는 듯해서 숨을 쉴 수가 없다.

그는 창가로 가서 창문을 활짝 열었다.

휘이이잉!

차디찬 바람이 얼굴을 할퀴고 스쳐 갔다.

'피바람은 이곳에서부터 시작될 것……. 누가 죽어 나갈지…… 내일 아침이면 많은 사람을 못 보겠군.'

단차가 자신의 계획 속에서 만총림을 제외시켰다.

만총림을 손대겠다는 뜻이다. 만총림에 죽일 자가 있다는 뜻이다. 오직 그럴 경우에만 뛰어난 두뇌들을 제외시킨다.

그는 달이 참 시리게 하얗다는 생각을 했다.

저벅! 저벅!

묵직한 발걸음 소리가 회랑을 울렸다.

금룡대주가 잘 간 소도를 품에 찔러 넣고 묵직한 철추를 금빛 요대 사이에 찌른 채 묵직하게 걸어왔다.

"금룡대주입니다."

"들어오세요."

금룡대주는 차분하게 문을 밀치고 들어섰다.

안에는 이미 낯선 손님 두 명이 있었다.

한 명은 여인이다. 핏빛처럼 새빨간 홍의를 입은 여인이 대황촉 아래 다소곳이 앉아 있다.

그가 생각하던 살수의 모습은 아니다.

현모양처(賢母良妻), 일 나간 낭군을 기다리며 바느질로 긴 밤을 지새우는 아낙?

새빨간 홍의만 아니라면 영락없이 참한 규수로 생각했을 것이다.

또 한 사람, 딱 보기에도 보통 장검보다는 훨씬 긴 기형 장검을 소지한 자가 앉아 있다.

그의 눈빛이 매처럼 날카롭다.

단지 날카로울 뿐이라면 무시하고 지나칠 수 있는데, 사내의 눈빛에는 깊은 어둠이 스며 있다.

죽음을 담담하게 건너는 사람의 모습이다.

'이 정도…… 였던가!'

금룡대주는 솔직히 놀랐다.

시각랑…… 말똥구리……. 근래에 들어서 가장 많이 들은
말 중의 하나이고, 또 그런 만큼 관심을 가질 수밖에 없었다.

그들에 대해 조사했다.

조사 결과는 '무시해도 좋을 자들' 이었다.

그들은 그저 전장에 투입된 결사조일 뿐이다. 이를 악물고
전장을 뛰어다니는 맹견일 뿐이다.

그런 자들은 무림에도 많다.

살수, 마도, 산적, 비적…… 온갖 형태의 이름으로 존재한
다.

그리고 솔직하게 말해서 무림에 존재하는 맹견들이 시각랑
들보다 훨씬 무섭다.

그렇게 보면 단차는 아주 특이한 사람이다.

개천에서 용 났다고 할까?

단차가 시각랑이었다는 사실조차도 믿을 수 없지만, 정말
그렇다면 시각랑을 재평가해야 한다.

한데 특이한 자가 또 있다.

지금 그가 보고 있는 사내는 단차만큼이나 걸출한 용이다.
개천에서는 도저히 성장할 수 없는, 존재할 수도 없는 사룡(死
龍)이다.

'검산의 검귀!'

어떤 사연이 있어서 시각랑에 몸을 담았든…… 자신과 필적
하는, 아니, 능가하는 고수다.

그들은 단차의 휘하에 든 이후 처음으로 자리를 같이했다.

그는 만물이 잠든 야반삼경에, 그것도 깊디깊은 전각 안에서까지 복면을 하고 방갓을 썼다.

"생사를 같이하는 사이인데 얼굴 좀 보면 안 될까? 추물인 건 아는데, 좀 너무하잖아?"

그는 홍의여인의 말을 무시했다.

탁자 앞에 세 가지 색깔의 첩(帖)이 놓여 있다.

그중 홍첩(紅帖)을 집어 홍의여인에게 던졌다.

"잠자코 시키는 일이나 해라?"

말은 그렇게 했지만 홍첩을 받아 든 여인의 손길은 미미하게 떨리고 있었다.

이 일…… 분명히 살림 살수들을 아주 큰 곤경으로, 재기할 수 없을 정도의 막다른 골목으로 몰고 갈 것이다.

이건 직감이다. 살수의 본능이다.

그녀는 홍첩을 펼쳐 안에 적힌 글을 읽었다.

그녀의 눈동자가 더 이상 커질 수 없을 정도로 확대되었다.

"지, 지금 이걸! 이 사람들을……?"

단차는 짤막하게, 그리고 단호하게 말했다.

"정해진 날짜, 정해진 시각에."

"말도 안 돼!"

그 말도 무시되었다.

단차는 녹첩(綠帖)을 집어 부사영에게 던졌다.

부사영은 묵묵히 녹첩을 받아 펼쳐 읽었다. 하나 녹첩을 읽어가는 동안 그의 얼굴색은 수시로 변했다. 얼굴 근육도 마구 뒤틀리는 것이…… 아주 크게 당황한 모습이다.

그가 단차를 쳐다봤다.

"해라."

"이건!"

단차는 부사영의 경악도 무시했다.

마지막 남은 흑첩(黑帖)이 금룡대주에게 건네졌다.

금룡대주는 입을 굳게 다물고 흑첩을 받았다.

살림 살수가 경악성을 토했다. 검산의 검귀가 당황했다.

그에게 전달된 흑첩에도 분명히 간담을 서늘케 하는 내용이 담겨 있으리라.

'절대 놀라지 않는다!'

그는 마음을 단단히 먹고 흑첩을 펼쳤다.

화산파(華山派) 제삼장로(第三長老) 청진자(淸塵子) 사(死).

"헉!"

그는 깜짝 놀라 단차를 쳐다봤다.

흑첩에는 수많은 글귀들이 나열되어 있다. 그중에 첫 번째 글귀만 읽었을 뿐인데 오금이 저린다.

청진자는 분명히 고수다. 하나 그가 고수라서 오금이 저리는 건 아니다. 그는 죽여서는 안 될 사람이기에, 그를 죽이면 섬서성이 발칵 뒤집히기에 오금이 저린 것이다.

청진자가 안선도라는 것은 이미 알려질 대로 알려진 사실이다.

화산파 내에서도 장문인을 비롯하여 많은 사람들이 그의 또 다른 신분을 안다.

그게 어쨌단 말인가.

무림은 한 문파의 통제 속에서 균형 잡힌 발전을 이뤄가는 곳이 아니다. 각기 독자적인 무공을 자유분방하게 창출하고 시험하는 무대가 되어야 한다.

무림은 무총이 독점해서는 안 된다. 무림을 구성하는 전체 무인들에게 돌려줘야 한다.

그런 의미에서 안선의 뜻이 반드시 나쁜 것은 아니다.

구대문파에는 안선을 옹호하는 세력이 많다.

청진자는 화산파를 대표해서 안선을 옹호한다.

장문인이 무총을 대변한다면 청진자는 안선의 입장에서 말하고 행동한다.

한 문파에 두 개의 정신적인 주축이 있는 셈이다.

그래서? 그것이 또 어쨌단 말인가.

한때는 인정하지 못한 적이 있었다. 다른 쪽을 제거하려고 상쟁을 벌이기도 했다. 하지만 끝없는 살육 속에서 얻어지는 건 더욱 깊은 불신과 상처뿐이었다.

그들은 싸움을 중지했다. 화해했다.

서로의 입장을 존중해 주면서 문파를 발전시키는 데 주력

한다.

무총이나 안선의 뜻과는 다르지만 그들은 공존을 선택했다.

무림의 모든 문파가 이런 식이다.

물론 표면적으로는 이렇지 않다.

모든 문파는 무총을 따른다. 무총에 협력하며, 안선도를 색출하고 척결한다.

이것이 표면이다.

무총에서 특정인을 안선도라고 지칭하면 이유 여하를 불문하고 축출, 또는 제거한다. 속사정이야 어떻든 간에 일단은 무총의 뜻에 따라 일 처리를 한다.

무총이 가리키는 방향은 곧 무림의 질서다.

각대문파, 중소문파, 각 세가는 이 질서를 지킨다. 어긋나지 않도록 조심스럽게 행동한다.

무총과는 절대로 부딪치지 않는다. 무총은 반기를 허용하지 않으며, 어떤 문파든 봉문 혹은 멸문시킬 힘을 가지고 있다. 그리고 그 힘은 모순되게도 무림문파들이 스스로 헌납한 것이다.

그러나 이면으로는 안선도를 보호한다.

그들 역시 자신들의 혈육이다. 사형, 사제이며 사숙, 사질이다. 그들의 뜻이 크게 나쁜 것도 아니다. 단지 무림에 대한 견해가 조금 차이 날 뿐이다.

그런 것으로 상쟁하는 것은 원치 않는다.

이것이 진정한 현재의 무림 실정이다.

단차가 청진자를 죽인다면…… 화산파의 반발은 엄청날 것이다.

청진자를 중심으로 한 안선도가 일제히 검을 뽑을 것이고, 하면 과거의 처참했던 참혹사가 재현된다.

화산파 장문인이 어떤 결정을 내리느냐에 따라서 자칫 무총과 전면전이 일어날 수도 있다.

청진자는 화산파의 장로다.

그가 안선도여서 제거해야 한다면 화산파에 통보한 후, 장문인의 뜻에 따라 처결해야 한다. 안선도라고 해서 임의로 죽여서는 절대 안 된다.

이것은 화산파에 대한 예우이며, 화산파의 자존심이다.

"단주, 이건!"

그도 다른 두 사람처럼 경악했다. 경악하지 않을 수 없었다.

"하세요."

단차의 말투는 단호했다.

다른 두 사람에게도 이런 식으로 말했었지?

그는 다른 사람들을 쳐다봤다. 마침 다른 사람들도 그를 쳐다보고 있었다.

그들은 각기 다른 내용의 서신을 받았다. 하나 그들이 어떤 일을 수행할 것인지는 익히 짐작된다.

단차는 무림을 발칵 뒤집어놓을 것이다.

"못하겠다는 사람은 안 해도 됩니다."

단차는 한 점의 동요도 없었다.

"정말…… 해도 되는 거요?"

부사영이 다짐받듯 말했다.

사실 이런 일에 다짐이라는 것은 필요없다. 어느 누구도 뒷 감당을 해주지 않는다. 이런 일에 간여하면 간여한 사람 모두가 책임을 져야 한다.

일이 잘못되면 모두 죽는다.

가장 염려되는 것은 무총의 변심이다.

'안선 제거'를 공공연하게 말해온 단차에게 일휘단을 만들어준 것은 분명히 안선을 치라는 의도가 숨겨져 있다.

마음대로 쳐라!

한데 정작 무림이 피바다로 변하고, 구파일방을 주축으로 전 무림이 들고일어나는 경우가 생기면, 민심이 흉흉해지면 어찌할 것인가. 이들을 힘으로 짓누를 것인가? 그렇게라도 해서 끝까지 안선의 뿌리를 뽑을 것인가?

무총은 거기까지 바라지 않을 수도 있다.

그때가 되면, 상황이 이상하게 변하면 무총이 칼날을 거꾸로 쥐지 말란 보장이 없다.

모든 책임은 일휘단에 전가된다.

단차를 비롯한 몇몇 무인이 제거된다. 전 무림의 공분을 무마시키기 위해서 아주 참혹한 죽음을 안길 수도 있다.

이런 일은 무림사뿐만이 아니라 인간사 전반을 통해서 종종 있어왔다.

확실히 이 방법이 싸게 먹히긴 한다.

그러면 무총이 이 정도도 생각하지 못하고 일휘단을 만들어 준 것일까? 앞날이 빤히 보이는데…… 도대체 무슨 목적으로 일휘단을 준 것일까?

눈엣가시를 제거할 심산인지도 모른다.

단차는 모르지만 단차가 죽이려는 자들 중에 눈엣가시가 있을 수도 있다.

또 다른 측면도 생각할 수 있다. 지금은 무총주의 권력이 무총주에서 사약란으로 넘어가는 시점이다. 원활한 권력 이양을 위해서 모두의 주목을 다른 데로 돌릴 필요가 있다. 이쯤에서 무림을 한바탕 휘저어놓는다면?

여러 가지 앞뒤 상황을 분석해야 한다.

단차는 그리 하지 않는다. 자신에게 주어진 것을 바탕으로 무조건 치고 나가려 한다.

"하고 싶지 않은 사람은…… 말리지 않을 테니까. 말릴 수도 없는 일이고."

단차가 일어서서 전각 밖으로 나갔다.

뚜벅! 뚜벅!

그의 발걸음 소리가 너무 무겁게 들렸다.

세 사람은 그가 어둠 저편으로 완전히 사라진 후에도 일어서지 못했다.

"재미있군."

부사영이 말했다.

"호호! 해주지. 하지만 넌 정말 죽어야겠다. 어떤 수를 써서

든 죽이고야 말겠어."

홍의여인이 말했다.

금룡대주는 말하지 않았다. 묵묵히 흑첩을 품속에 찔러 넣고 일어섰다.

모두들 죽음이란 껍데기를 뒤집어쓰고 일어선다.

단차는 첩지에 죽일 사람만 적어놓은 것이 아니다. 첫 살인이 시작되는 날짜를 지정해 놓았다.

짐작이지만…… 그 날짜는 세 사람이 모두 같지 않을까 싶다.

한날에 온 세상이 깜짝 놀랄 세 죽음이 일어난다.

누가 누구 손에 죽었는지는 아마 풍문으로 듣게 될 것이다.

무림은 피바다가 된다.

이제…… 시작이다.

2

"이거 정말…… 이거…… 해도 괜찮을까?"

"제길! 어린아이 장난감 활로 코끼리 두 다리를 부러뜨리는 거군. 아님, 잠자는 사자의 코털을 뽑던가."

"내 생각에도 이건 아닌 것 같은데?"

세 사람은 일제히 반대했다.

홍첩은 건드릴 수 없는, 건드려서는 안 되는 무림 성지를 피바다로 만들라고 말한다.

“무총은 코끼리가 아냐! 우리도 장난감 활이 아니고! 잠자는 사자의 코털을 뽑는다고? 호호호! 사자의 목을 따려고 왔는데 겨우 코털만 뽑고 가겠다는 거야?”

세 사람은 홍의여인의 말에 입을 쩍 벌렸다.

“드디어…… 미쳤네.”

뚱뚱한 사내가 손을 들어 여인의 이마를 짚어보려고 했다.

여인이 사내의 손을 탁 치며 말했다.

“우릴 봉문시킨 곳, 우리 손으로 치는 것도 괜찮잖아? 왜 이 생각을 안 했는지 몰라. 단차 저놈이 시키기 전에 우리 손으로 해야 할 일이었는데…….”

“무총은 너무 크잖아.”

“맞아. 림주가 계실 때도 꼼짝 못했어. 살림이 건재할 때도…… 살림이 두세 개쯤 된다고 해도 무총은 안 돼.”

여인이 홍첩을 쫙 펼쳤다.

“그 생각이 이런 글을 못 쓰게 만든 거야. 그런 생각만 없었다면 진작 우리 손으로 이 홍첩이 만들어졌을 거야. 안 그래? 그놈의 새끼가 그러더라, 하고 싶지 않으면 빠져도 된다고.”

“그래? 빠지자.”

키 작은 노인이 대뜸 말했다.

“또?”

“……?”

“또 빠질 사람?”

“이거 왜 이래? 우리 다 같이 빠지자는 말이잖아!”

　키 작은 노인이 말뜻을 알아듣고 펄쩍 뛰었다.

　"빠지고 싶은 사람만 말해."

　"끄응! 하기로 작정했으면서 우리 의견은 왜 물어? 그냥 누구 죽여! 하면 되잖아!"

　"그렇게, 그럼. 오늘 인시(寅時) 이전에 죽여야 할 사람들이야."

　홍의여인이 죽을 자들의 명단을 부르기 시작했다.

　'인시까지는 겨우 한 시진. 그새 스물일곱을 죽이라고! 미친 년! 내가 살수지 도살꾼이냐! 이거 환장하겠네. 어느 놈부터 죽여야 잘 죽였다는 소리를 듣지?

　키 작은 노인은 만총림으로 잠입했다.

　무공과는 담을 쌓고 사는 유생들이 거처하는 곳이라서인지 발을 들여놓기 무섭게 먹물 냄새가 밀려온다.

　노인은 무림을 탈탈 뒤져도 단 한 자루밖에 없는 애병 착정도(削情刀)를 뽑았다.

　길이, 무게, 모양…… 모든 걸 자신이 손수 도안했고 제련했다.

　자신의 살법에 맞춰서 가장 효율적인 병기를 만들어냈다.

　착정도에는 많은 피가 묻어 있다.

　자신이 직접 자신의 살법을 전수한 놈들의 피도 묻어 있다. 그놈들의 피를 묻히면서 착정도의 예기를 한층 높여왔다. 언젠가는 강력한 놈들을 죽일 것이라고 생각하며 혈기(血氣)를 끊임없이 불태웠다. 살림의 모든 살수들이 그랬던 것처럼.

오늘 착정도가 드디어 입을 연다.

'저놈! 옥로진기(玉露眞氣)를 구성(九成)까지 수련했다고 했나? 얼마나 정확한 자료인지 볼까⋯⋯.'

첫 번째 목표를 발견했다.

아직 날이 밝으려면 한 시진이나 남았는데, 벌써 눈을 뜨고 일어나 서적을 탐독한다.

영락없이 유생의 모습이다.

하나 홍첩에는 그를 옥로진기의 달인이라고 적어놨다.

만총림 유생들은 무공을 모른다고 알려져 왔다.

하지만 그 말을 믿는 사람은 거의 없다. 하다못해 북지단 무인들조차도 수준은 알 수 없지만 어떤 무공인가는 반드시 수련했을 것이라고 생각한다.

무공을 모르는 것처럼 행동할 뿐이다.

무림사에 직접 개입하지 않고 뒤에서 냉정하게 지켜보겠다는 뜻이 아닐까?

그 점을 자세하게 파고드는 사람도 없다.

만총림이 무공을 수련했건 안 했건 아무 상관이 없기 때문이다. 그들은 늘 전각 안에서 분주하게 움직였고, 하는 일들이란 게 종이에 글을 쓰고 분류하고 그런 것이니 정말 무공을 모르는 것처럼 여겨지기도 했다.

한데 첫 상대가 도가(道家)의 비전심공을 제대로 이은 자다.

'해보자고!'

생각이 들기 무섭게 신형을 쏘아냈다.

쒜에에에에엑!

화살 한 자루가 허공을 날아가는 듯…… 길고 가늘며 날카로운 파공음이 터졌다.

열 중 일곱, 여덟은 죽는 줄도 모르고 목이 떨어지는 은형살법(隱形殺法)이다.

한데 유생의 반응은 예상외로 신속했다.

"기다리고 있었다!"

쒜에엑! 쒜에에엑!

그는 들고 있던 붓으로 허공에 무수한 점을 찍었다.

'판관필(判官筆)! 무극팔로필법(無極八路筆法)!'

유생이 들고 있던 붓은 그냥 붓이 아니었다. 언제든 살상 병기로 둔갑할 수 있는 판관필이었다. 더군다나 옥로진기를 바탕으로 유유하게 흘러나오는 무극팔로필법은 정교하기 짝이 없었다.

그는 어디에 내놔도 손색이 없는 고수다.

"흐흐흐!"

키 작은 노인은 잔소(殘笑)를 흘렸다.

상대가 이 정도는 발악해야 죽일 맛이 나지 않는가.

이렇게 발악하는 놈들을 죽이는 데는 남다른 재미가 있다.

한 시진 동안에 스물일곱을 죽여야 한다. 손발을 섞는 데 잠시도 지체할 시간이 없으니 단 일 초에 끝내야 한다. 또 살수의 자존심 때문이라도 빨리 죽여야 한다. 자칫 공방 소리를 듣고 다른 놈들이라도 개입하면 그야말로 살수의 치욕이다.

"솔직히 무방비 상태로 멀뚱하게 앉아 있는 놈을 죽이는 건 적성에 맞지 않았다고!"

그는 무극팔로필법 사이로 뛰어들었다.

쒜엑! 쒜엑! 쒜엑! 쌕!

판관필이 한 치 사이를 두고 비켜갔다.

그것이면 충분하다. 놈의 판관필이 몸을 스쳐 갔다는 것은 그만큼 살상 거리가 완벽하다는 뜻이다. 놈과 자신과의 거리는 겨우 팔을 뻗으면 닿을 정도다.

그는 신형을 뒤로 젖혔다. 판관필의 필법에 놀라 뒤로 물러서기 급급한 것처럼 보였다. 엉덩이가 뒤로 빠지고 머리가 옆으로 틀어졌다. 완벽한 물러섬이다.

유생이 이끌리듯 앞으로 다가섰다. 그때,

쓰으웃!

착정도가 있는 듯 없는 듯 흘렀다.

파공음은 없었다. 도기도 뻗어 나오지 않았다.

"컥!"

유생이 벼락이라도 맞은 듯 펄쩍 뛰었다.

단말마는 지극히 짧았고, 노인의 귀에도 거의 들리지 않을 정도로 작았다.

폐를 반으로 갈라 버렸기 때문이다.

폐 속에 공기가 들어가면 말을 할 수 없게 된다. 비명을 토하고 싶어도 헛바람 빠지는 소리밖에 흘리지 못한다.

우당탕!

요란한 소리가 일었다.

유생은 소리없이 죽였지만 그가 쓰러지면서 탁자를 잡아당기는 것까지는 어쩌지 못했다.

유생은 큰 숨을 들이쉬더니 곧 잠잠해졌다.

키 작은 노인은 착정도를 들어 가슴을 보호했다. 그리고 사방을 예의 주시했다.

유생이 쓰러지면서 탁자를 무너뜨렸기 때문에? 소리가 나서?

아니다. 그보다 더욱 경계할 일이 있다.

‘기습할 걸 알고 있었어!’

*　　　*　　　*

쉬잇!

그녀는 날렵한 신법으로 담장을 넘었다. 제비가 수면을 박차듯 유연하고 부드러운 신법이다. 한데!

가가각! 가각! 가각!

담을 넘자마자 사방에서 송곳 같은 예기(銳氣)가 온몸을 쑤셔왔다.

“훗!”

그녀는 짧은 숨을 토해냈다.

예기는 곧장 찔러오지 않았다. 몸을 빼지도, 튈 수도 없게 봉쇄시킨 다음 외곽에서부터 움직였다.

사사사삿!

담장 밖에 함정이 생겼다.

이제는 왔던 길로 되돌아가지도 못한다. 물러서려고 담장 위로 올라서면 온갖 암기가 날아들어 벌집을 만들고 말 것이다.

앞에서 쏘아오던 예기는 그제야 움직였다.

차차찻! 차차차찻!

대단히 질서정연하고 체계있는 움직임이다.

'걸려들면 쉽게 빠져나갈 수 없다 하더니…….'

그녀는 움직이는 대신 벽에 등을 붙이고 무릎을 살짝 굽혀서 몸을 최소화시켰다.

북지단 호법원 무인들은 허수아비가 아니다. 그들은 북지단주를 호위하기 위해 선발된 정예 중의 정예다.

누군가가 북지단주를 암살하고자 한다면 이들을 뚫어야 한다. 한데 정상적인 방법으로 이들을 뚫고 나간다는 것은 거의 불가능하다고 봐야 한다.

북지단주는 섬서성에서만 해도 점창파와 화산파 장문인을 아우른다. 그들과 같은 위치가 아니다. 한 배분 위의 선배 고수로서 정중히 권고하는 입장이다.

그런 사람을 죽인다고 해보자.

상상이 가는가?

단신으로 화산파에 침입하여 장문인을 암살하고자 할 때보다 신경을 더 많이 써야 한다.

호법원 무인들은 화산파 장문인, 혹은 점창파 장문인 정도
는 자신있게 암살할 수 있다는 살수를 상대해야 한다. 적어도
그 정도의 자신감과 무공을 지닌 자가 아니면 담장을 넘지도
않는다.

그렇기 때문에 호법원 무인들의 하루하루는 그야말로 지옥
이다. 긴장을 한시도 풀지 못하는, 속된 말로 잠잘 때도 한 눈
은 뜨고 있어야 한다는 생지옥에서 산다.

오늘처럼 일거리라도 생기면 무료하지 않아서 좋다.

차차차챗! 차차챗!

그들의 움직임에 생기가 엿보였다.

'분신잠공(焚身潛空)!'

여인은 품에서 작은 주머니를 꺼내 발밑에 살살 뿌렸다.

입고 있는 옷처럼 빨간 가루가 눈가루처럼 흩날렸다.

"미안, 잘못 온 것 같네."

홍의여인은 생긋 웃었다. 그리고 화섭자를 꺼내 불을 탁 켰
다.

화아아악!

발밑에 뿌려놓은 적색 가루에서 새빨간 불꽃이 튀었다. 그
리고 순식간에 방원 일 장을 불기둥으로 휘감았다.

타앗!

홍의여인은 시야가 가려진 틈을 이용하여 재빨리 땅 밑으로
기어들어 갔다.

담장을 넘기 전에 미리 파놓은 개구멍이다.

담장 밖도 위험하기는 마찬가지다. 호법원 무인들이 함정을 파놓고 기다린다. 하지만 그들은 담장 위만 쳐다보지 발밑은 신경도 쓰지 않을 것이다.

쒜에엑! 쒜에에엑!

표창, 비도, 비침…….

온갖 암기가 불기둥을 뚫고 쏟아졌다. 하지만 홍의여인은 이미 빠져나간 후였다.

사라랑!

등 뒤로 낙엽이 떨어진다.

그런 걸 신경 쓸 틈이 없다. 방금 살림 살수로 추측되는 여인이 담장을 넘어왔다.

그녀는 묘한 불장난을 한다.

화약(火藥)에 뭔가를 섞어서 기묘한 장난감을 만들어냈다.

순간적으로 일어나는 폭발은 재미있다. 불기둥의 높이도 보기 좋다. 불길의 지속 시간은 얼마 되지 않지만 불기둥이 금색으로 보일 만큼 섬광이 강하다.

이때를 조심해야 한다.

이제 곧 불기둥이 꺼질 것이고, 그러면 순식간에 암흑이 찾아온다.

잠시 시력이 상실되기 때문에 살림 살수가 발버둥 칠 수 있는 기회가 생기게 된다.

자칫 방심하면 의외로 틈이 생길 수 있다. 더 재수없으면 희생자도 나올 수 있다. 상대는 평범한 살수가 아니라 살림 살수다. 살법에 대해서는 도가 튼 인간들이다.

실눈을 뜨고 섬광은 가급적 피하면서 불길 너머를 주시했다.

그때, 등 뒤에서 또 신경을 긁는 느낌이 들었다.

사라랑!

'이놈의 낙엽은……'

다른 때 같으면 고개라도 한 번 돌려봤으련만 이 순간만큼은 온 정신을 불길 너머에만 집중시켰다.

한데 등 뒤에서 시커먼 손이 불쑥 솟구치더니 그의 입을 틀어막았다. 그리고 뭐가 어떻게 되는지 분간도 되지 않는 순간에 목 밑으로 날카로운 쇠붙이가 파고들었다.

"웁! 우…… 웁!"

그는 힘껏 발버둥 치려고 했지만 이미 사지가 풀리고 있었다.

쿡! 꾸우욱!

목 밑을 뚫고 들어온 쇠붙이가 방향을 바꿔 심장을 쑤셨다.

그는 이미 고개를 떨군 후였다.

말라깽이 검사는 그의 시신을 소리 나지 않게 뉘었다.

'둘! 제길, 이런 식으로 언제 다섯을 잡나?'

그는 자신이 누구를 죽였는지 모른다.

알 수 없는 진형(陣形)이 그려진 종이를 봤다.

　붉은 물감으로 점찍어 놓은 놈들을 죽여. 다섯 명이야. 실수해서는 안 되니 위치를 잘 기억해.

　온갖 잡놈을 죽여봤다. 하지만 이름도 별호도 모르고 서 있는 위치로 살상 대상을 고르기는 처음이다.
　이제 두 명째 죽였다.
　이런 식으로 세 명을 더 죽여야 하는데, 시간은 한 시진밖에 주어지지 않았다. 한 시진을 경과하면…… 인시를 넘어서면 위치가 변동된단다.
　이런 빌어먹을 살행이 있나!
　그는 땅에 납작 엎드렸다.
　스으웃!
　두 발과 두 팔을 동시에 움직여 앞으로 나아갔다.
　호법원 무인들의 이목은 무척 예민해서 옷깃 위로 스쳐 지나가는 바람 소리도 듣는다.
　움직임이 귀신처럼 조용해야 한다.
　말라깽이 검사는 사자 떼들이 득실거리는 한복판으로 기어갔다.

　'웃!'
　그는 하마터면 몸을 움찔거릴 뻔했다.

죽여야 할 자가 없다.

도면상으로는 분명히 한 명이 있어야 하는데, 텅 빈 곳에 잡초만 무성하다.

'잘못됐어!'

일이 틀어졌다.

무엇이 어떻게 잘못되었는지는 모르지만 물건이든 사람이든 있어야 할 곳에 없다는 것은 분명히 차질이 생겼다는 뜻이다.

이럴 때 살림 살수들은 망설임없이 물러선다.

두 번, 세 번 생각해 보는 일도 없다. 아랫입술을 꽉 깨물 만한 사건이 벌어지면 즉시 빠져나온다.

이때 생각하는 건 오로지 하나다.

안전, 안전, 안전……!

그다음에 생각하는 게 어떻게 빠져나가야 가장 빨리 현장에서 이탈하느냐이다.

우선은 살아야 한다. 살아 있다 보면 살행을 할 기회는 얼마든지 생긴다. 자칫 개죽음을 당하면 목표물을 제거하기는커녕 두 번 다시 검도 쓰지 못한다.

살림의 살법 중 최상위에 존재하는 것은 자신의 안전이다.

동귀어진?

그것은 말이 다르다. 자신의 목숨을 던져서 상대와 같이 죽을 수 있다면 얼마든지 감수한다.

살림주는 단차를 죽일 수 있다는 확신을 가졌다. 그래서 과

감하게 목숨을 던졌다. 만일의 수도 준비했다. 동귀어진이 실
패했을 때라도 청부받은 일은 반드시 완수해야 한다는 뜻에서
네 명을 남겼다.

살림 살수들은 늘 정해진 법규에 따라 움직인다.

스으웃! 스으으웃!

그는 한복판으로 기어들어 갈 때와 마찬가지로 소리없이 물
러섰다.

인시(寅時), 그들은 북지단 정문 밖에 있는 허름한 창고에서
모였다.

모두들 상쾌한 표정이 아니다. 실패다! 얼굴 표정은 그렇게
말하고 있다.

"두 명밖에 못 죽였어."

"……?"

"자리에 없었다."

홍의여인은 키 작은 노인을 쳐다봤다.

"난 네 명 놓쳤어. 우리가 올 줄 알고 있던데?"

"잘못 안 것 아녜요?"

"아냐, 틀림없어. 기다리고 있었어."

"정말 확신해요?"

홍의여인은 두 번째 물었다.

예전에는 이런 물음을 던지지 않았다. 누군가 잘못된 이유
를 말하면 그것이 진리인 양 받아들였다.

한데 이번에는 말하는 키 작은 노인도 그렇고 듣는 사람들도 그렇고 도통 믿어지지 않는다.

단차에게 살명부를 받은 게 자시다. 살행 결정을 하고 행동으로 움직인 것이 축시(丑時)다. 겨우 한 시진 사이에 암살 정보가 누설되었다는 건가?

그렇다. 키 작은 노인의 말을 빌리자면 그렇다.

"틀림없어. 기다리고 있었어."

노인이 확답했다.

"그럼 저기는 다시 못 들어가."

홍의여인이 북지단을 보면서 말했다.

말라깽이 검사가 호법원에서 세 명을 놓쳤다. 키 작은 노인은 만총림에서 네 명을 놓쳤다.

자신도 완벽하지 못했다.

내단을 뒤졌다. 인명원, 비화원, 공집원을 누비면서 열네 명을 저승길로 인도했다.

단차가 죽이라고 말한 숫자는 스물한 명이다.

무려 일곱 명이나 잡지 못했다.

그녀는 뚱뚱한 사내를 쳐다봤다.

그는 외단을 뒤졌다.

절검대, 뇌편대, 금룡대…… 그 속에서 열아홉 명을 제거해야 한다.

뚱뚱한 사내가 손가락 세 개를 폈다.

'열일곱……'

상당히 많은 자들을 놓쳤다.

정보가 새 나가지 않았다면 있을 수 없는 일이다.

살행은 비교적 순조로웠다.

호법원을 제외한 다른 곳은 모두 취침 상태였다. 조용히 기어들어 가서 살며시 죽이고, 빠져나오면 된다.

살림 살수들에게는 눈 감고도 할 수 있는 일이었는데…….

"빠져나가요. 우릴 기다리고 있었다면 여기도 위험해. 흩어졌다가 묘시(卯時)에 삼강(三江) 나루터에서 봐요."

그들은 그녀의 말이 끝나기 무섭게 신형을 띄웠다.

3

"난 머리가 나빠서 그런지 이놈들을 죽이는 게 어떻게 대수의 복수를 한다는 것인지 도통 모르겠네."

서악정이 머리를 긁적이며 말했다.

"안선이래잖수."

추위걸이 핀잔을 주었다.

"그걸 누가 몰라서 그래? 안선 같지 않으니까 하는 말이잖아!"

"조용히!"

아웅다웅 다툼을 벌이던 두 사람은 부사영의 한마디에 입을 꾹 다물었다.

"이걸 받는 자리에 세 사람이 있었다."

모두들 살기 감도는 눈으로 부사영을 쳐다봤다.

부사영은 피에 대해서 말하고 있다. 장난으로 하는 말이 아니라 진정으로 땅에 피를 흘려야 한다.

그들의 눈길이 자연스럽게 녹첩으로 향했다.

"한 사람은 살림 살수를 대표해서 왔고, 또 한 사람은 북지단 내외단주와 비등한 무공을 가졌다고 평가된 금룡대주였다."

아무도 말을 끊지 않았다.

살림 살수들이 단차를 죽이려고 했던 건 이미 알 만한 사람은 모두 아는 사실이다.

한데 그들이 단차의 휘하에 있다.

어떤 연유로 있는지도 안다. 그래서 단차를 다시 보는 계기가 되기도 했다.

그는 시각랑도 하기 힘든 배짱을 부렸다.

한순간의 호기라고 해도 박수를 칠 판인데, 그는 진정으로 자신을 죽이고자 하는 자들과 호흡을 맞추고 있다. 한쪽은 틈만 나면 죽이려고 하고, 다른 한쪽은 그런 자들에게 일을 맡기고…… 어지간한 배짱이 아니다.

"그들도 그 자리에서 이런 걸 받았는데…… 펼쳐 보자마자 깜짝 놀라는 표정이었다."

살림 살수가 놀라고, 금룡대주가 놀랐다.

짐작조차 되지 않는다. 도대체 어떤 일이기에, 아니, 누굴 죽이라고 했기에 그들이 그토록 놀란 것일까?

“아마도 무림이 발칵 뒤집힐 게다.”

“그럼 이것들이 안선도 중에서도 중요한 자들이라는 거네?”

“그건 모르겠지만 싸움이 시작된 건 맞는 것 같다.”

“싸움이야 예전부터 해왔지 않수.”

고봉이 툭 던지듯 말했다.

물론 시큰둥한 건 아니다. 아니, 이번에야말로 두 눈에 불을 켜고 있다.

안선과의 싸움은 사실…… 약간 지쳤다.

이 싸움은 도대체 끝날 줄을 모른다. 차라리 백만 명 정도 죽여야 끝난다고 하면 입을 떡 벌릴망정 얼마큼 남았는지 끝이라고 짐작할 수 있을 게다.

이건 밑도 끝도 없다.

죽여도 죽여도 마르지 않는 샘물처럼 계속 쏟아져 나온다.

한데 그 끝이 보이는 것 같다.

이번 싸움은 살림 살수가 놀라고, 금룡대주가 놀랄 정도로 큰 싸움이다. 크지는 않다고 해도 적어도 안선의 중심부를 공격하는 싸움인 것만은 틀림없다.

만총림의 정보와 분석이 가미된 싸움이다.

북지단이 최전선에 나섰다는 말과도 같다.

흥분된다. 떨린다. 어찌 되었든 적의 심장부에 칼을 꽂을 날이 다가온다는 것은 짜릿한 일이다.

“이번에는…….”

부사영이 다음 말을 이어가려고 할 때,

푸드득! 푸드드득!

깊은 밤, 두 눈을 동그랗게 뜬 부엉이가 힘껏 날갯짓을 했다.

순간이다. 시각랑들은 언제 앉아서 이야기를 나눴나 싶을 정도로 신속하게 움직였다.

사사사사삭……!

숨 한 번 크게 몰아쉬는 사이, 그들은 세상에서 사라졌다.

스읏! 스으읏!

세 사람이 미끄러지듯 다가온다.

나룻배가 물 대신 기름으로 가득 채운 연못을 미끄러지듯 주르륵 당겨져 온다.

'유운신법(流雲身法)!'

사실 그들은 유운신법이란 것을 이번에 처음 봤다.

그들은 무림 절공에 대해서 해박하지 않다. 세상에 가장 널리 알려진 소림사 칠십이종절예(七十二種絶藝)조차도 먼 나라 이야기처럼 생소해한다.

하지만 그들은 아주 큰 장기가 있다.

난투(亂鬪)에 능하다는 점!

상대가 어떤 무공을 사용하든, 어떤 병기를 쓰든 전장에서 부딪치면 무조건 싸워서 이겨야 한다. 피하는 길은 없다. 맞닥뜨리면 생사를 결정지어야 한다.

무림이라고 다를 바 없다.

쒜엑! 쒜엑!

고봉과 갈조기가 양쪽에서 달려들었다.

그들이 펼치는 신법은 사전투광신보, 빠르기가 번개 같다. 그들의 공격에는 금강반야선공이 가미되었다. 전신을 텅 비워 허점 투성이로 만든다.

그들의 공격을 접한 세 사람의 눈가에 경멸이 스쳐 갔다.

'미련한 놈들!'

'죽으려고 환장했군!'

그들은 단번에 허점을 파악해 냈다. 아예 허점을 내놓고 달려드는데 칠 곳을 파악하지 못한 데서야 말이 되는가.

그들 중 한 명이 말했다.

"시각랑 잡놈들이다. 방심하지 마라."

순간, 눈가에 경멸을 떠올렸던 사람들이 싹 변했다.

그들은 언제 그런 표정을 지었냐는 듯이 진지했다. 고봉과 갈조기가 전신에 허점을 드러내 놓고 달려들어도 마주치지 않고 연신 뒷걸음질만 했다.

쒜엑! 쒜에엑!

갈조기가 오지구를 마구 휘둘렀다.

역시 금강반야선공의 묘리를 담았다.

손과 발의 흔들림은 바람에 흩날리는 나뭇가지와 같다. 바람이 부는 대로 흔들거린다. 하나 단전 중심은 뿌리가 되어 굳건하게 중심을 지킨다.

나뭇가지의 움직임은 언제든 바꿀 수 있다.

상대가 공격해 오는 즉시 변화한다. 허초가 살초로 변하고, 허점이 함정으로 돌변한다.

금강반야선공을 제대로 녹여서 무공에 접목한 결과다.

계야부는 이런 결과는 바랬다.

자신이 전수한 절공을 하나로 녹여서 자신들만의 완벽한 절공으로 재탄생시키기를 학수고대했다.

하나 결국 실패했다.

오래전의 일도 아니다. 바로 얼마 전 일이다.

계야부가 그들을 낯선 땅에 남겨두고 혼자서 은밀히 동정호 비궁으로 걸어 들어가 죽기 직전의 일이다.

계야부는 무공을 포기하는 대신 시각랑들의 야성을 극대화시켰다.

죽을 만큼 두들겨 패고, 자다가도 분해서 벌떡 일어날 정도로 수치심과 모욕을 안겨주었다.

계야부가 떠난 후 그들은 무림 군웅들과 정면으로 부딪쳤다.

계야부가 되살려 놓은 야성의 불꽃은 제 몫을 톡톡히 했다. 그것이 아니었다면 그토록 지독하게 싸우지 못했을 게다. 하나 결국은 졌다. 참담하게 패했다.

하위미가 투살진기로 도와주지 않았다면 시각랑들은 처참한 몰골로 죽어갔으리라.

무림에서 생사를 좌우하는 건 야성이 아니라 무공이다.

시각랑들은 그걸 알았고, 절치부심했다.

부사영의 일촌사를 수련하기 위해 부단히 노력했다. 한편으로는 자신들의 무공도 되돌아봤다. 계야부가 살려놓은 야성도 죽이지 않았다. 더욱 이빨을 날카롭게 가다듬었다.

그들은 정말 노력했다.

갈조기는 예전의 갈조기가 아니다. 그가 사용하는 무공은 정통무공이다. 계야부가 그토록 원하던 무림 절공이다. 갈조기의 몸에서 재탄생한 그만의 절학이다.

하나 겉보기에는 부실하기 짝이 없다.

허점! 허점! 온통 허점 투성이다.

한데 상대가 달려들지 않는다. 갈조기의 무공이 범상치 않다는 것을 알아봤다.

"후후후! 뭔가 한 수 더 있을 줄 알았는데 겨우 이건가? 단차…… 그 자식, 우릴 너무 쉽게 본 거 아냐?"

양쪽의 접전을 구경하고 있던 자가 말했다.

부사영은 깜짝 놀랐다.

'알고 있었…… 어!'

이들은 급습을 예상하고 있었다.

단차가 주도한 공격이라는 것도 안다.

기습 공격은 물 건너갔다. 오히려 역습에 걸려들지나 않았는지 염려스럽다.

부사영은 나직이 말했다.

"예정대로 한다! 나갓!"

쒜엑! 쒜에에엑!

네 명이 더 튀어 나갔다.

그들은 한결같이 사전투광신보를 펼쳤다. 그래서 뛰어나오는 속도 하나만큼은 빗살을 연상시켰다.

"이제는 숫자로 밀어붙이긴가?"

그 말이 떨어지기 무섭게 뒤로 물러서기만 하던 두 사내가 가뿐하게 전장에서 몸을 빼내 달려왔다.

그들은 서로 등을 맞대고 삼재진(三才陣)의 진형을 구축했다.

"후후후! 들어오는 걸 받아치겠다는 뜻으로 보이네. 잘됐네. 내게는 굳게 지키기만 하는 놈들을 요리하는 방법이 있거든."

여강강이 소궁을 꺼내 살을 재웠다.

다른 다섯 명은 세 명을 포위했다.

숫자로는 이 대 일이다. 압도적인 우세다. 하지만 그들은 서둘지 않았다.

쒜엑!

여강강이 첫 번째 시위를 당겼다.

휘루룽! 촤악!

기형 장검이 번뜩이는 순간, 머리가 동체에서 떨어져 나가 허공에 둥실 떠올랐다.

뒤이어 핏줄기가 분수처럼 솟구친다.

"이놈!"

커다란 외침과 함께 날 선 검이 쏘아져 왔다.

쉐에엑!

기형 장검이 삼 척 장검을 향해 쏘아졌다.

누가 보더라도 기형 장검의 우세다. 무공의 우세가 아니라 병기의 우세다. 긴 창이 짧은 검을 상대할 때처럼 거리상의 이점을 충분히 활용하고 있다.

쳐오던 사내는 기형 장검을 힘껏 위로 쳐올렸다.

검으로 검을 쳐올리고, 그 틈을 이용해서 바짝 다가선다. 그리고 재빨리 거둬들인 검으로 몸을 절단 낸다.

그의 병법은 옳았다. 기형 장검을 상대하기 위해서 누구나 생각하는 방법이다. 또 효과도 증명되었다. 많은 무인들이 장창을 상대로 이런 전법을 구사해 왔다.

한데 부사영은 달랐다.

사각! 쒜엑! 촤아악!

사내의 삼 척 장검이 막 기형 장검과 부딪치려는 찰나, 그의 검이 살짝 비틀렸다.

검과 검은 부딪치지 않았다. 기묘하게 방향을 튼 검은 삼 척 장검을 옆으로 흘리며 비껴 내려쳐졌다.

장검이 어깨와 목 사이를 후벼 팠고, 사내는 비명도 지르지 못하고 무너졌다.

"열셋!"

무미건조한 음성이 시신으로 가득 덮인 골짜기를 울렸다.

사내들은 강했지만 검산에서도 일촌사를 가장 능하게 쓰는 검귀 앞에서는 종이호랑이에 불과했다.

열세 명의 사내가 피를 뿌리며 쓰러졌다.

그는 만족하지 않고 사방을 두리번거렸다.

단차는 말했다. 다른 자는 전부 놓쳐도 좋으나 단 한 명, 그자만은 반드시 척살하라고.

"나와라."

부사영이 나직이 말했다.

"후후후! 무섭군. 검산의 검귀라더니, 정말 무서워."

하얀 유삼(儒衫)에 유건(儒巾)을 둘러쓴 유생이 피로 물든 땅을 태연히 걸어나왔다.

"네가…… 북지단의 안선주냐?"

"사실 그게 궁금했어. 그 부분은 모두 지우거나 누락시켰는데, 어떻게 알았지? 대충 짐작은 해. 부림주…… 그자는 내 정체를 발각할 정도로 뛰어난 자가 못 되고…… 만총림주도 그 사실은 몰랐어. 그러니 내가 무사할 수 있었던 게야. 북지단에 안선의 거점을 마련한다는 게 어디 쉬운 일인가? 하하하!"

사내는 호탕하게 웃었다.

자신이 북지단 안선주임을 순순히 시인했다. 이미 죽음을 각오하고 있다. 살길이 없다고 생각한다.

'맙소사!'

부사영은 기가 막혔다.

녹첩을 볼 때도 믿지 않았지만 정말 이런 일이 있기는 있구나.

무총과 안선은 앙숙이다. 서로 잡아먹지 못해서 으르렁거리는 원수지간이다.

한데 안선이 무총의 심장부에 둥지를 틀었다.

그들은 무총이 무엇을 하는지 소상하게 파악했다.

한편으로는 안선을 위해 목숨을 바칠 문도도 확보해 나갔다. 내단, 외단…… 호법원까지 손을 댔다.

만총림이 이 사실을 알았다면 진작 제거했을 게다.

이자의 말이 맞다. 만총림은 북지단 안선주를 파악하지 못했다. 하면 단차는 어떻게 알고 이자를 처리하란 것일까?

"후후후! 보아하니 너도 모르는 모양이군. 단차…… 생각 이상으로 뛰어난 자야. 그자가 움직인다는 사실을 보고해야 하는데…… 하하! 전서구 한 마리 띄울 시간 좀 주겠나?"

유생은 반농담조로 말했다.

"아악!"

옆에서 비명이 터졌다.

호법원 무인들의 무공은 상당히 강한 편이다. 호법원주에게 직접 사사받았기 때문에 한 사람, 한 사람이 모두 절정고수라고 해도 과언이 아니다.

하나 그런 그들도 육 대 삼의 대결에는 승산이 없었다.

시각랑들의 무공이 하루가 다르게 발전하고 있다는 점을 감안하면 처음 격돌도 용케 버틴 셈이다.

버틴다? 아니다. 사실 그들이 버틴 게 아니라 시각랑들이 버틸 수 있게끔 손을 가볍게 쓴 것이다.

무공이 가장 강한 세 명이 우월한 접전을 벌인다면 뒤에 남은 사람들은 살 수 있다는 희망을 갖게 된다. 그렇지 않고 처음부터 짓눌러 버렸다면 나머지 사람들은 뿔뿔이 흩어져서 도주했을 것이다.

앞에서는 희망을 주고, 뒤에서 부사영이 친다.

그들은 고작 한 명이 날뛰기 때문에 죽일 수 있다는 신념하에 병기를 들 것이다.

그렇게 모두 죽었다.

뒤에 남은 사람들이 모두 죽자, 앞에서도 더 이상 시간을 끌 필요가 없어졌다.

여섯 명은 즉시 살초를 전개했고, 결과는 뻔했다.

"승부가 끝났군."

유생은 호법원에서 탈출한 세 사내가 죽자 거의 체념 섞인 어조로 말했다.

"단차가 그러더군, 다른 사람은 다 놓아주어도 상관없지만 너만은 죽여야 한다고."

"정말 질투 나는군."

"……?"

"나도 웬만큼 똑똑하다고 생각하는데…… 이번에는 단차에게 밀렸어. 그놈은 내가 지켜보고 있었던 걸 알았어. 사실 너희가 모일 때 난 이미 오늘 새벽에 급습이 있을 걸 짐작했거든. 그래서 부랴부랴 연통을 취해서 몇몇 놈만 남겨놓고 빠져

나왔는데…… 내가 너무 안일했던 거지. 내 몸 하나 빼내기도 벅찬 판에 다른 놈들까지 빼내려고 했으니. 하하하!”

“그게 마지막 말인가?”

부사영은 기형 장검을 치켜올렸다.

“너희…… 단차와 어떤 관계냐?”

“……!”

부사영은 대답하지 못했다.

호법원 무인들을 제거한 시각랑들이 부사영 곁에 모여들었다.

그들도 유생의 말을 들었지만 딱 부러지게 어떤 관계라고 말할 수 없었다.

유생이 말했다.

“어떤 관계인지 모르지만 대단한 신뢰야.”

“……!”

부사영은 이번에도 말을 못했다.

신뢰? 단차와? 어떤 신뢰를 말하는 거지?

유생은 부사영의 얼굴에 떠오른 생각을 읽었다. 그런 생각은 부사영뿐만 아니라 다른 시각랑들의 얼굴에도 떠올라 있었으니 알아보지 못할 까닭이 없다.

“하하하! 하하하하! 이런 자들에게 당했군. 하하하하! 이봐, 나 같으면…… 너희를 앞에 내세우겠어. 몰이꾼으로 말이야. 결정적인 한 방을 먹일 자는 아무래도 너희보다는 살림이 낫지 않겠어? 그들이라면 확실하게 끝낼 수 있지. 한데 단차는 반대로 했어. 살림을 몰이꾼으로 쓰고 너희를 결정타로 썼어. 하하하!"

유생은 우스운지 배꼽을 잡고 웃었다.

바람이 분다. 피 냄새가 바람에 실려 후각을 마비시킨다. 뜨뜻미지근한 핏물의 열기가 고스란히 전해지는 것 같아서 느낌이 상당히 좋지 않다.

유생이 품에서 소도 한 자루를 꺼내며 말했다.

"구분이 안 가네. 내 생각을 역으로 친 건지, 아니면 너희를 완벽하게 신뢰한 건지. 여기서 날 놓치면 단차가 너희에게 준 홍첩, 녹첩, 흑첩…… 제대로 쓰이지 못했을 텐데. 후후후! 이번 일로 안선…… 한 방 먹겠군."

유생이 소도를 들어 자신의 가슴을 찔렀다.

소도에 독이 발라져 있었던 모양, 그의 얼굴이 금방 새까만 흑색으로 변했다.

부사영이 높이 쳐든 검을 힘껏 내려쳤다.

촤악!

유생의 머리가 둥실 떠올랐다.

죽이고자 하는 자, 확실하게 죽인다. 염라대왕도 되살릴 수 없을 정도로.

그가 검을 거두며 말했다.

"나루터로 간다."

第百五章
망동(妄動)

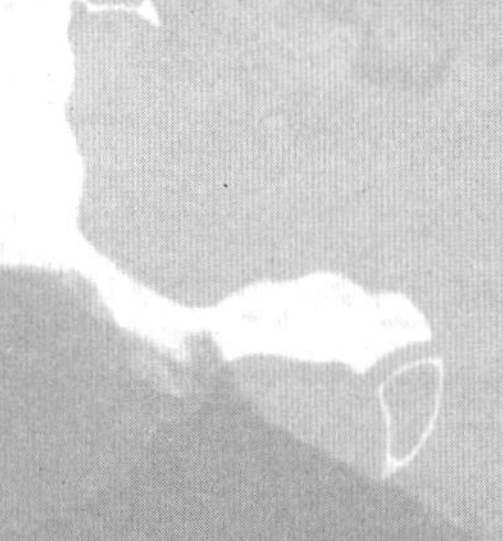

홍의여인은 삼강 나루터에서 부사영을 만났다.

"북지단은 해결됐소."

"호호! 당신이 나타나는 걸 보고 그럴 것이라고 생각했어요. 단차, 그 인간…… 나도 속인 건가?"

"여우새끼 한 마리가 있었소. 그쪽이 최선을 다하지 않았으면 빠져나오는 대신 잠수를 선택했을 것이오."

"우리가 움직이는 것을 보고 결정했다는 거네요? 누군지 몰라도 너무 신중해."

"그래서 절반을 남겨놓은 것이오. 살림이 정말 치는지 치는 시늉만 하는 건지 분석하기 위해서."

"알았어요. 북지단은 잊죠."

“난 북으로 갈 거요.”

“난 동쪽으로 가요.”

“소문나는 사건이오?”

“알고 싶어요?”

두 사람의 시선이 허공에서 뒤엉켰다.

두 사람 모두 봉인 삼문 중 살아남은 최후의 사람들이다.

한쪽은 검산의 검귀이고, 다른 한쪽은 살림의 살수다.

그들은 묘한 동질감을 느꼈다.

타인에 의해 강제로 봉문당한 한을 지녔다. 자신들의 뜻과
는 전혀 상관없는 싸움에 끌려 나갔다가 영웅만 탄생시키고
멸문을 당하는 수모도 겪었다.

현재 봉인 삼문을 들먹이는 사람은 없다.

과거에 그들은 무서운 살인자들의 집단이었지만 지금은 어
린아이도 무서워하지 않는다.

그들에게 문파를 다시 일으켜야 한다는 의무가 있을까?

그런 것도 없다.

문파에 대한 애착심 같은 것은 애당초 없다.

검산이란 검을 좋아하는 사람들이 모여서 최강의 검법을 만
들어내고자 했을 뿐이다. 과정이 잘못되었고 결과가 잔혹했지
만 최강의 검법은 탄생시켰다고 자부한다.

살림도 검산처럼 살법만 연구한다.

청부 살인을 하는 것보다 살법 자체를 좋아한다.

많은 사람을 죽인 것은 사실이다. 살법의 효용을 살피려면

직접 사람을 죽이는 방법밖에 없다.

그들은 각기 좋아하는 것을 지녔다.

"언제 한번 살법을 봤으면 좋겠군."

"그런 말 하면 안 돼요. 죽어요."

"후후!"

"어? 믿지 않네요?"

"믿소. 살림의 살수가 하는 말을 믿지 않을 사람은 없소."

"그런데도 맛보고 싶어요?"

"딱 한 번만. 두 번, 세 번 이어지면 결국 죽을 수밖에 없으니까."

"단차를 말하는 것 같네요? 맞아요. 결국 그는 죽을 거예요. 이런 식이라면 결국 우리가 유리해요."

"단차가 약속을 지킬 것이라고 믿소?"

"죽기 싫으면 우릴 먼저 죽인다는 건가요? 아뇨. 살수의 기본은 사람을 알아보는 데 있어요. 그자는 약속을 지킬 거예요. 그래서 우리가 그런 약조를 내건 거고."

"나는 어떻소?"

"당신은 약속을 안 지켜요. 자신이 위험하다 싶으면 먼저 우릴 칠 거예요. 그래서 당신과는 그런 약조를 안 해요. 치면 치고, 말면 마는 거죠."

부사영과 홍의여인은 친한 벗처럼 담담하게 말을 주고받았다.

그들은 천애고아다. 남겨진 것이 아무것도 없다.

물론 그들에게는 사람이 있다. 부사영에게는 시각랑이, 여인에게는 살림 살수들이 있다.

그런 말이 아니다. 그들 마음에 틀어박힌 상실감을 말하는 것이다. 자신의 뿌리라고 생각했던 반석이 캐내졌다. 산산조각 나서 허공에 흩어졌다.

두 사람은 그런 상실감을 서로 알아봤기에 말이 통했다.

"우리 배가 먼저 왔네요."

홍의여인이 일어섰다.

삼강을 따라 부풍(扶風)으로 가는 배가 미끄러지듯 기어들어 와 정박했다.

"최종 날짜가 언제요?"

"한 달 정도 돼요. 왜요?"

"술 한잔할 수 있을 것 같아서."

"제가 좋아요?"

"어려운 일이오?"

"별로. 좋아요. 나중에 술 한잔해요."

"검도 없이, 죽음도 없이."

"오직 술만 놓고 마셔요."

여인의 봉목이 반짝였다.

두 사람은 이번이 겨우 두 번째 대면이다.

첫 번째 대면 때도 말을 주고받지는 않았다. 단차에게 불려가서 살명부를 건네받은 게 고작이다.

서로 눈길도 주고받을 틈이 없었다.

  한데…… 이렇게 만나 몇 마디 말을 나누다 보니 마치 예전
부터 알아왔던 사람 같다.
  자신이 생각해도 오금 저리는 말이 툭툭 튀어나온다.
  난생처음 보는 여인과 술을 같이 마시자고 말했다. 또 난생
처음 보는 사내가 하는 말을 스스럼없이 받아들였다.
  그러면서 그들은 마음이 편해지는 것을 느꼈다.
  "먼저 가요."
  "가시오."
  홍의여인은 벌떡 일어서서 뒤도 안 돌아보고 걸어갔다.
  그 뒤를 세 사내가 따랐다.
  키 작은 노인, 뚱뚱한 자, 말라깽이 검사…… 그들도 뒤돌아
보지 않았다.

  "형님, 이게……."
  "조용히."
  "옆에 예쁘다는 여자들은 죄다 있었는데, 왜 저런 여자한테
꽂힌 거요?"
  그렇다. 그의 곁에는 절색이 참 많았다.
  사색신녀는 오목이 점찍었지만 절색만은 달빛과 견준다. 사
사표풍은 임자 없는 꽃이다. 명월(明月)이 따로 없다. 투살진
기를 쓰는 하위미는 어떤가.
  꽃 중의 꽃은 단연 사약란이다. 그녀의 미모를 보면 할 말이
없어진다.

부사영은 모든 여인들을 무심히 지나쳤다.

그의 목적은 오직 검에 있는 듯했다. 어느 여인에게도 눈길 한 번 주지 않았다.

그럴 시간이 있으면 검 한 번이라도 더 휘둘렀다.

모두들 무공에 대한 집착이 유난히 강하다고 생각했다.

그때는 마침 타사인을 수련하고 있던 참이라서 타사인으로 끝장을 보려는구나 하는 생각만 했다.

후에 그가 검산의 검귀이고 타사인을 훨씬 웃도는 절기 일촌사의 전수자라는 것을 알게 되었지만, 그가 여인에게 관심을 두지 않는 부분은 생각하지 않았다.

마침 그때는 또 주위에 여인이 없었다.

이제 비로소 여인이 눈에 들어왔다. 그녀는 살림 살수…… 그녀에게 실없는 말을 건넸다.

술 한잔할 수 있겠다니!

그러나 기분이 나쁜 건 아니다. 그와는 정반대로 날아갈 듯 상쾌하다.

이번 살행은 참 부담이 많이 갔다.

죽여야 할 자들이 만만치 않고, 무엇보다도 정말 죽여야 하는 자들인지 분간이 가지 않았다.

그런데 이제는 마음 놓고 검을 휘두를 수 있을 것 같다.

"배는 안 왔어?"

"허! 정말 정신 줄 놨네. 아까 저녁 무렵에나 들어온다고 말했잖소! 이렇게 정신 줄 놔서야 어디 믿을 수 있겠수?"

“그런가? 술이나 마시자.”

“확실히 하쇼. 술 마시는 이유가 뭐유? 마음이 애잔해서 못 살겠수? 왠지 답답하거나 골이 떵하거나…….”

동생들은 이런 기회를 놓치지 않고 놀려댔다.

그들은 부사영이 농담으로라도 술 한잔하자는 말을 처음으로 들었다.

부사영은 진심이다.

어찌 보면 단 한 번의 만남으로 진한 감정을 느껴 버린 것이다.

2

십교사는 일교사를 찾았다.

그는 사교사의 추천이 없었으면 아직도 안선주 노릇이나 하고 있었을 게다.

그에게는 사교사나 일교사나 모두 감사해야 할 사람들이다.

하나 그렇지 않았다. 그는 조직에서 자기 주장을 하는 것처럼 위험한 일은 없다고 생각한다. 일교사나 사교사 사이에 흐르는 특별한 친분 관계를 지극히 경계하는 편이다.

“웬일인가?”

일교사는 무표정하게 말했다.

“북지단 안선주로부터 연락이 끊겼습니다.”

“그거야 자네가 알아서 할 일 아닌가? 자네도 이젠 교사일세. 언제까지 안선주처럼 행동할 생각인가?"

십교사는 일교사의 질책에도 표정 하나 변하지 않았다.

"단곡(丹曲), 미주(微州), 연안부(延安府), 합수(合水), 개성(開成), 평량부(平凉府). 이곳 안선주들은 살해된 채 발견되었죠."

일교사가 눈을 크게 떴다.

그는 비로소 사태가 심상치 않게 돌아간다는 사실을 깨달았다.

"그곳은 모두 섬서성 아닌가?"

"맞습니다. 섬서성 안선주들이 초토화되고 있습니다."

"단차! 단차는 어디 있나?"

"북지단에서 한 걸음도 움직이지 않고 있습니다. 확실하게 확인된 사항입니다."

십교사는 여전히 태연했다.

안선주를 관리하는 게 자신의 임무인데, 그들의 죽음과 자신과는 아무런 상관도 없다는 태도였다.

어떻게 보면 일교사가 안선주를 더 염려한다.

그를 탓할 수만도 없다.

그동안 안선주들은 십교사보다는 일교사를 더 추종했다.

원래는 십교사에서 육교사로 이어지는 인맥(人脈)이었지만, 그들이 죽은 후 사교사에게 전격 거둬졌다. 그리고 다시 십교사에게 이양되었다.

즉, 십교사는 사교사가 건네준 조직을 관리만 하고 있는 것이다.

일부 안선주들은 지금도 사교사와 직접 연통하고 있는 실정이다. 사교사도 애써서 물리치지 않는다. 십교사가 자신들의 말을 잘 따르지 않자 아예 허수아비로 만들려는 경향도 보였다.

십교사는 이런 부분에 대해서 지금까지 한마디도 하지 않았다. 안선주들이 줄서기를 하면 하는 대로 내버려 두었다.

자신은 자신에게 귀속된 안선주만 챙겼다.

따르는 자는 거두고, 따르지 않는 자는 방치한다.

그는 자신의 이런 정책을 모든 안선주들이 알게끔 만들었다.

당연히 안선주들은 선택했다.

십교사 편에 선 사람은 몇 명 되지 않는다. 실세 중의 실세가 일교사이고, 일교사의 오른팔이라고 할 수 있는 사람이 사교사이니 그들의 선택은 불 보듯 뻔했다.

그러던 차에 이런 일이 발생한 것이다.

십교사가 안선주들에 대해서 일말의 정도 없는 건 어찌 보면 당연하다고 할 수 있다.

"자신은 가만히 있고 수하들을 시켜서 친다? 그가 동원할 수 있는 조직이 얼마나 되나?"

"눈과 귀가 막힌 지 오래죠."

"만총림에…… 음……!"

일교사는 만총림을 말하려다가 입을 다물었다.

만총림에서 연락이 끊겼다는 건 서두에 말한 바 있다.

그곳에서 단차에 대한 소식을 보내오지 않는 한 그에 대해서 알 수 있는 길은 없다.

북지단은 중요한 곳이다.

안선이 가장 신경을 써야 하는 다섯 곳 가운데 하나다.

그래서 만총림뿐만 아니라 다른 곳에도 눈을 두었다.

북지단 마방!

단차가 아는지 모르는지 제일 먼저 손댄 곳이 바로 그 북지단 마방이다.

덕분에 안선은 눈 하나를 아주 간단하게 잃어버렸다.

그래도 그때만 해도 아주 중대한 사안을 가볍게 흘려보냈다. 만총림이 건재하기 때문에, 아주 정확한 소식이 꾸준히 전달되고 있었기 때문에 북지단 마방의 희생은 그리 크게 보이지 않았다.

지금은 아주 절실하게 와 닿는다.

북지단 마방주가 살아 있다면 어찌 된 영문인지 알 수 있을 텐데.

“어떻게 할 셈인가?”

“글쎄요. 아! 이런 말은 안선주 같은 행동인가요? 십교사가 되기는 했어도 만나본 안선주가 몇 명 되지 않아서…… 섬서성은 거리도 멀고 제 구역도 아니고…….”

“책임은 자네에게 돌아갈 게야.”

“훼방이나 하지 말았어야죠. 가로막을 건 다 가로막고 이제 책임 운운하십니까?”

"뭐야!"

"지금까지는 안선주들…… 내버려 두었습니다. 평화시라고 생각했으니까 마음껏 찧고 까불게 놔뒀어요. 하지만…… 사교사에게 손 떼라고 전해주십시오."

일교사가 눈을 부릅뜨고 노려봤다.

"협박인가?"

"이런 말…… 사교사에게 하지 않고 직접 일교사님께 하는 것은 그나마 한솥밥을 먹고 있기 때문입니다. 이제 섬서성 안선주들이 초토화되고 있으니 전시(戰時)! 더 이상 안선주들을 집적거리면 전시의 율법에 따라 즉결처분합니다."

"후후! 죽이기라도 하겠다는 겐가?"

"일교사님께야 감히. 하지만 사교사라면 문제가 다릅니다. 죽일 수도 있다는 말이죠."

"사교사는 꽤나 자신있나 보군."

"그 정도 자신도 없어서야 무림 밥을 먹지 말아야죠."

십교사는 몸을 일으켰다.

"일교사님도 선택하셔야 할 겁니다. 절 제거하고 모두 손에 움켜쥐던가, 아니면 전격적으로 물러서시던가. 사교사가 안선주를 농락하고 있다는 것, 일교사님도 알고 있는 사안 아닙니까? 세상이 다 아는 걸…… 후후! 손바닥으로 하늘을 가리려는 것도 아니고."

"후후후!"

일교사는 실처럼 가는 웃음을 쏟아냈다.

십교사는 뭐랄까? 꼭 뒷골목 파락호 같은 모습이다.

옷도 단정하게 입는 법이 없다. 아무 옷이나 대충 걸치고 다닌다. 머리는 다듬는다고 다듬었지만 산발한 것이나 마찬가지이고, 턱수염과 콧수염은 평생 만져 본 적이 없는 것 같다.

세면이나 하고 다니는 걸까?

말투도 건들건들, 행동도 건들건들.

그에게서 교사다운 면모를 찾을 수 있는 곳은 오직 두 눈뿐이다.

투견(鬪犬)의 눈동자와 꼭 닮은 두 눈.

뭔가 하얀 막이 낀 듯한 두 눈에 검은 눈동자가 반짝거린다.

투지도 열기도 느껴지지 않는다. 살기 같은 것도 표출하지 않는다. 그러나 두 눈을 보고 있자면 언제 갑자기 달려들지 모른다는 느낌이 불쑥 치민다.

위험천만한 자다.

일교사가 입가에 웃음을 매달고 말했다.

"알았네. 손 떼라고 하지."

교사들은 묵직하다. 장중하다. 흔들림없는 거석이다. 안선주는 분주하다. 빠르다. 생동감있다. 이 두 가지 조화가 절묘하게 어우러지면서 상생, 발전하는 게 안선이다.

한데 교사에 어울리지 않는 자들이 있다.

경박하고, 자기 중심적이고, 조직을 생각하지 않고…… 자신을 죽이면 큰 도움이 될 자들이지만 현재로서는 도움보다는 위해를 끼칠 가능성이 더 농후한 자들이다.

고우진이 그렇고, 십교사가 그렇다.

철저한 통제 속에서 벗어나 자신들만의 영역을 구축하고 있다.

다른 교사들이 그들만 못해서 꾹 눌러 참고 있는 게 아닌데, 왜 그 점은 생각하지 않는 건지.

일교사는 대공이 준 서신을 꺼냈다.

대공은 그날 고우진에게 한 장, 자신에게 한 장을 넘겨주었다.

고우진은 밀실을 나오자마자 서신을 읽고는 훌쩍 떠나가 버렸다.

천하무적인 줄 알았다가 나름대로 충격이 컸을 텐데, 마치 아무런 일도 없었다는 듯 태연하게 떠나갔다.

그가 어디서 무엇을 하는지는 손바닥 들여다보듯이 안다. 사실, 그에게서 눈길을 뗀 적이 한 번도 없다.

그는 빙마지신이다.

자신이 얻고자 했던 빙마지신을 그가 얻었다.

그렇다고 두 손 놓고 물러설 생각은 없다. 이가 없으면 잇몸으로 씹는다.

'고우진은 단차를 칠 거야. 그게 대공의 뜻!'

고우진은 너무 단순하다.

그는 서신을 읽자 일로 북진하고 있다. 그의 행보를 일직선으로 쭉 연장시켜 보면 북지단이 나온다.

그가 북지단에 가서 할 일이 무엇인가?

이제 와서 새삼스럽게 북지단주라도 제거하겠다는 건가?

아니다. 그는 현 무림에서 가장 두각을 크게 드러낸 네 무인 중 한 명을 제거하기 위해서 움직인다.

사약란, 고우진, 단차, 투살진기를 쓰는 여인.

이들을 과거 동정호의 오대고수에 빗대어 후기사룡(後起四龍)이라고 부른다.

그들은 서로 부딪쳐 보지 않는 한 승패를 가늠할 수 없다.

그 첫 번째 움직임이 고우진에 의해서 일어나고 있다.

'후후후!'

그는 십교사에게 보였던 실 같은 웃음을 다시 흘렸다.

대공이 고우진을 조금 더 신중하게 쓸 줄 알았는데, 너무 가볍게 쓰고 있지 않은가.

이것이 대공의 약점이다.

대공은 손에 든 패를 바로바로 활용한다. 진득하게 앉아서 기다리는 법이 없다.

그의 눈길이 서신에 머물렀다.

개봉하지 않은 서신 속에는 어떤 내용이 담겨 있을까?

'잠적? 늘 그래 왔지. 무총이 치고 나오면 잠적하고, 그들이 조용하면 은밀히 활동하고……. 언제까지…….'

그는 작심하고 서신을 펼쳤다.

서신에는 단 넉 자만 적혀 있었다.

천번(天飜) 발동(發動).

일교사의 눈이 퉁방울만 하게 커졌다.

"처, 처, 천번! 발동?"

너무 놀라 자신도 모르게 서신 내용을 읽고 말았다.

천번이라니! 그건 육교사가 죽음으로서 폐기되어 버린 졸작 중의 졸작 아닌가. 그걸 다시 쓰란 말인가? 이 중요한 시점에 케케묵은 옛 계책이나 끄집어내잔 말인가?

"이런!"

일교사는 탄식하면서 서신을 꽉 움켜쥐었다.

대공은 종종 이렇게 엉뚱한 명령을 내린다. 한데 그 명령이 나중에 보면 다 모종의 사건과 연관되어 있다.

이번에도 천번과 어떤 일이 연관되어 있을 텐데…… 일교사는 아무리 생각해도 그게 무엇인지 생각나지 않았다.

'천번의 시작은 사일도의 제거다. 그럼…… 사일도가 황보세가로 들어가기 전에 제거해야겠군. 허허! 사일도의 제거라……. 이미 이빨 빠진 호랑이를 뭐 하러 건드리자는 건지.'

지금은 총력을 무총에 집중할 때다.

무총 내부에 모종의 변화가 시작되었다.

이번 기회를 놓치면 향후 오륙십 년간은 고정된 상태를 탈피하기가 무척 힘들어진다.

사일도는 건드릴 필요가 없는데…….

그는 힘없이 서신만 쳐다봤다.

언제부터인가 무림 정세가 자신과는 상관없이 흘러가고 있다.

후기사룡의 등장 중에 자신이 알고 있었던 것은 고우진밖에 없다. 놈은 자신이 만든 것이나 진배없으니……. 하나 다른 세 명의 등장은 정말 예상치 못했다.

사약란만 생각하면 탄식이 절로 나온다.

그 무공, 그 내력…… 모두 자신이 취할 수 있는 것이었는데 놓치고 말았다.

그 상처가 아주 크고 깊다.

그들이 무림에 나와서 날뛰는 순간부터 무림에 대한 장악력이 손가락 사이로 솔솔 빠져나가고 있다.

도무지 통제가 안 된다.

포기한다는 건 아니다. 그에게는 무림을 확 갈아엎을 수 있는 힘이 있다.

'사일도의 제거는 사교사에게 맡기고…… 안선은 십교사에게 모두 주고…… 고우진은…… 사약란이 섬서에 있지? 가는 길에 사약란도 찌르면 되겠군. 후기사룡이라니. 허허허! 어디서 이런 자들이 불쑥 나타나 가지고는.'

사약란은 무총주의 역작이다.

사일도의 역작이라고 해야 하나?

고우진은 이교사의 야심작이다. 결국은 자신이 모두 주도했고, 앞으로도 그럴 생각이지만…… 잘 만들었다.

투살진기를 쓰는 여인은 아마도 동정호의 오대고수가 만들

었지 않나 싶다. 투살진기가 마공으로 분류되는 것은 사실이
지만 그만큼 위력이 강한 것도 맞다.

절전된 무공인데 어디서 찾았는지.

오대고수가 다시 무공을 익힌다면 서슴없이 투살진기를 선
택할 가능성이 많다.

단차…… 그놈이 문제다. 의살? 의살이라니!

난데없이 어디서 의살이 불쑥 튀어나와 속을 썩인다.

고우진을 이용하여 오대고수를 치려고 했는데, 손발을 한
번 더 놀리게 해야겠다.

'시간은 기다려 주지 않는 것. 더 늦기 전에……'

그는 작심하고 붓을 들었다.

3

섬서성에 피바람이 불었다.

곳곳에서 무인들이 쓰러졌다.

장인(匠人), 거상(巨商), 관료(官僚)…… 평소 덕을 많이 베풀
기로 소문난 선인(善人)까지 암살 대상이 되었다.

누가, 왜 죽이는지도 모르는 무작위 암살이 섬서성을 뒤덮
었다.

'이런 미친!'

만총림 부림주는 하얗게 탈색된 얼굴로 하루에도 수십 통씩

쏟아져 들어오는 암살 소식에 분노했다.

죽는 자들은 모두 안선이다.

그들 대부분은 안선으로 확인된 자들이지만 일부는 안선도일 것이라고 추측하는 자도 있었다.

완전 흑색은 물론이고, 흑색 비슷한 자들까지 제거되고 있다.

그는 이번 일이 어떻게 해서 일어났는지 안다. 누구 손에 의해 주도되고 있는지도 안다.

'이런 걸 하지 못해서 안한 게 아닌데!'

그의 분노는 여기에 있다.

세상에 존재하는 안선도를 모두 격살하자면 중원 무인들 중 삼 할은 제거해야 한다.

전쟁이 일어난 것보다 더 참혹한 살육이다.

그런데 그런 일이 정말 섬서성에서 벌어지고 있다.

또 하나, 안선도라고 마구 죽일 수 없는 이유가 있다.

재해(災害)가 일어나면 양민들은 하늘만 쳐다보게 된다. 옆 사람도, 뒷사람도 모두 재해를 당했기 때문에 구원을 바랄 수 없다. 그럴 때 그들에게 양곡 수십 가마를 무상으로 준다고 하자.

그것이 바로 천혜(天惠)다. 그 사람이 바로 성인이다.

안선도 중에는 그런 사람들이 상당수에 이른다.

많은 안선도가 무총의 살수를 피해 협의지사나 성인으로 위장하고 있다.

그들을 어떻게 마구잡이로 죽인단 말인가.

그들이 안선도임을 꼼꼼히 살핀 후 만인에게 공표를 한다. 반드시 죽여야 할 이유를 들먹인다. 그리고 죽인다.

하면 세상 인심이 어떻게 변할까?

세상은 무총을 원치 않게 된다. 안선도를 죽이지 못하게 하려고 인의 장막을 둘러칠 게다.

세상 사람들에게는 안선이고 무총이고 아무런 의미도 없다.

그들은 그들의 실생활에 도움을 주고, 은혜를 베풀어주는 사람이 옆에 있기를 바란다.

이런 연유 때문에 안선도를 발견해 내고도 지켜만 본 것이다.

그들이 죽어 나가고 있다.

양민들 입장에서는 북지단이 위치한 섬서성에서 애꿎은 살생이 벌어지는 것처럼 보인다.

벌써 항의 서신들이 속속 들어오고 있다.

북지단은 무엇을 하고 있냐는 질책이 거의 대부분이다. 빨리 흉수를 잡아라. 세상 무서워서 못살겠다. 어른을 죽인 놈들이 세상에 날뛰고 있으니 빨리 손을 써라 등등.

지금은 항의 서신에 불과하지만 곧 물리적인 충돌이 일어날 게다.

그럼에도 살행은 여전히 지속된다.

기산(技山)에서 사람이 죽어 나간다.

같은 날에 기산에서 이백여 리 떨어진 태백산(太白山)에서도 사람이 죽는다.

동쪽 끝에서부터, 또 북쪽 끝에서 시작된 살육이 예천을 향해 조금씩 다가서고 있다.

조금씩? 아니다. 처음에는 그 속도가 매우 느렸지만 시간이 지날수록 빨라지고 있다.

살수들이 살인에 적응하고 있다.

처음에는 죽일 자인지 아닌지 약간이라도 고심한 흔적이 엿보였는데, 이제는 막무가내로 죽인다.

살인 방식도 달라졌다.

시작은 하루에 한 곳이었다. 하루에 한 사람만 죽였다. 한 곳을 치고 다음 장소로 이동하여 또 한 명을 제거한다는 형식이다.

한데 지금은 동시다발적이다.

살수들이 같이 뭉쳐 다니지 않고 사방으로 흩어졌다. 그리고 예정된 목표물을 신속하고 정확하게 타격하면서 빠르게 동진, 혹은 남진하고 있다.

상황으로 봤을 때 세력은 두 군데다.

북쪽은 예닐곱 명이 맡았다. 하루에 일곱 곳, 혹은 여덟 곳에서 살인이 발생한다. 작게는 여섯 명이 죽기도 하지만 모두 뿔뿔이 흩어졌다고 생각하면…… 평균이 일곱이다.

칠살문이다!

단차가 그들을 이용하고 있다!

칠살문 살수들을 붙잡고, 다른 놈들까지 생포하라고 다그치더니 이런 일을 만들려고 했는가.

　동쪽에서 밀려오는 세력의 구성원은 네 명으로 추측된다.

　그들은 북쪽보다 더 정확하다. 하루에 딱 네 명씩만 요절낸다. 죽이는 방법도 지저분하지 않고 산뜻하다. 인덕이 높은 자를 죽일 때는 자살이나 급사로 위장하는 배려도 한다.

　살림의 살수들이다.

　살수 집단 두 군데가 안선 제거의 전초전을 맡았다.

　완전히 미친 짓이다!

　'정신 나간 놈!'

　그는 주먹을 불끈 틀어쥐었다.

　"금룡대는?"

　"움직이지 않습니다."

　"그럴 리가! 확실한 거야?"

　"네. 조용합니다."

　"지금 어디 있는데?"

　"강에서 낚시도 하고 매운탕도 끓여 먹고…… 신간 편하게 놀고 있습니다."

　'그럴 리가 없어!'

　부림주는 능력의 한계를 절감했다.

　도무지 단차의 발길을 막을 수 없다.

　금룡대에서 뛰쳐나가 단차의 휘하로 들어간 이십여 명은 분명히 아주 강력한 역할을 주도할 것이다.

그들은 움직인다. 이것은 의심할 여지가 없다.

한데 언제, 어떻게 움직일 것인지 도통 눈치를 챌 수가 없다.

"잘 감시해! 분명히 움직일 거야!"

"감시하고 있습니다!"

자신있는 음성이 돌아왔다.

'감시는…….'

도무지 미덥지가 않다.

금룡대가 실제로 움직이기 시작하면 만총림의 눈과 귀는 한순간에 멀어버릴 것이다.

그때, 그날처럼.

'만총림에서만 스물일곱이 죽었다. 한데 난…… 알지 못했어.'

만총림만 죽은 게 아니다. 내단, 외단, 호법원까지…… 그야말로 단 한 시진 만에 수많은 고수들이 나가떨어졌다.

그들 중 일부는 부림주도 파악하지 못한 자들이었다.

그들이 안선도?

날이 밝고 죽은 자들이 드러남으로써 비로소 알게 된 자들도 많다.

만총림은 더욱 그렇다.

만총림에서 죽은 스물일곱 명 중 그가 파악하고 있던 안선도는 열두 명에 불과했다.

나머지 열다섯 명은 짐작조차 못했다.

눈 밑에서 정보를 감추는데 어찌 알겠나.

하면 단차는 어디서 그런 정보를 입수한 것일까? 만총림을 능가하는 정보 집단은 어디인가?

모르겠다. 분명히 무엇인가 있기는 있는데 알지 못하겠다.

그는 힘의 한계를 느끼는 정도가 아니라 아예 무능력과 무기력함에 일어설 수가 없었다.

'단차가 누구를 시켜서 누구를 죽일지…… 전혀 알지 못했어. 비목대주! 비목대주님이 필요해!'

그는 비목대주에게 전서를 썼다.

북지단에서 일어나는 일을 소상히 기재했고, 비목대주의 의견을 물었다. 물론 그는 이미 알고 있을 게다. 비목대의 눈은 천하를 덮고 있으니까.

*　　　*　　　*

단차는 폐관수련(閉關修練) 중이다.

폐관수련이라고는 하지만 은밀한 연공실로 들어가지는 않았다.

그는 자신의 거처에 틀어박혔다. 연공단(練功檀)은 침상이다. 침상 위에 가부좌를 틀고 앉았다.

방문은 모두 닫았다.

시녀가 문과 문 사이에 종이를 붙였다.

종이에는 '폐관수련' 이라는 네 글자가 적혀 있다.

그렇다고 그를 볼 수 없는 것은 아니다. 창문을 활짝 열어놓 았기 때문에 전각 밖에서 고개만 돌려도 침상 위에 앉아 있는 그를 볼 수 있다.

폐관수련치고는 너무 개방된 수련이다.

"저것도 가짜 아냐?"

"그럴지도 모르지."

과거, 그는 분신을 남겨놓고 북무림을 활보한 전력이 있다.

비밀로 한다고 했지만 북지단 사람들은 삼단검이 무엇을 하 는지 거의 대부분 알고 있다.

이번에도 그런 게 아닐까? 폐관수련을 한다고 큰소리만 쳐 놓고 암중으로는 신나게 쏘다니는 게 아닐까?

"삼단검은 어디 있대?"

"외단에. 외단주님과 함께 아침 수련하는 걸 봤어."

"그래? 그럼 진짜인가?"

사람들은 단차의 행동을 이해하지 못했다.

단차는 곡기(穀氣)를 끊었다.

시녀도 봉문한 방을 들어서지 못한다. 단차가 스스로 봉문 을 찢고 나올 때까지 한 걸음도 들어서지 말라는 엄명을 받았 다.

전각 주위를 돌아다닐 때도 주의하라!

일휘단주가 폐관수련 중이니 발뒤꿈치를 들고 고양이 걸음 으로 살금살금 걸어 다녀라.

그는 분명히 폐관수련을 취하는 듯했다.

하지만 이것은 폐관수련이 아니다. 곡기를 끊고 운공조식에만 몰두한다고 해서 모두 폐관수련이라고 칭하지는 않는다. 이것은 일종의 증거 보존이다.

나 여기 있다. 움직이지 않고 있다.

세상이 시끄럽게 돌아가지만 자신은 얌전히 있다는, 암살 사건과는 전혀 무관하다는 변명거리다.

하루, 이틀, 사흘…… 시간이 흘렀다.

며칠이면 끝날 것 같던 폐관수련은 칠 주야를 넘어섰다.

그동안 단차는 곡기는커녕 물 한 방울도 마시지 않았다. 가부좌를 틀고 앉은 침상에서 아예 내려오지를 않았다.

"목석을 갔다 놨나?"

"그럴 수도 있지. 허수아비 같은 것 말이야."

"살펴볼까?"

"죽고 싶어? 저자가 피바람 뿌린 것 못 봤어. 그 짓을 했어도 아무도 말 못하잖아. 호법원주도 그냥 묻어가고, 내단주와 외단주도 '그러냐?' 한마디뿐이었다며?"

"죽은 자들이 안선이라는 건 벌써 파악하고 있었으니까."

사람들은 전각을 오가며 수군거렸다.

그렇다고 전각 안으로 들어와 단차를 살피는 사람은 없었다.

사람이 어떻게 꼼짝하지 않을 수 있을까? 물 한 방울 마시지 않고 얼마나 버틸까? 대소변도 말라 버렸나?

일반적인 생리 작용에서부터 어떤 무공을 수련하느냐까지

관심사는 다양했다.

폐관수련 십 일째!
계야부는 살짝 감고 있던 눈을 떴다.
그리고 나직이 말했다.
"방문은 봉해놨으니 들어오시려면 창문을 이용하셔야 할
겁니다."

『패군』16권에 계속…

魔君宗海

마도종사

백일 新무협 판타지 소설

문피아 연재 시 화제를 불러일으켰던 바로 그 작품!
비장미로 감싼 전율적인 마도의 영웅 서사!

화산을 불태우고 무당을 짓밟았노라.
소림을 멸문시키고 대정(大正)의 뿌리를 멸종시켰노라.
강호는 이런 나를 잔인하다고 말하지 말라.
참된 용사는 마인으로 배척되고
위정자가 영웅이 되는 세상이라면,
나는 아귀의 심정으로 칼을 들어 이 세상을 열 번도 더 파멸시키겠노라.

아비의 혼을 가슴에 품고 무너진 마도의 뜻을 바로 세우기 위해
훗날 위대한 마도의 종사가 될 무인이 일어선다!

마도종사 능비, 그의 전설에 주목하라!

화마경

火魔經

허담 新무협 판타지 소설

대호산의 다섯 산적이 자칭 천하제일인을 만난다.

괴노 마효(魔梟)!
그는 정말 천하제일인이었을까?
그의 화마경은 정말 천하제일무경일까?

인간의 마음속에 억압된 자아를 끌어내는 자(者)의 무공!
그 화마경의 세계로 다섯 산적이 뛰어든다.

"본래 사람 사는 세상이 화마의 세계인 거다."

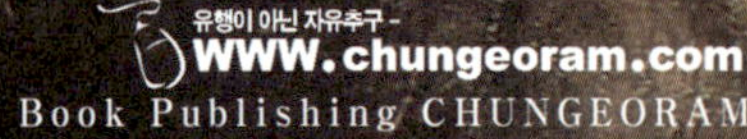

Book Publishing CHUNGEORAM

Knight Reload

마검전생

김재한 판타지 장편 소설

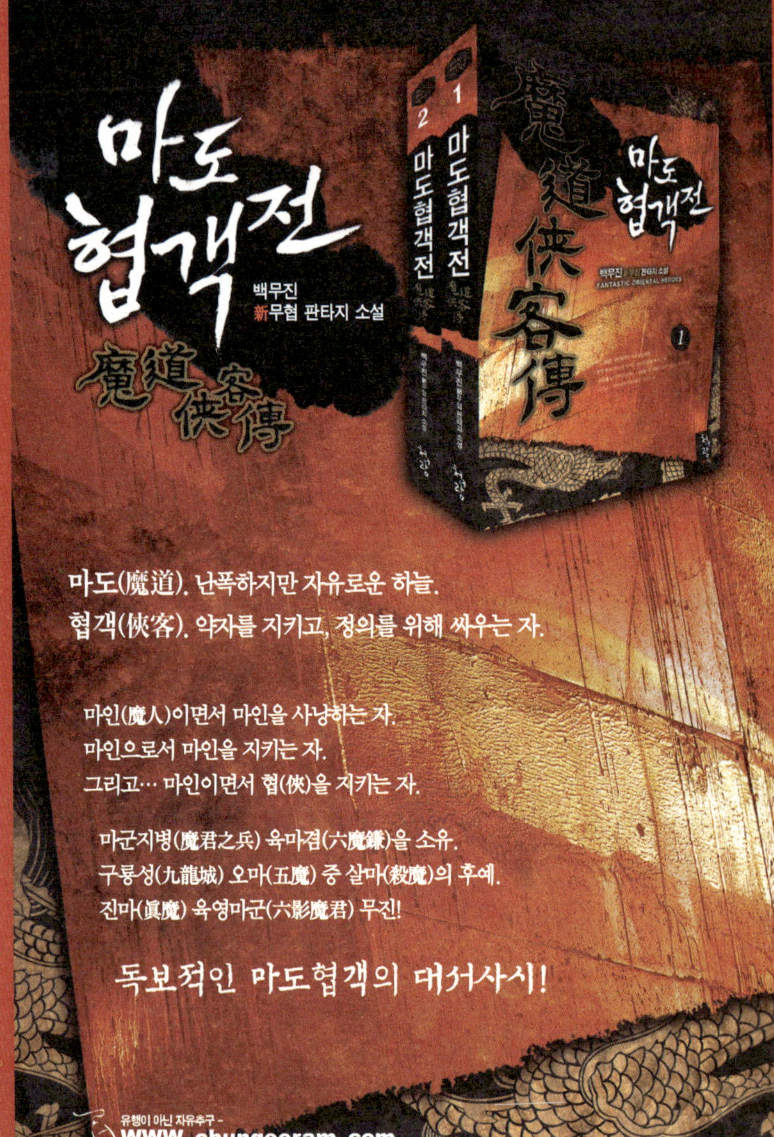
마도협객전
백무진
新 무협 판타지 소설
魔道俠客傳

마도(魔道). 난폭하지만 자유로운 하늘.
협객(俠客). 약자를 지키고, 정의를 위해 싸우는 자.

마인(魔人)이면서 마인을 사냥하는 자.
마인으로서 마인을 지키는 자.
그리고… 마인이면서 협(俠)을 지키는 자.

마군지병(魔君之兵) 육마겸(六魔鎌)을 소유.
구룡성(九龍城) 오마(五魔) 중 살마(殺魔)의 후예.
진마(眞魔) 육영마군(六影魔君) 무진!

독보적인 마도협객의 대서사시!